しおなり
潮鳴り

葉室 麟

祥伝社文庫

目次

潮鳴り
しおなり

一

潮気を帯びた風が鬢をなぶるように吹きつけてくる。夏の日差しは朝から肌をじりじりと焼くように強かった。

伊吹櫂蔵は日が昇ったばかりの海に目を遣った。

九州豊後の羽根藩士である櫂蔵はことし二十六歳になる。六尺近い長身で、手足が長く骨ばった体つきをしており、鼻が高くてあごが張った面長の顔は、本来、男臭いものの、いい面構えと言えるかもしれなかった。

だが、今やその顔は無精髭に覆われ、寝不足のとろんとした目つきからは、酒色に溺れて怠惰な暮らしをしているとすぐにわかる。小袖とも言いかねる潮風にさらされたよれよれの衣服の襟はすり切れて黒ずみ、垢で汚れた素足に下駄を履いていた。

かつては藩校で俊英と謳われ、眼心流剣術と以心流居合術の腕前も評判になるほどだった。だが、海辺を歩いている櫂蔵にそのころの面影はどこにもない。

三年前まで勘定方として出仕していたが、上役や同僚とうまくいかなくなり、一度のつまずきがきっかけでお役御免になった。家督を弟に譲った後、隠居身分でふらふらしているうちに実家にも戻れなくなり、気がつけば漁村の漁師小屋で寝起きしていた。

実家から送ってくるわずかな金で湊(みなと)の飲み屋に入り浸(びた)って酒に溺れ、流れ者のやくざが開く賭場にも出入りして、時に気の荒い漁師たちと喧嘩(けんか)騒ぎを起こす無頼(ぶらい)な暮らしを送っている。漁師たちは陰で櫂蔵を、

——襤褸蔵(ぼろぞう)

などと仇名(あだな)で呼んだ。そんな境遇に堕(お)ちたのも、櫂蔵がいつもひとを見下したような物言いをするからだと囁(ささや)き合った。

櫂蔵は浜辺をゆっくりと歩いた。

海の色は時刻の移ろいとともに変わる。朝方の濃い藍(あい)は昼が近づくにつれて碧(あお)色にきらめき、夕刻には群青(ぐんじょう)となっていく。

きらきらと朝日が眩(まぶ)しく輝く海面すれすれに鷗(かもめ)が飛び、時おり跳ねる魚をすかさず狙(ねら)う。うまく魚をつかまえた鷗がのびやかに広げた翼を羽ばたかせて飛んでいく。

それを見て、

「朝飯にありつけたな」

とつぶやいた。朝から何も口にしていない櫂蔵は腹をすかせていた。

昨夜は漁師の家並のはずれにあるお芳の飲み屋に泊まったが、櫂蔵が床を離れてもお芳は起き上がる素振りを見せなかった。何度か体を重ねたとはいえ、飯を作ってくれと亭主面をして言えるほどの間柄ではない。

お芳は顔立ちがほどよくととのい、気が利いて酒の肴なども手早く作れるさばけた女で、金さえ出せば一夜の共寝をしてくれるのだが、心の内に立ち入らせることはない。海岸で潮風に吹かれながら考え事をしている物憂げなお芳を見かけると、いつか身投げをするのではないか、と櫂蔵は危ぶむ心持になる。

お芳は櫂蔵が部屋を出て行く際にも目を向ける気配すら見せなかった。首筋にまつわるほつれ髪を目にした櫂蔵は、寝しなにふれたお芳の肌のつめたさを思い浮かべた。

お芳にとって男は皆同じで、金を出すか出さないかだけの違いではないかという気がする。そう思ったとたんに、湿った心情を持たずに交わるどうしようもない虚しさが胸に込み上げてきた。お芳の投げやりな翳りは自分の内にもあった。

昨夜、珍しく酒に酔ったお芳は、床に入る前に身の上を初めて口にした。

お芳は羽根藩の足軽の娘だったという。

父親が病に倒れたことから料理屋で働かねばならなくなったが、その店で働く女たちは客に身を売ることがあった。誘いをかける客に見向きもしないお芳だったが、ある若い藩士に心を奪われた。足軽の娘が妻にしてもらえるはずはないと思いながらも、声をかけられるとつい身をまかせてしまったのだ。

だが、藩士はお芳をもてあそび金を貢(みつ)がせると、ある日、

「江戸詰めになったゆえ、もう会えぬ」

とあっさり別れを告げた。藩士が江戸へ去った後、自分と同じように何人もの女を慰(なぐさ)み者にしていたということが伝わってきた。

「わたしは本気だったんですよ。そのひとも、ひょっとしたら妻にすることができるかもしれないなんて思わせぶりなことを言っていましたけど、でも、みんな嘘(うそ)だった」

お芳はしだいに酔いを深めていた。

「そのひとは悪いことをしたなんて、これっぽっちも思っていなかった。まさか、お前は本気でわたしの妻になれると思っていたんじゃないだろうなと言って、笑っていました」

飯台にうつぶせになったお芳はかすれた声で続けた。

「わたしが言い寄ってくる男たちに体を売るようになったのは、それからです」

櫂蔵に抱えられて寝床に横たわったお芳は部屋の隅（すみ）の暗闇を見つめて、

「落ちた花は、二度と咲けやしません」

とつぶやいた。

歩きながらお芳の言葉を思い出した櫂蔵は、胸に苦い思いが湧（わ）いた。

（落ちた花は二度と咲かぬ、か……）

三年前、大坂（おおさか）の蔵屋敷に出役（しゅつやく）で赴（おもむ）いた時のことが思い起こされた。富力を誇る大坂商人には小藩を軽んじる風があった。このため酒席では、もっぱら藩士の方が幇間（ほうかん）のように接待に努め、商人たちのご機嫌を損（そこ）なわないように気を遣った。

同僚たちが商人に対してあまりにも媚（こ）びへつらうことに、櫂蔵は途中で苛立（いらだ）ちを覚えた。

剛毅（ごうき）な質（たち）の櫂蔵は、ひとと接するおりに相手を威圧するところがあると、以前身近な者に言われたことがあった。濃く太い眉（まゆ）の下で炯々（けいけい）と光る目をぎょろりとさせて櫂蔵が大きな声で語りかけると、気弱そうな商人などはあきらかに怯（おび）えた表情をした。

それでも上役の意を迎えて商人に酌（しゃく）をしていると、太って高慢そうな商人が横柄

な口調で、

「時にあなた様はたいそうご立派な体つきをしておられますさかい、さぞや剣術の腕前も大したもんなんですやろな」

と酒臭い息を吐きかけながら言った。

「武士でござれば」

櫂蔵がやむを得ないという表情で短く答えると、商人は図に乗っていやらしく笑った。

「どんなもんでっしゃろ、ひとを斬らはったこともありますのやろか」

「ござりませぬ」

櫂蔵は面倒くさくなって突っぱねるように答え、銚子(ちょうし)を膳の上に音を立てて置いた。酌などする気は失(う)せていた。そのまま席に戻ろうとする櫂蔵に、

「ちょっと待ちなはれ」

小柄な白髪の商人が上座から声をかけた。席に座った櫂蔵がおもむろに顔を向けると、商人は、

「いま、あんたはんは、わてらを馬鹿にしはりましたな」

と甲高(かんだか)い声で決めつけた。

「馬鹿になど、してはおりませぬ」

「いや、あんたはんは、備前屋（びぜんや）はんがせっかく話を聞こうとしてはるのに、お前らのような町人風情（ふぜい）にはわからへんと、見下したような薄笑いを浮かべたようにわてには見えました」

「さような覚えはござりませぬ」

櫂蔵が思わず切り口上に返すと、小柄な商人は大声で言い募った。

「なんやそのえらそうな口の利き様は。まるで、気に食わんから手討ちにでもしてやろう、とでも言いたそうでんな」

思わぬ言葉にさすがにあわてた櫂蔵は、

「滅相もない、決してさような」

と言いつつ急いで頭を下げたが、町人に頭を低くしている屈辱から憤怒（ふんぬ）で体が熱くなった。備前屋と呼ばれた太った商人がそんな櫂蔵の様子を見て、

「お侍はんがわしらより威張ってはるのは、刀を持ってはるからや。そやけど、ひとを斬れもせん刀なら、持っていたかてしょうがおまへんやろ。どうでっしゃろ、試しにひとが斬れるっちゅうところを見せてくれまへんやろか」

櫂蔵はゆっくりと顔を上げ、

「いかようにいたせばよろしいのでござろうか」

鋭い目で太った商人を睨み据えた。怯えたようにいったん目を逸らした商人は、恐る恐る視線を戻して震え声で言った。

「ひとだと物騒でおますよって、何か大物を斬ってもらいまひょか。庭木でも石灯籠でもかましまへん」

「石灯籠はとても無理でござるが、これが斬れればひとを斬ることもできるというものがござる。それでよければ斬りましょう」

櫂蔵は別室に預けてあった太刀を仲居に持ってこさせると、座敷の真ん中に座った。太刀を左傍らに横たえてから目をつぶり、しばらく呼吸をととのえるや、出し抜けに右手で、ばん、と畳を叩いた。

わずかに浮きあがった畳に手をそえて大きくはねあげた瞬間、刀を摑むや片膝立ちで抜いた。白光がひらめいたかと思うと、次の瞬間、斜めにばっさり斬られた畳が音を立てて倒れた。

仲居が悲鳴を上げると同時に、商人たちはのけぞった。埃が舞いあがる中、我に返った仲居たちがあわてて料理の皿や椀を袖で覆った。

埃が鎮まった時、刀を鞘に納めて立ちあがっていた櫂蔵は静かに座敷を出ていった。

あっけにとられて櫂蔵の後ろ姿を見送った商人たちは、はっと気づいて怒り出し、大騒動になった。

その場に居合わせた藩士たちは商人の無礼を咎め立てすることなく、櫂蔵の所業を失態であるとして非難するばかりだった。

(それほどまで、わたしは責められることをしたのだろうか)

櫂蔵は愕然とした。藩校に通っていたころは文武に優れた櫂蔵に皆が一目を置き、奔放な物言いをしたおりでも見過ごされていたのに、出仕するようになってからは、周囲の者は風貌に気圧されるのか親しみを示さず、遠巻きにするばかりだった。

これまで櫂蔵はそんなことを気にかけることもなく、言うべきと思ったことはそのまま口にし、同僚だけでなくたとえ上役であろうと仕事で失策した者については厳しく咎めてきた。自負心が強いゆえに、なすべきことをなせばそれでよいとのみ考える櫂蔵は、そのためにのみ心を砕き、骨身を削り、出世を望む同僚の妬みなどに心を配ることはなかった。

それゆえであったのだろう、櫂蔵の失態が明らかになったとたん、堰を切ったように批判が噴き出した。

結果、櫂蔵は身の置き所がなくなり、役目も果たせぬまま国許へ戻らざるを得なくなった。しばらく謹慎せよと言い渡されたが、櫂蔵はそのことが不満でならなかった。

(酒席での座興が過ぎただけではないか。もとを正せば、媚びへつらうしか能がない者たちこそ悪いのだ)

憤りが治まらず、謹慎中の身でありながら城下を離れ、小木津湊で漁師をしている宗平の家に身を寄せた。

宗平は、かつて櫂蔵の父、帆右衛門が船手奉行を務めたときに水夫頭をしていた男だ。十年前、帆右衛門が心ノ臓の病で急死した後、船手方を辞めて漁師になった。すでに四十過ぎだが海で鍛えているだけに、赤銅色に日焼けした体はたくましく、髪も黒々としている。

櫂蔵は幼いころから宗平に何かと目をかけてもらい、面白くないことがある度に訪ねるのを常にしていた。宗平は、

「代々お船手方を務められてきた御家では、御長男にのみ船にまつわるお名前がつけられてまいりました。櫂蔵というお名前がつけられた若様には、どんな苦難にも負けずにたくましく海を漕ぎ渡っていける方になっていただかねばなりませんぞ」

と、おりにふれて言い聞かせてくれた。海での泳ぎや釣りを教えてくれたのも宗平で、帆右衛門が亡くなってからは父親代わりと頼むところがあった。

宗平は早くに女房を亡くし、千代(ちよ)という十三歳の娘とふたりで暮らしていた。櫂蔵が居候(いそうろう)させてくれないだろうかと頼むと、

「ようございます。おいでなさいまし」

と、宗平は快(こころよ)く引き受けてくれた。

宗平の家を訪ねる前、藩には病につき当分の間転地療養する旨(むね)を届け捨てにしていたのだが、許しを得ずに城下を離れたと咎められた。

上役が口うるさく言い出したのにはわけがあった。櫂蔵の継母である染子(そめこ)が、

「櫂蔵は不行き届きでございます。弟の新五郎(しんごろう)に家督を継がせたく存じます」

と、ひそかに重臣たちに働きかけたからだった。

染子は自分に馴染(なじ)もうとしない櫂蔵ともともとしっくりいかなかった。そして、新五郎を産んだころよりそれは決定的となっていた。しかしこれまでは、継母の身であからさまに遠ざければ継子いじめだと周囲から疎(うと)んじられかねないと考えてか、表だって櫂蔵を難じることはなかった。

かつて奥女中をしていた染子は料理、裁縫などの家事全般だけでなく、夫の帆右衛

門を支えつつ、活け花に和歌、笛、書などにも秀でた賢婦人として藩内で知られており、

「櫂蔵は武士にあるまじき有様にて、このままでは御家のためにもなりませぬ」

という染子の訴えを重臣たちはすぐに信じた。温厚で真面目な新五郎の評判がよかったこともあり、反対の声は上がらなかった。却って櫂蔵の漁村での暮らしぶりが放埒だと伝わり、間もなくお役御免、ただちに隠居すべしと評定で決まった。

そのことを伝えにきた上役は顔をしかめて告げた。

「どうせなら、坊主になるか、百姓でもしたらいかがじゃ。さすればお身内もほっとしよう」

黙って聞いていた櫂蔵は、ぼんやりした表情を浮かべたまま何も答えなかった。上役が帰った後、宗平が心配そうに、

「これからどうなさいますか」

と訊くと、櫂蔵は鬱陶しげにため息をついて答えた。

「浜の近くに網などを置いている漁師小屋があるだろう。あそこに家財道具を運びこんで暮らす。実家から月々の金は送ってくるそうだ。金は払うゆえ、食べ物を分けてくれ」

「金などいりません。何も漁師小屋などへ行かれずとも、このままわたしの家でお暮らしになられればよろしいではございませんか」

しかし、呆れる宗平に向かって櫂蔵は言い切った。

「お役御免、隠居となった身が厄介になれば迷惑がかかるし、わたしにも意地がある。他人の世話を受けて露命をつないでおるなどと言われたくないのだ」

お役御免や隠居の身となったことよりも、自分をかばってくれる者が宗平のほかに誰もいなかったことに櫂蔵は衝撃を受けていた。このころひそかに縁組話が進んでいた家からも、ほどなく断りがあった。

(ひとは誰も信じられぬ)

櫂蔵は斜に構えて生きるようになっていた。

その時になって友が誰ひとりいないことに気がついた。好きな女もいない。継母や異母弟と疎遠になるのは早かった。

櫂蔵はどうせなら己ひとりの力で生きようと思った。しかし、漁師小屋での暮らしは思った以上に過酷だった。板壁の隙間から風が吹きこみ、屋根は雨漏りがひどかった。

冬は凍てつく寒さでひと晩中震えて眠ることもままならず、夏はうだるように暑くて寝苦しかった。二六時中、潮風にさらされた布団や衣服は、たちまち襤褸のようになって使い物にならなくなった。

　宗平が心配して、再三、家に来るよう勧めたが、櫂蔵は一顧だにしなかった。時おり実家から届く金は、博打と湊にあるお芳の店で付けを払い、酒を呷って一晩明かすことですぐに使い果たした。

　羽根藩には下ノ江と佐瀬、小木津という三つの湊がある。このうち、もっとも南に位置する小木津は漁師ばかりが住む湊だったが、ほど近い伽羅岳の麓にある納谷村で、十年ほど前に明礬作りが盛んになったころから商人の出入りが多くなった。

　明礬は皮をなめすときや染物で染料を反物に固着させるときに使われる。血止めにもなって貴重なものだけに、買い付けに来る商人も増え、小木津は大坂や江戸へ向けて荷を積み出す湊として大きくなっていた。旅籠が出来ると、たちまち飲み屋や小料理屋が数軒、店を開いた。

　三軒ある旅籠の中でも造りが粗末でいかがわしい者たちも泊まる安旅籠の一室で、流れてきたやくざ者が賭場を開くようになった。

　貸元と呼ばれるほど力のあるやくざがいないため、流れ者のやくざにとっては絶好の稼ぎ場らしく、明礬の買い付けに商人が集まる時期になると毎晩のように賭場が開かれた。

櫂蔵はそんな賭場に顔を出すようになった。通い始めたころは武家の客として喜んで受け入れていたが、櫂蔵が荒んだ気配を色濃くするにしたがって、やくざ者は櫂蔵の賭場への出入りを嫌がるようになった。

ある夜、負けが込んで金をすってしまっても居座っていた櫂蔵を、やくざ者たちは力ずくで旅籠の外へ引っ張り出した。

すでに正体を失うほど酔っ払っていた櫂蔵の頭を後ろから棒でなぐりつけて気絶させ、担ぎあげた大きな図体を浜まで運んで体をすっぽり覆うように茣蓙を巻き、縄で縛りあげて小舟に乗せ、少し沖へ出たあたりで海に放りこんだ。

波間に浸かった瞬間気がついた櫂蔵は、縄を引きちぎって縛めから抜けた。一刻ほど泳いで浜にたどりついた時にはやくざ者の姿はなく、ぼうっと明るい方を見れば櫂蔵が暮らしている漁師小屋に火がかけられ、炎をあげている。

櫂蔵はあわてて駆けつけ火の中に飛びこんで、どうにか両刀だけは持ち出したが、間もなく小屋は炎の中に崩れ落ちた。やくざ者の仕業に違いなかった。

ずぶ濡れになって冷えた体を、焼け落ちてくすぶっている小屋の残骸で温めながら酔いが醒めるのを待った櫂蔵は、仕返しをしようと刀を腰にやくざ者がいた旅籠へ向かった。宿の者を叩き起こしたが、やくざ者の部屋はすでに蛻の殻だった。

どうすることもできなかった。

宗平の世話でそれまで使われていなかった別の漁師小屋に住むことになったが、こちらはさらに隙間だらけで廃屋同然だった。

「これじゃあ、まるで――」

物乞いの小屋だ、と言いかけた言葉を呑みこんで、宗平は痛ましげに櫂蔵を見た。

櫂蔵は素知らぬ顔をして移り住んだ。眠れぬ夜、ふと見回せば、月の光が板の隙間から差して小屋の中を侘しく照らしていた。

どこまでも堕ちていく、と感じた。武士としての矜持も失い、ただ地を這いずりまわって虫のように生きている。

そう思っていた。

二

何することもなく櫂蔵が漁師小屋に戻ろうと歩いていると、破損して浜に放置されたままになっている小舟の縁に男が腰かけているのが見えた。白髪で小太りの、ずんぐりした体つきの男だ。

　櫂蔵は近づいて声をかけた。

「咲庵殿、何をしておられる」

　呼びかけられて、咲庵はゆっくりと振り向いた。たるんだ頰から丸いあごにかけて白い無精髭がまばらに生えている。

「襤褸蔵殿か」

　咲庵は元気がない声で答えた。

「襤褸蔵は失礼ですな。わたしには櫂蔵という、ちゃんとした名がある」

　櫂蔵は苦笑して咲庵の傍らに腰を下ろした。並んで朝焼けの海を眺めていると、咲庵がぽつりと言った。

「戯れ言が過ぎましたな。今朝は気分がすぐれませぬゆえ、お許しくだされ」

「さようか」

　櫂蔵は気にする風もなく浜辺に打ち寄せる白い波に目を遣った。波しぶきが高い。風が少し強くなったようだ。

　咲庵は旅の俳諧師で、納谷村の庄屋、仙右衛門の屋敷に半年ほど前から滞在していた。酒をよく飲むが、庄屋屋敷で堅苦しく飲むのが嫌なのか、海近くにある仙右衛門の別邸に泊まってはお芳の店に時おり顔を出していた。櫂蔵が居合わせた際には酒を奢ってくれたこともある。

店に入ってきた咲庵は、お芳に酒と肴を注文して一緒に飲む相手を物色するように店の中を見回し、櫂蔵に目をつけた。

「失礼ですが」

咲庵は酒器を手ににこやかな笑みを浮かべて近づき、櫂蔵の杯に酒を注いで話しかけてきた。それから酒を酌み交わしつつ四方山話をする間、櫂蔵が漁師らしいほかの客から、

——襤褸蔵殿

と乱暴な物言いで声をかけられるのを面白がって聞いていた。漁師たちはお芳の店に櫂蔵が来るのが面白くないようだった。

櫂蔵が店でゆっくり酒を飲むのは実家から金を送ってきた日だった。その日はしたたかに酒を飲み明かして店に泊まる。いわばお芳を買い切りにするのだ。

それが癪にさわるのだろう、漁師たちは櫂蔵に荒っぽい言葉を投げて喧嘩を吹っかけようとする。しかし、この日だけは櫂蔵は相手をしなかった。

咲庵は、もとは江戸の呉服問屋、三井越後屋の大番頭を務め、佳右衛門という名だ

と話した。十年ほど前に俳諧の道にはまりこみ、風雅を求めて旅に出たという。

「いや、もうこの年になってとんだことで」

穏やかな顔で咲庵は笑った。三井越後屋の大番頭といえば、江戸では武家でも丁寧に応対する。普通の店の主人などとは格が違う。

その地位を捨てたとは、並大抵のことではない。櫂蔵には、それほどまでして俳諧の道にのめりこんだ咲庵がうらやましく思えた。

「俳諧とはそんなによいものなのですか」

櫂蔵が訊くと、咲庵は重々しくうなずいた。

「この道は松尾芭蕉に始まると、わたしは思っております」

と言い、芭蕉がなぜ東北を回って辛苦の旅をしたかを話し始めた。

「美しきものを求めてこの世の外に出られたのではないでしょうか。言うなれば求道の心。俗世から抜け出なければ、この世の美しさはわからないものなのかもしれません」

咲庵の言うことはもっともらしく聞こえたが、自分とは無縁だと櫂蔵は感じた。だが、世の中には、櫂蔵がやむを得ず追いこまれたこんな暮らしと似た、孤独な旅空の下での生活を風雅に思うひともいると知って目を開かれるところがあった。

櫂蔵が武士でありながら、いまは漁師小屋で暮らしていると知った咲庵は、ひどく驚くとともに興趣を感じたのか、

「これからはご昵懇に願いたいものです」

とさらに酒を勧めた。庄屋から小遣いまで手当してもらっている様子で、咲庵は金に不自由していなかった。それからというもの、店で会う度に櫂蔵に酒を奢り、俳諧や旅の話をして聞かせた。

温容でありながらも咲庵には、大店の番頭をまかされていた者の落ち着きがあった。地位を捨てて俳諧師になるなどという風狂は似合わないようにも思えた。

ある日、咲庵は自分の俳号について、

「咲庵は明智光秀の雅号だと言われておりましてな」

と話した。櫂蔵は杯を口に運びながら目を丸くした。

「本能寺の変で織田信長を討った明智光秀ですか」

「さようです。わたしは俳諧の道に進もうと、番頭の職を投げ捨てました。お武家が主家に弓を引いたのと同じですから、江戸を出るにあたって咲庵という俳号にしたのです。生涯、謀反人であることを忘れないために」

咲庵が淡々と話す傍らで、櫂蔵は、俳諧師とは世間からはずれて酔狂を生きるひと

たちのようだと思った。

しかし、咲庵の目には時おり不安げな翳りが過るようにも見受けられる。

俳諧師として旅をすれば、それぞれの地で俳諧を嗜む富裕なひとびとに食を与えられ、路銀なども提供してもらえるのだろうが、そのかわりに句会を開き、俳諧の力も見せなければならない。相手の機嫌を損じないように生きねばならないだけに辛いこともあるのではないか。

そんなことに考えをめぐらせながら朝の海を眺めているうちに、咲庵の心には何があるのだろうと思いが及んだとき、咲庵がふと口を開いた。

「昨日、江戸の息子から手紙が届きました」

「ほう――」

「わたしの女房が死んだという報せでした。葬式もすませたそうです」

「それはまた、ご愁傷なことで」

「いや、わたしには悲しむことなど許されておりません。俳諧師になると言って店を辞め、家族を捨てて江戸を出たのですからな」

「風雅の道とは、そうまでせねば究められぬものなのでしょうな」

すぐさま咲庵は頭を横に振った。

「そんなきれいごとではありません」

突然、咲庵は吐き出すように話し始めた。

若いころ、咲庵は客をもてなすために身につけておいた方がよいと茶を習いに行き、そこで近くの薬種問屋の娘と知り合ったという。

三井越後屋の手代として張り切っていた咲庵に娘は一目惚れをした。娘の方から付け文をして逢瀬を重ね、深い仲になった。咲庵は頃合いを見て、薬種問屋をしている父親に娘を嫁にもらいたいと申し出た。父親は三井越後屋の手代であることには関心を示したが、咲庵と会った後、何が気に入らなかったのか、

「跡取り娘だから」

と断りを寄越した。間無しに咲庵は娘を誘い出して、駆け落ち同然に暮らし始めた。三井越後屋で主人から気に入られているという自信があった咲庵は、夫婦になってしまえばいずれ娘の親も許してくれるだろうと高を括っていた。しかし父親は、娘が勝手に家を出たことに激怒して勘当してしまった。

「それでもわたしは平気でした。なにしろ間もなく番頭になりましたし、三井越後屋で出世しさえすれば向こうから頭を下げてくるだろうと、傲慢なことを考えていました。そのころは、ひとの気持を思い遣る心などまったくなかったのです」

櫂蔵は返す言葉もなく、海を眺めるばかりだった。朝焼けで黄金色に染まった海はなぜか物悲しく目に映る。

咲庵はため息をついて、

「わたしの俳諧など本物とは言えません。どうしてだかわかりませんが、三井越後屋の大番頭として働いているのが、ある日、突然嫌になりました。毎日客の相手をして、主人の機嫌をうかがうのに飽き飽きしたのかもしれません。それで始めたのが俳諧なのです」

と身の上話を続けた。

商売と関わりのない相手と俳句について言葉を交わすのが楽しくなった。句会をともにするのは富裕な商人や武家、僧侶などだったが、金にまつわることは話題にのぼらず、和歌や漢詩など素養に裏打ちされた話を聞くにつれ、咲庵はいままで自分がいかに物を知らなかったかに気づかされた。

思いがそこに至ってからは、暇を見つけては書を読み、俳諧を学んだ。すると、生きていくことの意味は金儲けにあるのではなく、この世の美しさを味わうことにあるのではないかと思うようになった。

俳諧にのめりこむほどに、店で客を相手に話すことがつまらなく感じられて、相手の顔に浮いている見栄や欲から目をそむけたくなった。しだいに商売が煩わしくなってきさえした。

「そうこうするうちに、急にそれまでの自分の生き方が疎ましくなって、店を辞めてしまったんですよ。ただの怠け心だったような気もしますが、なにもかもうまくいっていることにうんざりしていたのでしょうか。だから、女房のことなんかこれっぽっちも考えず、実家に戻るか息子が面倒をみてくれるかするだろうと思っておりました」

「だが、違いましたか」

櫂蔵は咲庵の白い無精髭を見つめた。

「ええ、女房は実家から勘当されたままでしたから戻るに戻れなかった。息子は同じ三井越後屋の手代をしておりましたが、わたしが勝手に店を辞めたのを咎められて、店を辞めなければならなくなったそうです。そのことでわたしを恨んでいたでしょうし、わたしが残した金を女房と分け、それを元手に自分で商売を始めたものの稼ぎが少なく、女房の面倒をみることができなかった。手持ちの金が尽きた女房は年をとってから自分で身過ぎしなければならなくなった。知り合いの店で下働きをしていたようです」

「咲庵殿はそこまで思い至らなかったのですな」

「三井越後屋の大番頭はまわりからちやほやされるので、いつの間にか思い上がっていたのですよ」

咲庵は無念そうに言った。

「誰もがそうなのではありませんか。自分の思いと裏腹になることはよくあることです」

櫂蔵が慰めるともなく言うと、咲庵は海に目を向けてうつろな表情で答えた。

「六十近くまで生きて、ようやくわたしは何も持っていないのだと気づきました。十年ほど前、俳諧師になろうと思い立った時はそれが自分の進むべき道だと思ったのですが、いまになってみれば、ひとりで生きるのは骨身にこたえます。誰からも頼りにされず、思い出してくれる者もなく、縁もゆかりもないこんな海辺にいるんですよ。わたしの勝手のせいで、女房もわたしと同じような思いを抱きながら亡くなったのだと思います」

咲庵の顔には悔恨の表情が浮かんでいた。

「潮鳴りが聞こえるでしょう。わたしにはあの響きが、死んだ女房の泣き声に聞こえるのです。死ぬまでわたしの耳には、あの潮鳴りがずっと聞こえるのでしょうな」

櫂蔵は口にする言葉が見つからず、咲庵の傍らで黙ったまま潮鳴りを聞いた。

海の色は濃い藍色から碧色へと変わっていた。

三

十日後――。

櫂蔵はいつもと変わらず漁師小屋で昼間からうとうとと居眠りをしていた。風が強く眠れぬ夜が続き、この日、ようやく風が収まると、急に眠気が襲ってきた。

ぼろぼろになった布団にくるまり、魚籠(びく)に頭をもたせかけて横になっていると、

――兄上

と呼ぶ声がした。薄く開けた目に、戸口に立っているひとの姿が映った。弟の新五郎のようだ。ゆっくりと体を起こして、

「何か用か。今月のものは、このあいだ届いたぞ」

と生(なま)あくびをしながら櫂蔵は返事をした。新五郎はあたりをうかがうような声音(こわね)で

櫂蔵に訊いた。

「入ってよろしいですか」

「いや、ここに座れば袴が汚れる。外で話した方がよかろう」

言いながら立ち上がった櫂蔵は、板敷から下りて下駄を履いた。戸口から出て浜辺へ向かって歩きながら、櫂蔵は後ろをついてくる新五郎に声をかけた。

「物産方から新田開発の奉行並に取り立てられたそうだな。その若さでたいしたものだ」

「奉行並になったのは一年も前のことです」

憂鬱そうに新五郎は応じた。ふたりは母親が違うためか、顔や体つきは似ていない。新五郎は小柄で色が白くととのった顔立ちをしている。控え目でひとに応対する時も常に丁寧に接する。

櫂蔵にはそんな新五郎が柔弱に見えて、少年のころはよくなぐった。櫂蔵にしてみれば男らしくなるように鍛えていたつもりだったが、継母の染子にはただのいじめに見えたらしく、櫂蔵にことさらつめたい視線を向けるようになった。

それを感じ取った櫂蔵は染子と口を利かなくなり、しだいに新五郎も遠ざけた。新五郎はしばらく櫂蔵の跡を追っていたが、やがて母親に倣って櫂蔵に声をかけなくなっていった。同じ屋敷に住みながら、たがいに顔をそむけるようにして暮らしていた。

家督を譲られた新五郎は物産方に出仕して首尾よく勤め、評判がいいと宗平が伝えてくれた。自分が転落していくのとは逆に新五郎は浮上していくのだと、櫂蔵は厭わしい思いを抱いた。それでも、奉行並になったと聞いた時は驚くとともに、心の隅でどことなく誇らしい気がしたのは不思議だった。

肉親とはいえ心を通わすことがなくなった新五郎だが、その出世を妬ましく思わなかったのは、やはり血のつながりがあるゆえだろうか。

浜辺に近づいたあたりで振り向いた櫂蔵は、新五郎に訊いた。

「時に何用だ。そなたがわざわざ出向いてくるとは、あまりよい用事ではあるまい」

「さようかもしれません。実は、あることで金子が入り用になり、家伝の掛け軸や茶器などを処分いたしました」

新五郎はこわばった表情で言った。

「ほう、なぜ金子が入り用になったのだ」

「子細はいずれ。些少で申し訳ございませんが、今日は売り払って得た金のうちより、兄上の取り分を持って参りました」

懐から取り出した紙包みを新五郎は櫂蔵に差し出した。

「すでに家督を譲ったのだから屋敷にある品はすべてお前の物だ。遠慮はいるまいに」

とつぶやいて紙包みを受け取った櫂蔵は表情を曇らせた。

包みは軽かった。おそらく小判が包まれているのだろうが、二、三枚が入っているだけのようだ。家伝の掛け軸や茶器をすべて処分したのであれば、少なくとも三百両にはなったはずだ。その中からの取り分としてはあまりに少な過ぎはしないか。

「新五郎、わたしをみくびったな」

櫂蔵は声を尖らした。新五郎は目を伏せてわずかに震える声で答える。

「決してさようなわけではございません」

「ならば、この金子は何だ。これしきの金をわざわざ持ってくるとは、わたしがかように落ちぶれ果てておるゆえ、二、三両もくれてやれば躍りあがって喜ぶとでも思ったか」

「決してさようではないのです。家伝の品を処分して得た金は三百両でございました。ただ、急を要するわけがございまして、兄上にはわずかしかお渡しできませぬ。お許しください」

苦しげに新五郎は言った。

「そうか、それほど金に困っておるのなら、これは受け取れぬ。持って帰れ」

櫂蔵は紙包みを新五郎の前に突き返して睨み付けた。新五郎は櫂蔵の手の中にある紙包みを見つめて、

「まことに恥ずかしき限りでございますが、この金子は何としても兄上に受け取っていただきたいと存じます」

「なにゆえだ」

「わたしは弟の身でありながら家督を継ぎました。なれど、家伝の品を処分しなければならなくなりましたことを、兄上に申し訳なく存じます」

新五郎の声はかすれて、潮風にかき消されそうになるほど弱々しかった。新五郎の顔を見据えていた櫂蔵はすぐさま手を引っこめた。

「わかった。そこまで申すならもらっておこう。物乞い同然に暮らしているのだ。施し（ほどこ）は受けずばなるまいからな」

吐き捨てるように言って紙包みを懐に入れた櫂蔵は、何も言わずに漁師小屋に足を向けた。

浜辺に立ちつくして悲しげな目で見送った新五郎は、櫂蔵を追おうとはしなかっ

た。

変わらず、沖合から遠く潮鳴りが聞こえていた。

新五郎が持ってきた紙包みには三両入っていた。

櫂蔵はその夜、お芳の店で酒をたらふく飲んだあげく、店に来ていたやくざ者に誘われるまま賭場へ行った。

有り金すべてを賽子博打でたちまち巻き上げられた櫂蔵は、酔いが抜けないふらつく足取りで浜辺を歩いて漁師小屋へ戻ろうとしていた。

途中で気持が悪くなり、這うように波打ち際に行って吐いた。月光に照らされ、銀色に輝く波が打ち寄せて足を濡らす。くっくっと笑いが込み上げた櫂蔵は仰向けに寝転がった。寄せては返す波に浸かりながら夜空を見上げた。

思い詰めた顔をして新五郎が持ってきた金を使い果たしてしまい、惨めさがさらに増していた。

(わたしはいったい何をしているのだ)

新五郎が家伝の品を処分しなければならないほど急に金に困ったのにはそれなりのわけがあるはずで、聞く耳も持たずに少ない金子を見て激昂してしまったのは新五郎に対する引け目があったからに違いない。

　自分が務めをしくじって隠居に追いこまれた後、新五郎が出世していると聞いて、嫉妬はないにしてもやはり屈託は抱えていたのだろう。賢弟が愚兄に金を恵みに来たとしか思えなかったことが口惜しかった。だから、新五郎に何があったのだと訊きもせず、嫌みを言って金を受け取ってしまった。

　ふつふつと後悔が胸に湧いてくる。波に打たれつつ夜空を見上げた時、悔恨と寂寥で胸が張り裂けそうになった。

「大馬鹿者――」

　櫂蔵はわめいて立ちあがった。海水でぐっしょり濡れた袴が足にまとわりついた。足を波にとられそうになりながら、よろよろと櫂蔵は歩き始めた。ふと目を上げると、浜辺で灯火が揺らめくのが見えた。

　浜辺に打ちあげられた小舟の上で篝火が焚かれ、男が乗りこもうとしていた。

（漁火か――）

　暗い海面に魚を呼び寄せるため、漁師は舟の上で火を焚く。櫂蔵が歩み寄ると、舟の上にいた男が、

「櫂蔵様――」

と声をかけてきた。宗平だった。舟の傍らに娘の千代が立っている。

「漁に出るのか」

問いかける櫂蔵に、宗平は笑った。

「漁師は暗いうちに出なければ仕事になりません」

「そうだな」

あたりを見回せば同じように篝火を点(とも)した舟が沖へ出ようとしていた。櫂蔵は千代に声をかけた。

「漁の手助けとは感心だな」

ぽっちゃりした丸顔で、十六歳になってもまだ娘らしく見えない千代は顔をしかめて、

「櫂蔵様、お酒の臭いがぷんぷんいたします」

と答えた。櫂蔵は苦笑した。

「そう言うな。いつものことではないか」

「何もしないでお酒ばかり飲んでおられたら、神様に叱(しか)られてしまいますよ」

千代は物怖(ものお)じする様子も見せず、遠慮のない物言いをした。

「いつも叱られておるのに、それでも性根(しょうね)が直らぬのは困ったものだ」

他人事のように口にしながら、櫂蔵は浜辺から夜釣りの舟が次々に出ていくのを眺めた。夜の海に漁火が点々と点っている。

「宗平、働くということは清くて勇壮なものだな。わたしなどにはとてもできぬ」

櫂蔵はため息をつきつつ言った。弟がわざわざ持ってきた金をあっという間に酒と博打で使い果たした自分は、何と惨めな姿をさらしていることかと呆れ果てていた。

宗平が笑って言った。

「櫂蔵様は、いつか皆のために清く勇壮にお働きになられます。わたしはずっとそう信じております」

「それはとんだ買い被り(かぶ)だ」

櫂蔵は少し口をゆがめて言い、宗平が乗りこむ小舟のそばを離れて漁師小屋へ戻っていった。漁師たちの舟はいっせいに沖へ向かい始めた。

翌日、櫂蔵は日が高くなっても漁師小屋で寝ていた。

潮に浸かった着物は塩がふいてごわついていた。汗ばんで寝苦しくなっても櫂蔵は目を覚まさなかった。昼過ぎになって、突然、宗平が小屋に入ってきて、

「櫂蔵様、大変でございます」

と叫んだ。櫂蔵が横になったまま目を向けると、宗平は顔を青ざめさせて、

「新五郎様が、新五郎様が切腹して果てられましたぞ」

と告げた。櫂蔵は目を見開いて、がばっと起きあがった。

「何だと——。たわけたことを申すな。昨日訪ねてまいったばかりだぞ」

怒ったように言い返す櫂蔵に、宗平は見開いた目から涙を落とした。

「まことなのだな……。だが、なぜじゃ、なぜ新五郎は腹を切ったのだ」

「わかりません。お屋敷から使いが来て、そのことだけを告げて帰りました。あと……、櫂蔵様が屋敷に来られるのは無用との、奥様のお申し付けだそうでございます」

「馬鹿な。弟が死んだと聞いて放っておけるか」

にわかに櫂蔵は板壁に立てかけていた刀を取り、腰に差すなり土間に飛び下りた。いつもの下駄に足を突っこみ、外へ飛び出して、一目散に駆けて屋敷へ向かった。

伊吹屋敷は城下の大濠に近い武家地の一角にある。汗みずくになった櫂蔵が門の前までたどりついた時、屋敷の中は静まり返っていた。門をくぐろうとする櫂蔵を下僕が飛び出してきて押し止めた。

「お待ちください。櫂蔵様をお屋敷に立ち入らせてはならぬと、奥様から申しつかっ

ております」

「何を申すか。隠居したとはいえ、ここはわたしが生まれた屋敷だ。なぜ入ってはならぬのだ」

「何を騒いでおるのです。まだ乱暴が直っておらぬようですね」

櫂蔵が下僕を押しのけようとしているところに染子が出てきて、能面のように無表情な顔でひややかに言った。四十歳になる染子は、新五郎と面差(おもざ)しが似てととのった顔立ちをしており、容色が衰(おとろ)えていない。

「さようではござらん。新五郎のことを聞き、急ぎ駆けつけたのでござる。ひと目会わせていただきたい」

「お断りいたします。新五郎は介錯(かいしゃく)もなくひとりで自決しました。藩には表向き病死と届けております。あなたからさんざんに迷惑をかけられてきました。亡くなってからも煩わされとうはないはずと存じます」

「なんとおっしゃられるか」

櫂蔵は唇を噛(か)んだ。染子は櫂蔵をつめたく見据えたまま、懐から書状を取り出した。

「これは、新五郎があなた宛てに書き残した遺書です。さぞや恨みの言葉が書き連(つら)ねてありましょうほどに、お読みなされませ」

差し出した書状を櫂蔵が受け取るや、染子は下僕に向かって、

「櫂蔵殿はお帰りになられる。お見送りいたすように」

と言い置き、背を向けて奥へ向かった。

櫂蔵は書状を手にぼう然として佇(たたず)んでいたが、下僕にうながされると門から出ていくしかなかった。門を出るときになって、染子の着物から線香の匂(にお)いが漂っていたのに思い至った。

息子を失って悲嘆に暮れる染子にとって、心が通わぬ継子の櫂蔵と顔を合わせることすら苦痛だったのではないだろうか。

櫂蔵は門の外から屋敷の玄関に向かって一礼して踵(きびす)を返した。

小屋に戻った櫂蔵は新五郎の遺書を開いて読んだ。

兄上、かような仕儀になりましたこと、驚かれたことと存じます。

わたくしは不始末をしでかしましたゆえ、腹を切らねばならなくなりました。ですが、どういう経緯でかようなことになったか、せめて兄上におわかりいただきたく、

この書状を書き残す次第です。

ご存じの通り、一年前にわたくしは新田開発方の奉行並に登用されました。思いがけない出世だと周囲の者は驚きましたが、わたくしは御用に精励いたそうと思い定めました。

奉行並として初めて御前に出ましたところ、日田の掛屋、小倉屋義右衛門殿から藩政改革のための金を用立ててもらう交渉を行うようにとの御下命がございました。

若輩者であるわたくしをお取り立てくだされたのは藩政改革のためだと知り、あらためて嬉しく思いました。

藩の財政窮乏は永年にわたって続き、半知借り上げも長引いて、家中の暮らしは困難を窮めております。どうにかして手を打たねばならないと考えておりましたゆえ、御下命を賜りましたおりは力の限り相勤めようと心に誓いました。

しかし、新田開発を行って藩を豊かにしようにも、何より先に金がいります。そう考えますと、天領日田で大名貸しを行い数万両の金を動かしている商人に用立てを依頼するほか策はないのも自明のことでございます。

日田の代官所御用達の商人は掛屋と呼ばれ、天領の年貢米の集荷と江戸、大坂への回漕を行いますが、同時に代官所の公金を預かって、〈日田金〉と呼ばれる金を大名に貸していることは兄上もご存じでございましょう。

奉行並となってより日田に通い詰めたわたくしは、新田開発の見積もりを文書にいたし、小倉屋殿を説きました。初めは渋っておられた小倉屋殿も、半年ほど通い詰めたころにようやく承知してくださり、五千両を貸していただけることになりました。

喜び勇んで藩に報告し、小倉屋殿も一度藩を訪れて、殿より懇(ねんご)ろなご挨拶(あいさつ)を受けられました。やっとのことで五千両が日田から届きました。

これで新田開発に取り組めるとわたくしは意気込みました。しかし、工事を始めるお許しがいっこうに出ません。

おかしいと思って調べましたところ、小倉屋殿から借りた金はすべて江戸表へ運ばれたことがわかりました。

ご家老の国武将左衛門(くにたけしょうざえもん)様にわけをおうかがいしますと、江戸屋敷で思わぬ出費がかさみ、江戸へ送らざるを得なかったとの仰(おお)せでした。

新田開発を行わなければ、小倉屋殿からお借りした金は返済の目途(めど)が立ちません。天領である日田の掛屋の金は公金ですから、返さないなどということは許されません。

もし、返せないような仕儀になれば、掛屋との間で話をまとめた者は切腹いたさねばなりません。そこまで考えが及んだ時、ことの次第が見えて参りました。

殿は江戸屋敷での入り用を、なんとか掛屋から引き出したかったのです。とはいえ、返済の見込みがない金を掛屋が出すはずはありません。そこで、若年のわたくしを取り立て、新田開発のためと称して交渉させたのでしょう。

小倉屋殿には、まだわたくしの名での仮証文しか出しておりませんでした。金さえ借りてしまえば、あとはわたくしの失態だということで罪を押し付け、腹を切らせ、借銀は踏み倒すおつもりだったのです。わたくしは切腹役として登用されたのだと思い知らされましたが、この期に及んで何を申してもいたしかたございません。殿の命により腹を切ることになるのは、家臣としてやむを得ないかと存じます。

しかし、小倉屋殿を騙して金を引き出したのは、言うなれば不義の行いです。小倉屋殿は仮証文だけでは西国郡代様に訴えることもできません。知らなかったとはいえ、その不義に加担いたしたのはいかにも無念です。

それゆえ家伝の品を処分いたして得た三百両のうち、二百九十七両を小倉屋殿に送りました。わたくしの不始末で家伝の品を処分いたさねばならなくなり、些少なりとも兄上にお渡ししなければ申し訳ないと存じまして、三両お持ちいたしました。

まことに恥ずべきことで、兄上はさぞかし不快に思われたことと存じますが、かかる仕儀となりましたわたくしにとって、できる精一杯のことでございました。

幼いころよりわたくしは兄上を慕って参りました。母上と兄上が生さぬ仲ゆえ、お話しいたすこともままなりませんでしたが、文武に優れたうえに剛毅で曲がったことをなさらない兄上は、わたくしにとりまして誇りでございました。少しでも兄上に近づきたいと努めて参りましたが、兄上に及ぶことはとうていかなわぬことでした。

そのような兄上が不運にあわれ、隠居なさった際、周囲の方々の兄上への仕打ちに目が眩むほどの憤りを覚えました。

兄上に代わって家督を継いだからには懸命に働いて、家名をあげ、やがては兄上に家督をお戻しいたしたいと心に誓っておりましたのに、まことにわたくしは不肖の弟でございます。仕掛けられた罠を見抜くこともできず、恥をさらして家名も傷つけてしまいました。

亡き父上や母上、そして兄上にお詫びのしようもございません。お許しくださいませ。

なにとぞ、なにとぞ、お許しくださいませ。

新五郎が切腹した傍らに置かれていたのだろう、遺書の末尾には血が滲んでいた。

櫂蔵は赤く滲んだ文字を見つめて慟哭（どうこく）した。

四

酒が苦かった。

櫂蔵はお芳の店で酒に溺れた。他の客たちは荒んだ様子で酒を浴びるように飲む櫂蔵の姿を疎ましげに眺め、そそくさと帰っていった。静かになった店の隅の飯台で、咲庵がひとり杯を傾けているだけだった。

酔ってふらつきながら店の中を見回した櫂蔵は咲庵に気づいた。

「きょうはどうされたというのだ。いつもは酒をおごってくださるではないか」

呂律（ろれつ）がまわらぬ口調で櫂蔵が言うと、咲庵は黙ってじっと見返すなり、ぐびりと酒を飲んで、銚子を持って櫂蔵のそばに来た。物も言わず床几（しょうぎ）に座り、櫂蔵の杯に酒を注いだ。

櫂蔵はすぐに口に持っていき、ひと息に飲んで顔をしかめる。

「まずいですかな」

自分の杯を干しながら咲庵は問いかけた。

「ああ、まずい」

櫂蔵は口をゆがめて答えた。

お芳が焼いた魚をのせた皿を出しながら、

「いつもはうまいとおっしゃいますけどね」

と素っ気なく言う。櫂蔵は出された皿に目を落とした。

「まずいものをまずいと言って、どこが悪いのだ」

「はいはい、悪くはございませんよ」

お芳は相手にならずに少し離れたところに座り、手酌で飲み始めた。その様子をとろんとした目で追いながら、

「なんだ。客の相手をせんのか」

と櫂蔵はからんだ。

「お客だったら言われなくても相手をしますけどね。この前、博打で巻き上げられて、すってんてんなんじゃないんですか」

「ふん、知っておったのか」

「酔っ払って、自分でしゃべっていましたよ。はした金を渡されたから、博打で残らずすってやったって」

た。

杯を口に運びながら答えたお芳の言葉に、櫂蔵はぎくりとして杯を持つ手を下ろし

「はした金……。わたしはそんなことを言ったのか」

お芳が怪訝そうな顔で櫂蔵を見つめる傍らで、咲庵はゆっくりと口を開いた。

「なんぞ、嫌なことがありましたか」

櫂蔵は飯台にことりと杯を置いて、

「弟が、切腹して果てた」

と、うめくように言った。お芳がはっと息を吞み、咲庵は目を閉じた。宙を見据えて櫂蔵は言い添えた。

「咲庵殿、断っておきますが、弟が腹を切ったことを嘆いているのではありませんぞ。武士は、いつでもさような覚悟をしておかねばならんのですからな」

「では、何を悲しんでおられます」

うかがうような目で見ながら咲庵は訊いた。

「弟は死ぬ前にわたしを訪ねてきて、三両を置いていきました。わたしはその金を酒と博打で使ってしまった」

「それはいつものことではないですか。弟様もご承知だったはず」

「その通りです。弟はわかっていたと思います。しかし、それでもその金を置いていきました」

いったん黙りこんだ櫂蔵は、再び咲庵が注いだ杯をあおった後、堰を切ったように話し始めた。

「弟の新五郎は日田の掛屋から金を借り出すよう、藩から命じられたそうです。藩政改革のために使う金だからと。その言葉を信じて掛屋と懸命に交渉して、弟は五千両を借り出しました。しかし、藩にはこの金を改革のために使うつもりはなく、新五郎に責めを負わせて踏み倒すつもりだった。これを知った弟は家財を売り払って金を作り、掛屋へわずかながらも返済をしたうえで腹を切ったのです」

絞り出すような声で言う櫂蔵の話を聞いて、

「さようでしたか……」

と咲庵はため息をつき、お芳はうつむいた。

「新五郎が家財を売って作った金は三百両でした。このうちの三両をわたしに届けたのですから残りは二百九十七両。掛屋にはそんな半端な金ではなく、せめて三百両をきっちり揃えて返したかったはず。その時、三両抜かねばならなかった新五郎は、掛屋に対して恥ずかしい思いをしただろうと思います。それなのに、わたしは金を届けにきた弟に嫌みを言い、渡された金をひと晩で使ってしまった」

歯ぎしりしながら悔いる權蔵を、咲庵は気の毒そうに見ながら頭を振った。

「もう過ぎたことです。いまさら後悔してもしかたがないではありませんか」

「それはわかっている。しかし、わたしはおのれが許せない」

うめくように權蔵が言うと、お芳は、くっくっと笑った。咲庵がお芳に目を遣って、

「よさぬか。伊吹様は苦しんでおられるのだ」

と咎めた。

「そうでしょうかね。襤褸蔵とまで言われたひとが、いまさら善人ぶってもしかたがないんじゃないですか。だいたい、もし本当に苦しいんだったら、ここで泣き言を並べる前に、弟様のために何かしたらどうなんです。ただ後悔を口にするだけじゃ、弟様も浮かばれませんよ」

お芳の目には涙が滲んでいる。

「新五郎のために何か……」

權蔵はお芳の顔をじっと見た。

「何もできやしないでしょう」

お芳がそっぽを向くと櫂蔵はしばらく黙りこくったが、おもむろに床几から立ち上がった。

「今夜は帰る」

つぶやくように言った櫂蔵は、咲庵が心配そうに見送る視線を感じながら土間から外へ出た。

月が出て、道をほの白く照らしていた。

櫂蔵は千鳥足で海岸まで歩いた。ざざっ、ざざっと寄せては返す波の音がなぜか気にかかり、足を止めた。

沖合から大波小波が打ち寄せてくる。月光に照らされて白く泡立つ波頭は、時としてひとの姿に見えた。黒々とした沖合から白い人影が幾重にも折り重なって浜辺に近づいてくる。

引きつけられるように櫂蔵は、ふらふらと波打ち際に歩み寄った。足元を波が洗う。不意に衝動が込み上げてきて、櫂蔵はざぶざぶと海に入っていった。死にたいと思ったわけではなかった。ただ、この世から消えたかった。

（わたしなど、この世にいても何の役にも立たぬ）

ひとに嫌われ、迷惑がられるだけなのだ。この海に溶けこむように消えてしまえば、きっと楽になる。その方が生きているより、どれほどましだろう。このまま自分がいなくなっても、本気で嘆いてくれる者など誰もいない。そう考えると、さらなる虚しさが込み上げてくる。

誰もいない、誰も。

胸の中で繰り返しつつ、波をかきわけて進んでいくうちに、

――兄上

という声が聞こえた気がした。

(新五郎……そうか、新五郎がいた。新五郎ならば、わたしが死ぬことを悲しんでくれるだろう)

そう思うと、たまらなく新五郎に会いたくなった。新五郎のところへ行こう。さらに沖へ向かって腰のあたりまで浸かった時、

「死んでは駄目です」

女の声がして、背後から抱きしめられた。

櫂蔵は、はっと我に返り、足を止めた。自分を背からしっかりと抱きしめているの

がお芳だと、その声でわかった。

「お芳、どうして――」

振り向きかけた櫂蔵の背に、お芳は顔を押しつけた。

「どんなに辛くても自分で死んじゃいけないんです。そんなことをしたら、未来永劫、暗い所を亡者になって彷徨わなきゃならなくなる。辛くてもお迎えが来るまでがんばって生きたら、極楽の蓮の上で生まれ変われるって、祖母が言っていました。だから、この世で辛い目にあっているひとほど、自分で死んじゃいけないんです」

お芳は、力いっぱい櫂蔵の背中にしがみついて声を震わせた。

「すまぬ。もう馬鹿なことはせぬ」

波にまかせて体を揺らしながら、櫂蔵は夜空を見上げた。月が滲んで見える。ゆっくりと体を回した櫂蔵は、お芳の肩を抱き寄せた。

潮騒がふたりを包んで高く低く響いている。

翌朝――。

櫂蔵は小屋で目覚めた。すでに日が高くなっているのだろう、板壁の隙間から眩しい光が差しこんでいる。ふと見ると、傍らの藁の上でお芳がぐっすりと眠っていた。

危なっかしく歩く櫂蔵を送ってきて、そのまま寝入ってしまったらしい。着物は生乾きで塩がふいていた。

起き上がった櫂蔵はお芳の寝顔に目を遣った。これほどきれいな女だったろうか。だが、はかなげで哀しみが滲み出ている面立ちにも見える。櫂蔵はお芳への想いが深まっていくのをはっきりと感じていた。いや、その想いに気がついたというべきか。

(わたしはお芳に、この女子に惚れていたのだな)

何人もの男と交わった商売女だと知っているが、それがお芳が抱えた悲しみゆえのことなのだと胸に落ちた。その悲しさがせつなく、いとおしくさえ思える。

お芳の肩に手をかけて起こそうとした時、外から、

「櫂蔵様」

と男の声がした。宗平の声だと察して、櫂蔵はあわてて外へ出た。

戸を開けた際、表に立っていた宗平はお芳の寝姿が見えたのか苦い顔をしたが、そのことは口にせず、お会いしたいとおっしゃる方が来ておられますと言った。

宗平は小屋の近くの松林に櫂蔵を連れていった。大きな松のそばに羽織袴姿の武士が鞭を手に立っている。傍らに小者が控え、少し離れたところに馬の手綱を引いた中間がいた。身分のある武士だと見て取った櫂蔵は眉をひそめた。

三十過ぎだろうか。背がすらりと高くととのった容貌で、目がすずしい男だった。宗平は男の前に跪き、

「伊吹櫂蔵様をお連れいたしました」

と告げた。男がうなずくと、宗平は櫂蔵を振り向いた。

「勘定奉行の井形清左衛門様にございます」

驚いた櫂蔵は、清左衛門に近づいて膝をついた。江戸の用人格だった清左衛門が昨年帰国してすぐ、若くして勘定奉行に登用されたという話は聞いていた。よほど才知に秀でたひとなのだろうとは思ったが、江戸詰めが長かった清左衛門の顔を櫂蔵は知らなかった。

清左衛門は手にした鞭を弄びながらゆるりと櫂蔵に目を向けた。

「そなたが伊吹新五郎の兄か」

「さようにござる」

櫂蔵が手をつかえて答えると、清左衛門はふっと含み笑いをした。

「かつては藩校で秀才と言われていたそうだな。大坂商人との宴席で乱暴な振る舞いに及んだ末にお役御免になり、家督も弟に譲って流人のように暮らしておると耳にしたが、まことだったのだな。随分とひどい身なりをしておる」

「お恥ずかしきしだいにて」

櫂蔵は額(ひたい)に汗を浮かべて頭を下げた。清左衛門が自分を愚弄(ぐろう)しているのだと察したが、腹立ちはなかった。どんな言われ方をされてもしかたのない身の上だと十分わかっている。そんなことよりも、気鋭と言われている勘定奉行がなぜ自ら訪ねてきたのだろうと訝(いぶか)しむ気持の方が強かった。そんな櫂蔵の心中を見透(みす)かしたように、清左衛門は用件の口火を切った。

「きょう参ったのは、そなたに殿のご内意を伝えるためだ」

殿の内意と聞いて、櫂蔵は身を硬くした。藩主、三浦兼重(みうらかねしげ)は現在、在国中のはずだ。傍らの宗平が息を呑むのが伝わってくる。清左衛門はさりげなく言葉を継いだ。

「そなたの弟、新五郎は、おのが命を賭(と)して藩のために働いた。まことにあっぱれ、殊勝な振る舞いであった。日田の掛屋からの借銀の経緯は咎められてもやむを得ぬが、その忠節は疑えぬ。よって新五郎に代わり、兄のそなたがいま一度家督を継ぎ、出仕いたせ。それも、新五郎と同じ新田開発奉行並として励め。以上が殿のご内意である」

櫂蔵は思わず耳を疑った。真実はどうであれ、新五郎は日田の掛屋からの借銀について不行き届きがあり、その責めを負って自害した。確かにそのことは表沙汰(おもてざた)にはされず病死として処理はされたようだが、それにしても新五郎に代わり自分を登用しようとはどういうことなのだろう。殿の意図がわからず、櫂蔵は問いを発することもできなかった。

　皮肉な目を向けて、清左衛門はひややかに言った。

「いかがいたした。実は、殿のご内意はまずもって継母御に伝えたのだ。ところが継母御は、さようなお話をお受けしては申し訳が立たないと言うばかりで、肝心のそなたに伝えようともせぬ。ゆえに、わしがわざわざ出張って参ったのだ」

「まことに申し訳ございませぬ」

　櫂蔵は額が地面につくほど深々と頭を下げた。清左衛門は鞭で自分の肩をとんとんと叩きながら、

「急な話ゆえ、戸惑うのも無理からぬことだ。よくよく考えたうえで心が定まったならば、わしのもとへ参れ。新田開発奉行並はわしの指図に従って動くことになっておる。つまり、そなたがこの話を受けたおりには、わしが上役となるのだからな」

　そう指示をすると、すぐに踵を返して馬がいる方へ歩き出した。櫂蔵は清左衛門が馬に乗って去るまで頭を下げ続けていた。

　宗平も傍らで頭を下げていたが、馬蹄の響きが遠ざかるのを待ちかねたように、

「櫂蔵様、ようございましたな」

と嬉しげな声を上げた。

ゆっくりと立ち上がった櫂蔵は膝についた砂を払った。その顔には何事か思案する、かつて俊英と謳われたころの表情が浮かんでいた。

「さて、よいことであろうか」

首をかしげる櫂蔵を、宗平は驚いたように見つめた。

「何をおっしゃいます。再びご出仕の機会がめぐってきたのです。これを断れば、新五郎様にも申し訳の立たぬことになりますぞ」

「そうかな」

気のない返事をして、櫂蔵は小屋に足を向けた。宗平はあわてて追いすがり、差し迫った声を上げた。

「まさか、お受けにならないおつもりではございませんでしょうな」

「継母上(ははうえ)は受けられぬと言っておられるようだ。ならば、受けぬ方がよいのではないか」

「さように意地を張られずとも」

宗平の不満げな声を耳にして、櫂蔵は振り向いた。

「意地を張っておるのではない。新五郎が腹を切ったのには理不尽な子細がある。藩がわたしを登用しようとしておるのには、何か裏がありそうだ。うかつに乗ってよい話ではなかろう」

宗平が言葉に詰まっている間に、櫂蔵は背を向けて小屋の戸を開けた。見ればお芳が背を向けて座っている。その背中には、なぜか緊張した気配が漂っていた。

「どうしたのだ」

櫂蔵が訝しんで訊くと、お芳は硬い声音で答えた。

「伊吹様があわてて出ていかれたので、何かあったのだろうかと思って松林まで離れてついていきました。そのまま話をされているのを見てしまったのです」

のぞかれてしまったかと苦笑しつつ、お芳には関わりのないことだと思い、櫂蔵は明るい表情で応じた。

「あの方は勘定奉行の井形清左衛門様だ。わたしに話があって見えられた。それが、どうかしたのか」

しかし、お芳の緊張は解けなかった。お芳はしばらく経ってから口を開いた。

「あの方が、井形清四郎――わたしを捨てたひとです」

「なんだと――」

櫂蔵は目を瞠った。お芳から聞いたかつての男が清左衛門だとは思いもよらなかった。清左衛門は名家の出だというから、妻も家柄で選んだに違いない。最初から遊びのつもりでお芳と関わりを持ったのだろう。

「いまは何の関わりもないひとですけど、ひさしぶりに見て驚きました」

圧し殺したような声で言うお芳の胸の内に、どんな思いが去来しているのだろうか。櫂蔵は息が詰まりそうになりながらお芳の背を見つめた。

「そうであったか……」

それ以上何と言えばいいのか、櫂蔵にはわからなかった。清左衛門はお芳に心の傷を残したのだろうが、それでいて、お芳の心の中にはまだ想いが残っているのかもしれない。背を向けたまま振り向こうとしないお芳の心中を、櫂蔵ははかりかねた。

「気にしないでください。何とも思ってはいませんから」

「憎くはないのか」

確かめるように訊くと、お芳はうつむいて頭を振り、しばらくして急に立ち上がった。

帰ります、と小さく言って顔を伏せたまま櫂蔵の脇をするりと抜け、戸口から出ていった。言葉をかける間もなく、櫂蔵は黙ってお芳の哀しげな背中を見送った。

昨夜、海に身を投げようとした櫂蔵を、お芳が懸命に助けてくれたことが頭を過った。ただの商売女と客のつきあいだと思っていたが、それだけではない心のつながりがいつの間にか生まれていたことに、あらためて櫂蔵は思い至った。

住み慣れたいつもの小屋が、お芳が出ていった後にはひどくさびしい場所に感じられた。体の中を風が吹き抜けていくようだ。

波が寄せてくる音が遠く聞こえていた。

五

翌日、伊吹家の家士が訪ねてきて、屋敷に来るようにという染子の言葉を伝えた。清左衛門から言われた件だと察した櫂蔵は、すぐさま宗平の家を訪ねて衣服をあらため、家士に遅れて屋敷へ向かった。

門をくぐると待っていた家士が、すぐに奥へ櫂蔵が来たことを告げにいった。ほどなく客間に通されて茶が出され、頃合いをみはからったかのように染子が出てきた。

先日訪れた時のような刺々（とげとげ）しさは薄れているものの、櫂蔵を見つめる目には相変わらずひややかさが感じられた。

「きょうお越しいただいたのは、勘定奉行の井形様より櫂蔵殿にお話があったとお聞きしたからです」

時候の挨拶もないまま、染子は切り口上で話し始めた。櫂蔵は黙ってうなずいただけで、染子の話に耳を傾けた。

「新五郎亡きいま、親戚より養子を迎えたいとの願いをすでに藩には出しております。そうしたおりに、井形様より櫂蔵殿にいま一度家督を継がせて出仕させてはどうかというお話がありましたゆえ、お断りいたしました。井形様は櫂蔵殿に直（じか）にお話しされたようですが、間違ってもお受けにはならないでください」

櫂蔵は染子の顔を見つめて訊いた。

「やはり、わたしが再び出仕いたすことはお許しいただけませぬか」

「当たり前です。思った通り、さもしくも出仕することを考えられていたのですね」

蔑（さげす）むように言う染子に、櫂蔵は苦笑して言葉を返した。

「さもしいとはいささか言葉が過ぎませぬか。武士たる者、主家への奉公はすべきでありましょう」

じっと櫂蔵を見つめる染子の目の冷たさが増していく。

「ご重役方が何を考えておいでなのか、あなたにはわからないのですか」

「ほう、わたしを再び出仕させるについて、何か子細があるとお考えですか」

櫂蔵はさりげなく問うた。染子が家中の動きに目を配り、常にしっかりと見定めて父を助けていたことを櫂蔵は知っていた。見識のあるひとだと言えるだけに、その考えは聞いておきたかった。

「新五郎はご重役方から借財の責めを負わされ、無念の思いで腹を召したのです。病で亡くなったことにはなっておりますが、家中の皆様はよくご存じです。新五郎に同情を寄せ、ご重役方を難じる方もいらっしゃいます。そこで、あなたを再出仕させることでわが家に恩を売り、難じる声を抑えようとなさっておられるのです」

「なるほど。さようなことではないかと薄々察しておりました」

「それだけではありません。ご重役方には、もうひとつ狙いがあろうかと思われます」

「もうひとつの狙いとは、なんでしょうか」

櫂蔵は染子の言葉を待った。

「あなたを新五郎と同じ新田開発奉行並に据えれば、いずれしくじりを犯すと見ておられるに違いありません。あなたがしくじれば、新五郎も同じように失態を演じたがゆえに腹を切ったのだと見做(みな)されましょう。それゆえ、あなたに出仕していただくわけにはいかぬのです」

染子は冷然と言い切った。櫂蔵は腕を組んで少し考えてから口を開いた。

「しかし、わたしがしくじりを犯すとは限りますまい」

染子は嘲るような笑みを浮かべた。

「いまのあなたが家中のひとびとからどのような目で見られているか、ご存じないのですか。襤褸蔵などという仇名までついているそうですね。そこまで堕ちたひとに、いまさらまともなご奉公ができるとは誰も思っておりません」

「さようですな。落ちた花は二度と咲かぬと申しますからな」

つぶやくように言う櫂蔵をまじまじと見つつ、染子は言葉を継いだ。

「ですから、井形様からのお話はお断りくださいと申しているのです」

わずかに首をひねりしばし考えた後、櫂蔵は答えた。

「此度の話にうかつに乗ってはならぬとわたしも考えました。しかし、あっさり断ってよい話だとも思えません。いましばらく時をかけて考えたいと存じます」

「あなたというひとは、どこまであさましいのか――」

色をなしてつぶやいた染子は、顔を背けたまま言いのけた。

「もし、あなたがこの屋敷に戻られるおつもりならば、屋敷に仕える者たちには暇を取らせます。わたくしは、新五郎に仕えていた者たちがあなたに仕えるのを見たくないのです。そうなると、あなたはこの屋敷で血のつながりのないわたくしとふたりきりで暮らさねばなりません。家中では、さぞ悪い評判が立つでしょう」

染子の言葉を聞き終えた櫂蔵は、

「それは困りますな」

と軽く受け流し、それではご免仕る(つかまつ)と挨拶して辞去した。

薄暗くなってから、櫂蔵はお芳の店に行った。すでに咲庵がいつもの飯台で酒を飲んでいた。珍しいことに、まだほかの客は来ていない。

咲庵の近くに座るのを見て、お芳が銚子と杯を持ってきたが、櫂蔵はすぐには酒を飲もうとはしなかった。

「どうかなさいましたか。日頃の伊吹様らしくありませんな」

声をかけられた櫂蔵は咲庵に顔を向けた。

「少し、考えねばならぬことができました」

「どのようなことです」

「藩のご重役方が、弟の代わりに出仕せぬかと言ってきたのです」

「それは結構なことではありませんか」

身を乗り出して言う咲庵の傍らで、肴を持ってきたお芳が驚いて目を瞠った。それに構わず櫂蔵は話を続けた。

「しかし、継母は弟を死なせてしまったことを難じる声が上がるのを避けるため、ご重役方が伊吹家に恩を売ろうとしているのではないかと見ております。しかも、わたしを弟と同じ役目につけてしくじらせ、あたかも弟も同じように失態を演じたがゆえに切腹したと家中の者たちに思わせようとしているのだと、うがったことを言います」

咲庵は杯を干してから、相槌を打つように二、三度首を縦に振った。

「それはありそうな話ですな。上に立つ者は、身を守るためならばそんなことを考えます」

「ですから、継母は出仕してはならぬと言うのです」

そこまで話してひと息ついたのか、櫂蔵はようやく杯に酒を注いだが、また考えこむ風に、じっと杯を見つめている。じれてお芳が口をはさんだ。

「でも、亡くなられた弟様は、伊吹様がお役目につかれたら喜ばれると思いますよ。弟様がなさろうとしたことを引き継がれるのですから」

「そうなのだ。わたしが考えているのも、まさにそのことなのだ」

　櫂蔵がお芳の言葉に同意するのをさえぎるように、ごほん、と咲庵が咳払いした。

「それはわかりませんな。弟様が藩の犠牲になられたのだとすると、お継母上は伊吹様に同じ目にあってほしくはないと思われたのではないですか。お話をうかがった限りでは、出仕されてもまわりは足を引っ張ったり、罠にはめようとするかもしれませぬゆえ」

　うなずきつつも、櫂蔵は咲庵に言葉を返した。

「さもあろうかと思いますが、わたしにはそんなことよりも気になっていることがあるのです」

「なんでしょうか」

「日田の掛屋がなぜ五千両もの金を貸したか、です。新五郎は懸命になって説いたでしょうが、それだけで掛屋がわが藩のような貧乏藩に大金を貸すとは思えないのです」

　櫂蔵が思いめぐらしながら言うと、咲庵はぽんと膝を叩いた。

「それは道理ですな。掛屋には何か思惑があったに違いありません。商人にとって金は命より大事なものです。よほどのことがなければ貸しはしません」

「どんな裏があると思いますか」

うかがうような目を向ける櫂蔵に、咲庵はあっさり答えた。

「それはわたしにもわかりません。しかし、それを知る手立てはあります」

「ありますか」

櫂蔵は身を乗り出した。咲庵はいつにない厳しい表情をしている。江戸の呉服問屋、三井越後屋で大番頭を務めていたころはこんな顔つきをしていたのだろう。

「掛屋に直に訊くことです。もし掛屋に思惑があったとすれば、弟様が亡くなられたことで目論見はいったんはつぶれたはずですから、伊吹様が弟様のなさろうとしたことを引き継ぐと言われるならば、思惑について話すかもしれません」

「なるほど」

櫂蔵は腕を組んだ。

「相手も名うての金貸しです。訊かれてすぐに答えるというような甘い応対はしてくれないでしょう。まして五千両の損を出したところですから。まずは伊吹様が怒りそうなことを口にして、どのようなおひとか確かめようとするでしょう。そこで信用してもらえるかどうか、それ次第、ではないでしょうか。いずれにせよ、よほど覚悟してかからねばなりませぬな」

案じるように咲庵が言うと、櫂蔵は薄く笑った。

「わたしは襤褸蔵と呼ばれた男です。どのような面罵にも耐えて見せます」

そう言うなり、櫂蔵は手にした杯の酒を土間に流した。

「櫂蔵様——」

お芳が驚く声を上げると、櫂蔵は笑った。

「もう酒はやめる」


三日後——。

櫂蔵は療養のため湯治に行くと藩に届け出て、旅姿で日田へ向かった。

日田は北部九州の中央に位置し、山々に囲まれた盆地だ。

幕府の直轄地である天領の日田は、筑前や筑後、豊前、肥後に通じた〈日田街道〉がめぐらされている交通の要衝でもあった。

笠をかぶり、羽織に裁着袴姿の櫂蔵は、街道を進むうちに汗ばんで、足の運びが心許なくなってきた。

(どうしたことだ。これほどまでに衰えていたのか)

これまでの不摂生が祟り、わずかに遠出をしただけで息が切れるようになっていた。街道を行き交う武士や町人はいずれも旅慣れているらしく軽い足取りだったが、櫂蔵はひと足ごとに体が重くなっていくような気がした。

かつて剣術で鍛え上げていたはずなのにこれほど惰弱（だじゃく）な体になっているとは、と嘆かわしい思いがした。

この様（ざま）では新五郎に代わって出仕するのは難しいと息を切らせつつ、途中にある山の旅籠で一泊して日田へと入った。

小倉屋義右衛門の店は豆田魚町（まめだいおまち）にあった。間口は十間（けん）ほどあるが、数万両の金を動かしているのにふさわしい豪壮な店構えではなかった。しかし、一歩店の中に入ると、欄間（らんま）や置かれた調度の凝（こ）った作りに内福であることが見て取れる。

訪（おとな）いを告げられた手代は、不審げに不躾（ぶしつけ）な視線を櫂蔵に向けた。櫂蔵が羽根藩の伊吹新五郎の兄で、死んだ弟に代わって挨拶に来たと言うと、納得した表情をして奥へ伝えにいった。

櫂蔵はしばらくの間、店の土間で待たされた。ようやく戻ってきた手代は、

「主人がお会いすると申しております」

と告げて櫂蔵を客間に案内した。

名のある絵師の手によるものと思われる床の間の掛け軸を眺めながら待つうちに、

ゆったりと義右衛門が入ってきた。間無しに女中が茶碗を持ってきて、対座するふたりの傍らに置いて下がった。

義右衛門は質素な羽織に着物姿の四十過ぎの男で、眉が濃く目が鋭い、あごが張った精悍(せいかん)な顔立ちをしている。表情は商人らしく物柔らかで、座るなりにこやかな笑顔を櫂蔵に向けて頭を下げた。

「小倉屋義右衛門でございます。この度は、新五郎様におかれては急な病でお亡くなりになられたとのこと、まことにご愁傷様でございます」

頭を上げた義右衛門は、櫂蔵の挨拶も聞かずにあわただしく懐から紙包みを取り出した。

「些少ではございますが、お収めくださいﾞ」

厚さから、十両は入っていそうに見えた。

櫂蔵はゆっくりと頭(かぶり)を振った。

「弟は小倉屋殿にご迷惑をおかけしたとうかごうております。とても受け取れませぬゆえ、その儀はご無用に願いまする」

ほう、と言いながら、義右衛門は訝しげに櫂蔵を見た。やわらかな表情が消え、すっと冷えた目で櫂蔵を見据えている。

「十両ほど包みましたが、それではまだ足らぬとおっしゃいますか」

「滅相もござらん。まことに受け取れる筋合いではないと思っているだけでござる。申し訳なく存じおります」

　櫂蔵は手をつかえて頭を下げた。義右衛門は腕を組み、わざとらしくため息をついて見せた。

「困りましたな。わたしは伊吹新五郎様と商売の話をするにあたり、失礼ながらお身内のことなども調べさせていただきました。兄上様は大坂の商人との宴席で乱暴を働いた末にお役御免となり、家督も新五郎様に譲られて、漁師小屋で物乞い同然に暮らしておられるとのことでございました。物乞い同然の方なら、金欲しさにお見えになったのであろうと存じましたが、違いましたかな」

　刺々しい言葉が胸に刺さった。だが、櫂蔵は顔色も変えずに衒いのない様子で応じた。

「いかにも、さように思われてもいたしかたござらぬ。されど、此度は小倉屋殿に申し上げねばならぬことがあって参りました」

「ほう、何でございましょうか。新五郎様がまことは病ではなく、腹を召されたことは存じあげております。お気の毒に思い、些少なりとも手向けさせていただきたいと思いましたが、いらぬとあればやむを得ませんな」

　義右衛門は無表情に紙包みを懐に戻した。

「新五郎は小倉屋殿にご迷惑をかけた詫びとして家財を売り払い、返却金の一部にあてました」

「さようでしたな。まことに律儀なお方でした。わたしもそこを見込んで借銀をお引き受けいたしました」

「新五郎が家財を売った金は三百両でござった。しかし、小倉屋殿にお返しいたしたのは三両足りなかったはず。新五郎は家財を手放したことを詫びると言って、三両をそれがしに届けに参りました。それがしはさような事情を知らず、もらった金を一夜で酒と博打で使い果たしてしまい申した」

　櫂蔵の話を義右衛門は黙って聞いていたが、三両を酒と博打で使い果たしたと聞いた時、濃い眉がぴくりと動いた。しかし、櫂蔵は素知らぬ顔で淡々と話を続けた。

「もはやおわかりでござろうが、それがしはまことに愚かでござった。新五郎は三百両揃えて小倉屋殿に返したかったはずで、それができぬことを恥じたと存ずる。されば、それがしは、新五郎が覚えた恥を雪いでやりたいのでござる」

　櫂蔵が言葉を切ると、義右衛門は厳しい視線を向けた。

「さように申されましても、失礼ながら、あなた様に何ができるのでございましょうか。新五郎様の胸の内をはかれず、何の慮りもできなかったお方が、いまになってどうにかしたいと申されましても、とても信じられるものではございませんな」

再び櫂蔵は手をつかえて、先ほどより深く頭を下げた。

「さように思われるのは、まことにもっともでござる。それがしには返す言葉もござらぬ。されど此度、それがしに弟の代わりに出仕せよという話が参っております。その話を吟味するうち、どうしても腑に落ちぬことが出てまいったのです。それは、なぜ小倉屋殿がわが藩に五千両もの金を貸したのか、ということでござる。弟が小倉屋殿に借銀を申し出たおり、何か形となるような話を申し上げたはずであろうと。もし、弟になそうとしたことがあったのであれば、それを知りたいと思って参りました。ご存じであれば、教えていただきたい」

櫂蔵は畳に額をこすりつけるように頭を下げたまま頼んだ。

「おやめなさい。みっともないまねは――」

うんざりした声で義右衛門は言った。

「あなた様は新五郎様が亡くなられて胸が痛んだのでございましょう。その痛みを懸命になくそうとなさっておられるようだが、それはいささか虫がよすぎはしませんかな」

「虫がよい……」

顔を上げて櫂蔵は義右衛門に訊いた。

「それほどまで思われるのなら、新五郎様が生きておられるうちに心を入れ替えられたらよかったのです。いまさら取り返しはつきません。一度終わったことは二度と始まらぬのでございますよ」

諭すように義右衛門が言うと、櫂蔵は庭に目を遣りながらつぶやいた。

「落ちた花は二度と咲かぬ、と申されるか」

義右衛門は大きくうなずいた。

「さようです。もとより、堕ちるところまで堕ちて暮らしていたあなた様に、あの新五郎様の代わりなど勤まるはずがございません。ですから、無駄なことはおやめになるがよろしい」

「無駄かどうかは、やってみなければわからぬのではありますまいか」

櫂蔵は静かな眼差しで義右衛門を見つめた。義右衛門は厳しい視線を向けていたが、やがてふっと息を吐いて表情をやわらげた。

「しようがないおひとだ。そこまで言われるならお話しいたしましょう。新五郎様は面白い話を持ってこられたのです」

　黙して続きを待つ櫂蔵に、

「明礬（みょうばん）です」

　と、義右衛門は目を鋭くして言った。

六

「明礬ですと――」

　櫂蔵は目を丸くして訊き返した。

「さようでございます。羽根藩の納谷村で明礬作りが盛んになり、かなり儲かっていることはご存じでございましょう」

「それは存じておりますが」

　明礬は鉱石のように土から掘り出すのではなく、製造法は塩作りに似ており、作り方の子細は明礬作り職人の秘伝となっている。それだけに、儲けの利幅が大きいことは櫂蔵も知っている。

「この儲けを一気に七、八倍、いや十倍ほどにもできる手立てに、新五郎様は気づかれたのです。それができれば、藩への運上金は年に千両にはなりましょう」

「さようなことが、まことにできるのでござるか」

「新五郎様なれば、なし遂げられたかもしれません」

義右衛門は厳かに言って話を続けた。

「明礬は、もともと唐で作られたものがわが国に入ってきておりました。いわゆる〈唐明礬〉でございます。これに対して、わが国でも明礬が作られるようになり、いまではその品質も劣らなくなりました。しかし、数年おきに唐船が持ちこむ唐明礬が長崎から大量に流れますと、値崩れを起こして国内の明礬作りに大きな打撃を与えるのです。そこで唐明礬の輸入を禁じていただきたいと、かねてより明礬作りに関わる者たちは願ってまいったのです。新五郎様は物産方におられたおりに、そこに目をつけられたのです」

「幕府に働きかけて、唐明礬が国内に入らぬようにしようというのでござるか」

櫂蔵は目を瞠った。あのおとなしい新五郎が、そんな大胆なことを考えていたとは思いもよらなかった。

「さようです。西国郡代様を通じて願い出るおつもりだったようです。唐明礬が入ってこなくなれば、明礬作りはいまの十倍ほども儲かりましょう。年に千両の運上金が入れば、新田開発もやりやすくなりますし、わたしどももさらに借銀に応じられるようになりますから」

「なるほど」

櫂蔵は息を呑んで義右衛門の話に聞き入った。

「幕府のご政道にも関わる話ですから、新五郎様はわたしだけにお話しになられ、ひそかに事を進めるおつもりだったのです。ところが羽根藩には人材がおられなかったと見えて、新五郎様を生かすことなく、むざむざと切腹させてしまわれた。まことに愚かしいことです」

憤りの表情を浮かべて言い募った義右衛門は傍らの茶碗を手に取り、喉をうるおしてから櫂蔵に目を据えた。

「とは申せ、幕府を動かさねばならない難事です。身を持ち崩しておられたあなた様にできるとはとても思えません。さらに申せば、わたしはあなた様に力をお貸しするつもりは金輪際ございませんから、この話は聞かなかったものとお諦めください。今後はあなた様にふさわしい道を歩まれるのがよろしいと存じます」

言い切る義右衛門の言葉に何も言い返せず、櫂蔵は額にひどく汗を浮かべて押し黙った。

日田より戻ってから三日の間、櫂蔵は小屋に閉じこもった。
ほとんど何も口に入れず、薄暗い小屋の中でじっと座ったきり何事か考え続けた。夜も眠らずひたすら闇を見つめ、心を波立たせる潮騒のざわめきを耳にしながら考えをめぐらしていく。

無精髭が生え、頬もこけた。小窓から差す日差しが刻々と向きを変えて時の移ろいを教えてくれる。櫂蔵は身じろぎもしないで端坐し続けた。

四日目の朝、小窓から差しこんだ清澄な光が、瞑目(めいもく)していた櫂蔵の顔を照らした。その瞬間、かっと目を見開いた櫂蔵は立ち上がると、よろよろと外に出て、浜辺へと足を踏み出した。心地よい潮風が吹き寄せてくる。

櫂蔵は朝焼けの海を見つめた。胸に込み上げるものがあった。

――わあっ

大声で櫂蔵は叫んだ。その声に驚いたのか、浜辺で虫をついばんでいた海鳥がばたばたと羽ばたいて茜(あかね)色の空に舞い上がった。

櫂蔵はいつまでも空を見上げていた。

この日の夜が少し更けたころ、櫂蔵はお芳の店に行った。

奥の飯台のそばで、いつものように咲庵が座って杯を口に運んでいた。隅で三人の漁師がひそひそと話しながら酒を飲んでいる。

櫂蔵の顔を見るなり眉をひそめたお芳が、

「お酒はやめたんじゃなかったんですか」

と言った。櫂蔵はうなずいて、

「そうだ。酒はやめたから飲まんが、咲庵殿とそなたに話があって参ったのだ」

と告げ、咲庵の傍らに座った。

「なんでございましょう」

咲庵は用心するように櫂蔵を見た。お芳も何事かとうかがうように目を向ける。

「わたしは日田に行って小倉屋義右衛門殿に会い、新五郎が何をしようとしていたかを聞いてきました。難しいことですが、やり遂げれば藩の財政を立て直せるかもしれません。新五郎がなそうとしたその事業を、わたしはやってみようかと思うのです。いや、新五郎に代わってやるのが、わたしの使命なのだと思うようになりました」

胡散臭げな視線を向けつつも、

「さようでございますか。賛成はいたしかねますが、やむを得ないのでしょうな」

と、咲庵は他人事のように言った。すると、

「そこで、頼みがござる」

おもむろに櫂蔵は言った。

「わたしに頼みが？」

咲庵は何事か察したように目をそらした。

「ご存じのように、わたしは大坂商人との交際でしくじりお役御免になった男です。商人との接し方を知らぬし、また商いにも疎い。咲庵殿に相談相手になってもらいたいのです」

「相談相手ならいつでもなってあげますよ。この店で酒を飲みながら話をすればよいのですから」

軽く受け流すように言う咲庵に、櫂蔵は目に力を込めて続けた。

「いや、そうではなく、御雇となって役所でわたしの相談役になり、時にはわたしの名代として商人のもとへ行ってもらいたいのです」

咲庵は目を見開いた。

「それはまた、無理難題を。わたしは江戸の大店の番頭ではございましたが、いまは

ただの俳諧師に過ぎません」

「三井越後屋の番頭をしていたのであれば、江戸の旗本とも人脈があったと存じます。なにより、江戸の商いを知っておられるのが、わたしにとって得難いことなのです」

櫂蔵は熱意を込めて説いたが、咲庵は頭(かぶり)を振った。

「何とおっしゃられようと、わたしにはできません。先だってお話しいたしたように、わたしは自分の怠け心から商人の道を捨て、女房を困窮(こんきゅう)のうちに死なせた男です。伊吹様のお役に立てるはずなどありませんよ」

櫂蔵は咲庵を見つめて口を開いた。

「咲庵殿は、潮鳴りが亡くなられた女房殿の泣く声のように聞こえる、と言われましたな」

咲庵は辛そうに櫂蔵を見つめ返した。

「その話と伊吹様の相談役になる話の間に、何の関わりがあるのでございましょうか」

「女房殿をいつまで泣かせたままにしておかれるおつもりか」

「なんですと――」

「たしかに、女房殿は苦労されたことを恨みに思われて亡くなられたかもしれません。しかし、その嘆きの根は、咲庵殿が誰からも頼りにされず思い出してくれる者もなく、どことも知れない海辺にいるとおのれを卑下しておられる心にあると思えるのです。さようにおのれを卑しめるひとのために、女房殿は苦労をなされたのでしょうか」

「それは……」

言葉に詰まった咲庵は櫂蔵をあらためて見た。

「咲庵殿、わたしはあなたを頼りに思っております。なにとぞ、わたしを助けてくださらぬか。咲庵殿が昔のようにご自分の力を振るわれるのを、女房殿は喜ばれるのではないかと思えてなりません。なぜなら、わたしにも潮鳴りが弟の泣く声に聞こえるからです。あの響きから、わたしも逃げるわけにはいきません。弟のなそうとしたことを果たさねばならぬのです」

櫂蔵が絞り出すような声で懇願すると、咲庵はがくりと肩を落としてうなだれた。目から涙が滴り落ちている。櫂蔵は静かにお芳に顔を向けた。

「咲庵殿にはわたしとともに屋敷に入ってもらうつもりでいるが、お芳もともに来てはもらえないだろうか」

「わたしもですか？」

急に話を向けられたお芳は戸惑って目をしばたたいた。

「そうだ。実はな、わたしが屋敷に戻るのであれば、いまいる奉公人には暇を出すと継母に言われたのだ。一度口にしたことはかならずその通りになさる方だ。わたしが屋敷に戻り継母とふたりきりで暮らせば、あらぬ噂が世間で立つやもしれぬ。それを避けるためにも女人を伴って戻らねばならぬのだ」

「女中になれとおっしゃるんですか。そんなのご免ですよ。この店のことだってあるし」

お芳は苦笑いして首を横に振った。

「いや、女中ではない。妻として迎えたいのだ」

權蔵の言葉にお芳は目を丸くし、ついで噴き出した。

「何をおっしゃるんですか。わたしを妻にするなんて、そんなこと、できるわけがないじゃないですか」

「しかし、かつて、好きになった武士の妻になりたいと、そう望んだことがあったのではないか」

權蔵が正面から見据えて言うと、お芳はそっぽを向いた。

「あれは、騙されたんだって言ったでしょう。それに、その騙したひとはいまでは出世して偉くなっているみたいじゃないですか。わたしなんかと関わりを持ったら、ろくなことはありませんよ」

「井形様がそなたのことを覚えていればな」

さりげない口調で言った櫂蔵を、

「なんですって」

お芳はきっとなって睨んだ。

「井形様は酷薄な方だと聞いておる。昔、関わりがあった女子のことも忘れておるやもしれぬ。お芳が一番恐れているのも、そのあたりのことではないか」

「だったら、どうだって言うんです。伊吹様には関わりがない話じゃありませんか」

口をゆがめてお芳は言葉を返した。

「そうではない。海でお芳に助けられたおりに、心に沁みるものがあった。気がついた想いがあった。その時、わたしはお芳に幸せになってもらいたいと思ったのだ。幸せになるためには逃げ隠れしてはだめだ。堂々と井形様の前に出られるお芳であってもらいたいのだ」

「そんなことを言ったって、土台、無理ですよ」

櫂蔵はじっとお芳を見つめると、静かに言った。

「わたしは、おぬしが好きなのだ。お芳、おぬしはわたしが嫌いか」

口ごもったお芳は目に涙を浮かべて櫂蔵を見た。櫂蔵はゆっくりとお芳の両肩に手を置いた。

「わたしは襤褸蔵と蔑まれるまで堕ちた男だ。だから、世間など怖くはない。これからは、襤褸蔵の意地を見せて生きてやろうと思う。そして、お芳が言った、落ちた花は二度と咲かぬという世の道理に、抗ってやろうと思う。だから頼む。わたしのそばにいて、この闘いの行く末を見届けてくれぬか」

お芳は櫂蔵の胸に顔を埋めた。

「咲きゃしませんよ。どんなにしたって、一度落ちた花が咲くもんですか。わたしにはわかっているんです」


翌朝、櫂蔵は斎戒沐浴して髭を剃り、髷をととのえた。羽織袴の身なりをととのえ、両刀を差した。昨日頼んでおいた刻限に宗平がやってきた。

井形清左衛門の屋敷に赴くにあたり、供をしてもらうためだ。宗平は櫂蔵の姿を見て、大きくうなずいた。

「櫂蔵様、よくぞ決心してくださいました。亡き帆右衛門様と新五郎様が、きっとお喜びでございますぞ」

　櫂蔵は微笑しただけで何も言わず、一歩を踏み出した。

　雲一つない、よく晴れた暑い日だった。

七

　井形清左衛門の屋敷は、大手門に近い重臣の屋敷が立ち並ぶ一角にあった。門の前に立った櫂蔵は、一瞬ためらうものを感じた。

　物怖じしたわけではないが、望まれていないとわかっていながらお役につこうと清左衛門を訪ねる自分が惨めに思えた。門の前で立ち尽くしていると、宗平が背後から、

「櫂蔵様、どうかなさいましたか」

　と気遣う声をかけてきた。宗平の言葉に背を押されるようにして足を踏み出した櫂蔵は玄関先に行き、

「お頼み申します」

と声をかけた。二十歳(はたち)そこそこの家士が出てきて、うかがうような表情をしつつ膝をついた。

「伊吹櫂蔵でござる。井形様にお目通り願いたく罷(まか)り越しました」

櫂蔵が丁寧に頭を下げると、家士はじろじろと櫂蔵を見つめてから、しばしお待ちを、と言い残して奥へ入った。家士はなかなか戻ってこず、櫂蔵は玄関先で手持無沙汰(ぶさた)に待たされた。

乾いた日差しが玄関の板敷を白く照らしている。

「遅うございますね」

痺(しび)れを切らして宗平が不安げにつぶやいたとき、家士が急ぐでもなく戻ってきた。

「お会いになられるそうでござる。上がられよ」

高飛車な口調で告げるや、家士は先に立って櫂蔵を奥へ案内した。宗平は家士が、お供はこちらで待たれよ、と指示した玄関脇の供待ちに入った。庭に面した奥座敷に通された櫂蔵は、再びしばらくの間待たされた。茶が出される気配もなく、黙然として端坐した。

やがて縁側との間を仕切る障子(しょうじ)にひとの影がさして、着流し姿の清左衛門がゆったりと構えて部屋に入ってきた。ちらりと櫂蔵を見遣(みや)り、気が乗らぬ様子で床の間を背に座った。

「何の用じゃ」

手をつかえて頭を下げる櫂蔵に、清左衛門は無造作に訊いた。先日、出仕すると決めたら訪ねて参れ、と告げたことなど忘れたかのような物言いだった。

櫂蔵はゆっくりと頭を上げた。

「弟の新五郎になり代わり、お役を務める覚悟を定めましたゆえ、罷り越しました」

落ち着いた声で櫂蔵が答えると、清左衛門は、ほう、と意外そうな声を上げて、

「まさか、まことに出仕すると言い出すとはな」

とつぶやくように言った。

櫂蔵は清左衛門の言い様に眉をひそめた。

「それがしへの出仕せよとの沙汰は、殿のご内意によるものとお聞きいたしましたが、違うのでございましょうか」

「いや、殿の思し召しであることに相違ないのだが――」

そこで言葉を切った清左衛門は、口をつぐんでうすら笑いを浮かべた。櫂蔵は何も問わず、口を一文字に引き結んで清左衛門の顔を黙って見つめた。ほどなく清左衛門は根負けしたように言葉を継いだ。

「実は、殿は失態を詫びて腹を切った伊吹新五郎を憐れに思われ、お役が勤まるとも思えぬそなたを出仕させてはどうかとお慈悲でお申し付けになられたのだ。わしは、そなたが受けることはまずなかろうと申し上げた。まさか、まことに受けると申すとは思いもせなんだ」

清左衛門のひややかな物言いにも、今度は櫂蔵は表情を変えず、眉ひとつ動かさなかった。

「それがしの非才はもとより承知いたしております。されど、殿のお慈悲を賜ったからには、新五郎のためにもお受けいたさねばならぬと存じましてございます」

「死んだ弟のために、とな。都合のよい言い訳があったものだ」

清左衛門は素っ気なくうなずいて、

「まあ、よい。せっかくの殿のご仁慈じゃ。励んでみることだ」

と言い添えた。はは、と頭を下げた櫂蔵は、今度は意を決したように顔を上げ、口を開いた。

「つきましては、出仕するにあたりましてお願いの儀がございます」

「なんじゃ、申してみよ」

「納谷村の庄屋屋敷に滞在しております咲庵なる俳諧師は、元は江戸の呉服問屋、三井越後屋で大番頭を務めておりました商人でございます。この者を新田開発方の御雇といたしたいのです」

「なにゆえさような者を雇わねばならぬのだ」

不快そうな表情で清左衛門は訊いた。

「それがしが大坂商人への接待をしくじりお役御免となり申したことは、井形様もお聞き及びかと存じます。新田開発奉行並になれば、借銀をするにしても商人と会わねばならぬはず。さようなおり、算盤に長けて帳簿がわかり、商人との応対ができる者がいれば心強うございますゆえ」

「借銀に関わることをそなたにさせようとは考えておらぬ。よけいな気をまわすでない。それに、昔江戸の大店に勤めておったと申しても、いまはただの俳諧師であろう。さような者が役に立つとは思えぬ」

清左衛門は苦い顔をして吐き捨てるように言った。

「されど――」

「わかった。どうしてもと申すなら、その俳諧師はそなたの家士にいたせ。さすれば御雇として役所への出入りを許してつかわす。しかし、その者がすることはそなたの手伝いだけだ。よけいなことに首を突っこまぬよう申し付けておけ」

「それがしの家士、でございますか」

　權蔵は首をかしげた。

「そうだ。いまわが藩は人を増やすことなどできぬ。そなたがその俳諧師をぜひとも使いたいのであれば、自腹を切れと申しておるのだ。それを御雇として認めてやるのは格別のことであるぞ」

　恩着せがましく言う清左衛門の言葉を黙って聞いていた權蔵は、すぐさま頭を下げた。

「では、さよう仕ります」

　あっさりと応じた權蔵を、清左衛門は疑うような目でじろりと見た。

「そなた、最初から家士にするつもりでいたのではあるまいな」

「いえ、決してさようなことはございません」

　そう答えたものの權蔵は、清左衛門が咲庵を御雇にすることを許すとは思っておらず、ならばまず家士にしようと考えていた。清左衛門はしてやられたと思ったらしく、不満げな顔になったが、しばらくして、

「まあよい。ところで、そなたは、その男を家士にする許しを継母御から得ておるのであろうな」

と念を押すように言った。

「家士を召し抱えるのに継母(はは)の許しがいりましょうか」

「伊吹家の母御前はおとなしやかに見えて、たいそうな女丈夫(じょじょうふ)と聞いておるぞ。そなたの好き勝手は許さぬのではないか」

清左衛門は意地悪げに言った。櫂蔵への染子の雑言(ぞうごん)は耳に入っていると言わんばかりの口振りだった。

「本日、かようにお目通りがかない、出仕のお許しをいただきました上は、ただちに屋敷へ戻り、継母に報告いたす所存です」

「ほう、いまから屋敷に戻るか」

「いえ、召し連れる者がおりますゆえ、その者を連れに参ってからとなります」

「連れに参るというのは、家士にする俳諧師か」

「その者のほかに、もうひとり連れて参りたい者がございます」

「もうひとりだと？」

「それがしの妻といたす女人でござる」

怪訝な顔をする清左衛門に、櫂蔵は言い放った。

清左衛門の屋敷を出た櫂蔵は、宗平を伴ってお芳の店に行った。昼間だからかまだ客はおらず、お芳と咲庵が所在なげに櫂蔵を待っていた。

飯台のそばの床几に腰かけた櫂蔵は、傍らに控える宗平に座るように目でうながしてから、咲庵とお芳を紹介した。

「咲庵殿には伊吹家の家士となっていただく。御雇として新田開発奉行並のわたしを助けてもらう」

そう言った後、櫂蔵はお芳に顔を向けた。

「井形様に、わたしの妻になる女人を屋敷に連れていくと申し上げた。それでよいな」

有無(うむ)を言わせぬ櫂蔵の言葉に、お芳は何も答えずにうつむいた。驚いた宗平が、

「櫂蔵様は、このひとを奥方になさるのですか」

と言うと、櫂蔵はうなずいた。

「そうするつもりだ」

「奥様はお許しにはなられないでしょう」

目を剝(む)いて言う宗平を振り向いて、櫂蔵は訊いた。

「このひとを妻に迎えることを、お前はどう思う」

急に問われた宗平は困惑した表情でお芳を見つめた。

「わたしは、この店で飲んだことはないですが、このひとが客をとっていることは聞いております」

宗平が遠慮なく口にすると、お芳は表情を硬くしたものの、顔を上げて言った。

「ええ、そうですよ。わたしはそんな女ですからお武家様の奥方になどなれないと、はっきり申し上げました」

声を震わせながらも、お芳は櫂蔵を見据えて言った。

「それでも、わたしはお芳を妻に迎えたいのだ。わたしを嫌いでないのなら、そばにいてくれないか」

「わたしはお武家様のお屋敷で暮らせるような女じゃないんです」

言い募るお芳を見つめたまま櫂蔵は言った。

「そんなことはない。わたしは、他の誰でもなくお芳に、そばにいてほしいのだ」

伊吹様は間違っています、とつぶやいて、お芳はまたうつむいた。このままでは埒があかないと思ったのだろう、咲庵が口をはさんだ。

「昨夜から同じ話を繰り返すばかりでは、物事が先に進みませんな。何はともあれ伊吹様のお屋敷に、まずは行ってみようではないか。奥様がどうあってもお許しくださらなければ、その時に皆で思案すればよい」

　咲庵の言葉に宗平が応じた。

「さようでございます。いましがたまでの話を聞いているうちに、櫂蔵様がこのひとを望まれたのもわからぬでもない気がして参りました。所詮、かなわぬことかもしれませんが」

　すまなそうな顔をお芳に向けて宗平は言い添えた。櫂蔵は苦笑して、

「さほどまで言われては、ともかく屋敷に行ってみるしかないようだな」

とお芳に声をかけた。

　深いため息をついて、お芳は何も言わずにうなだれた。


　昼下がりになって、櫂蔵はお芳と咲庵、宗平を伴って伊吹屋敷へ向かった。屋敷の門前に着いた櫂蔵は眉をひそめた。

　門が閉じられている。宗平が門に近寄り、

「櫂蔵様がお戻りでございます。門をお開けください」

と声を高くしたが答えはない。やむなく櫂蔵も、門扉をどんどんと音を立てて叩いて声を上げた。

「開門いたせ。わたしはこの屋敷の当主だぞ」

なおも叩き続けたが、屋敷の中はしんと静まり返っている。櫂蔵が宗平と不審そうに顔を見合わせた時、

「騒がしいですね。何事ですか」

門扉の向こうから染子の険しい声がした。

「継母上、門をお開けください。出仕いたすことになりましたゆえ、わたしはこの屋敷に戻ります」

「さようなこと、わたくしは聞いておりませぬ。用がおありなら、裏門からお入りなさい。話を聞いて、出仕されることがまことであるとわかれば表門を開けましょうほどに」

染子は無愛想に返事をした。唇を噛みつつ、櫂蔵は言われるままに築地塀に沿って裏門へと回った。咲庵とお芳は顔を見合わせたが、何も言わずに櫂蔵の後に従った。

宗平は気の毒そうに櫂蔵の背を見つめながらついていく。裏門は開いており、敷地に足を踏み入れた櫂蔵は中庭を通って玄関に向かった。

染子の姿は見当たらない。屋敷の中にはひとの気配が感じられず、物音ひとつしなかった。

「やはりそうか」

擢蔵は苦々しげにつぶやいて玄関に上がった。荒々しく足音を立てて奥へ向かうが、家士や女中が出迎えることはなかった。

擢蔵は奥座敷に入った。染子が床の間に向かって座っている。染子の姿を目にした擢蔵が敷居際に座ろうとした時、染子は白い手をすっと上座に向けて差し伸べた。

「擢蔵殿はそちらへお座りになられるべきでございましょう。なにしろ、この屋敷の当主になられたそうでございますから」

擢蔵はむっつりと押し黙って上座に移り、染子に顔を向けて低い声を発した。

「ならば、当主として申し上げる。此度それがしは、新五郎の代わりに新田開発奉行並として出仕いたすこととなりましたゆえ、この屋敷に戻ります。見たところ屋敷内には使用人がおらぬようですが、おそらく継母上が暇を遣わされたのでありましょう。されど安心なされよ。それがし、妻と家士となる者を連れて参りましたゆえ、継母上とふたりだけで暮らすことにはなりませぬ」

染子は、ふふっと笑った。

「何がおかしゅうござるか」

擢蔵が気色ばむと、染子は縁側に控えるお芳にちらりと目を遣って口を開いた。

「出仕なさることが決まったとたんに、たいそうな物言いをされるものじゃと呆れておるのです。ご重役方の腹の内は知れております。いずれ、あなたの失態を待って、詰め腹を切らせるおつもりでしょう。それすらわからず呑気（のんき）なことをおっしゃいますが、着付けも化粧も、見るからにその女子は商売女ではありませぬか。さような者を家に入れることができると、本気で思っておいでですか」

蔑んだ口調で言い募る染子に、櫂蔵は声を抑えて応じた。

「ご重役方の思惑など、継母上に言われずとも百も承知でござる。されど、亡き新五郎がなそうとして果たせなかったことを遂げるのが、わたしの務めと心得ましてございます」

「新五郎がなそうとしたことを、あなたが果たすというのですか」

「さようにございます」

染子は、くっくっと含み笑いしつつ言葉を返した。

「それはまあ、ありがたいことです。さほどまで新五郎のことを思うてくださるとあれば、母として礼を言わねばなりません」

言いながらも染子はまたお芳に目を遣った。身を硬くしていたたまれない様子でうつむくお芳を、染子は能面のように無表情な面差しで見つめた。

「厳しいお役につかれるのですから、愉(たの)しみがなくては果たさねばならぬこととやらも果たせますまい。その女子を妻とすることはまかりなりませぬが、妾(めかけ)といたすはあなたの勝手。世間には、女中に手をつけて妾といたす殿御はよくおられる。それならば、わたくしも目をつむりましょう」

――継母上

顔をしかめた櫂蔵が言いかけたのをさえぎるように、お芳が口を開いた。

「わたしは妾にはなりません」

染子は鼻先で笑った。

「身の程を知らぬ女子じゃ。妾では満足できずに、あくまで正妻になりたいと申すのか」

「いえ、違います。わたしは伊吹様の奥方になれるなんて思っていません。ただ、そう言ってくださったことが嬉しかったんです」

「ほう、さようか。殊勝なことを言うものじゃ」

気がなさそうに顔をそむける染子に、お芳はひと言ひと言、丁寧に言葉を尽くした。

「わたしは泥にまみれた女ですから、ひとさまからまともに扱ってもらえるとは思ったこともありませんでした。それなのに、伊吹様はわたしを妻にと望んでくださいました。それがありがたくて、恩返しをしたいと思い、このお屋敷までついてきたんです」

「ですが、そなたを妻として迎えるわけにはいかないことはおわかりでしょう。言いたいことはわかりましたゆえ、もうお帰りなさい」

斬り捨てるように言う染子の言葉を聞いて、櫂蔵は目を光らせた。咲庵は不安げにお芳を見つめた。お芳はすがるような目を染子に向けて言った。

「妾ではなく、女中として置いていただけないでしょうか。伊吹様はいま命懸けで這い上がろうとされています。わたしにはとてもできないことをなされようとしている伊吹様の、いえ、旦那様のお役に少しでも立てることがあれば、お手伝いをさせていただきたいのです」

懸命に訴えるお芳を、染子は険しい顔をして睨み据えた。

「それもなりませぬ。そなたに武家奉公など勤まるとは思えません。なにより、わたくしはこの屋敷で、汚らわしいそなたと顔を突き合わせて暮らしたくありません」

激しい言葉を浴びせられたお芳がうなだれるのを見た咲庵は身じろぎして、

「何もそこまでおっしゃられずとも」

とうめくように言った。櫂蔵が憤って口を開こうとした時、縁側に控えていた宗平が膝を乗り出して言葉をはさんだ。

「差し出がましいことをとのお叱りを覚悟で申し上げます。たしかに見も知らぬ女が屋敷に入り、台所で炊事などすればお目障(めざわ)りだと存じますので、いっそのこと、わたしが娘と一緒にご奉公にあがりたいと思いますが、いかがでございましょう。奥様はわたしの娘に何でもお言いつけなされば、このひととふたりきりになることもなく、顔を合わせなくてもお暮らしになれます」

　染子は少し考えた後、櫂蔵に目を向けた。

「なにゆえ皆がかようにあなたと関わろうとするのか、不思議でなりませぬ。わたくしにはわかりかねますが、いまのあなたは手を差し伸べたくなる何かを持っているのでしょうか」

　当惑した表情で染子はつぶやいた。中庭から伸びた日差しが染子の顔の陰翳(いんえい)を濃くしている。

八

十日後——。

櫂蔵は新田開発奉行並として初めて出仕する朝を迎えた。

この十日間、櫂蔵は剣術の鍛錬を再開し、木刀を無心になるまで振った。初めは悲鳴を上げていた身体も少しずつ引き締まり、力が漲るようになった。

早朝に目覚めた櫂蔵は朝餉の前に髭を剃り、宗平に髷を整えてもらった。台所に続く板の間で咲庵とともに朝餉をとった。

櫂蔵が屋敷に戻って以来、染子は自分の部屋で食事をすませ、できる限り皆と顔を合わせようとはしなかった。すべての用事を宗平とともに住みこみで働くようになった千代に言いつけている。

染子の食膳を用意するよう言われた千代は同じく染子から、

「あの女が作ったものをわたくしの膳にのせてはならぬ」

と厳しく戒められていた。このため、千代は台所で並んで炊事するお芳に気がねしながら染子の食事を手早く支度する日々を送っている。

店をひとに預けて住みこんだお芳は、共に暮らし始めた者たちの食事の支度から掃除、洗濯と、一日中小まめに働いた。

染子が部屋を出た際は物陰に身をひそめ、目につかぬようにした。たまに廊下などで顔を合わせたおりは急いで端に控え、跪いて頭を深く下げた。

染子は、あたかもお芳などいないかのように目もくれずに通り過ぎるのがいつものことだった。たまりかねた櫂蔵はお芳を部屋に呼んで、

「本当にこのままでよいのか。わたしはそなたを妻に迎えたいのだ。このままでは、いつまでたっても女中として使われるだけだぞ」

と話した。しかし、お芳は頑なに首を横に振るだけだった。

「わたしはお武家様のしきたりを何も知りません。いまはそれを覚えるだけで精一杯。いろんなことを少しでも覚えられたら、その時に新しい道が開けそうな気がするんです」

「新しい道か――」

櫂蔵がため息をつくと、お芳は顔を上げた。

「このお屋敷で勤め上げることができたら、わたしは生まれ変われるかもしれません。そうなれたとしたら、どんなにか嬉しいでしょう。いままで誰からも相手にされ

ず、放っておかれましたから」

お芳はほんのりと頬を染めて目を潤ませた。屋敷で働くようになってから、お芳は一皮剝けたように肌が瑞々しくなり、目も輝きを増している。海岸近くの店で酔客の相手をしていたころの、投げやりで虚ろな様子が見受けられなくなった。

(美しくなったな)

そう感じた櫂蔵は、お芳とふたりだけになるのはできるだけ避けるようにした。

女中として真剣に働いているお芳をいとおしく思えば思うほど、まわりの目を気にした。いつかお芳を妻に迎えられる日が、きっと来るはずだと思った。

櫂蔵は飯に味噌汁と漬物だけの朝餉を終えた後、考えていたことを咲庵に言った。

「お役目についたら、さっそく咲庵殿にしていただきたいことがあります」

「何をせよとおっしゃるのですかな」

「新田開発方の帳簿を見ていただきたいのです」

「帳簿を？」

「そうです。新田開発方は勘定奉行の組下となっておりますが、掛かる金の出入り、勘定は永年独自でやってきており、新五郎が小倉屋から借り出した借銀も直に新田開発方に入るはずでした。ところがその金が、勘定方によってすべて江戸に送られてい調べたいのです」

「そうです。帳簿などもいいかげんではなかろうかと思われますので、まずそこから
「なるほど、金の出入り、勘定が杜撰だということですな」

たのです」

櫂蔵が食後の茶を飲んでから言うと、咲庵は少し首をかしげた。

「しかし、たとえばどこの商家でも、帳簿を見られるのをもっとも嫌います。最初か
らそれをやれば、随分と憎まれそうですが」

「憎まれることなど、なにほどのことでもござらぬ」

「さすがに襤褸蔵と言われたお方ですな」

咲庵も茶で喉をうるおしてから、軽い調子で応じた。

「蔑まれ、あげくの果てに誰にも見向きもされなくなるのに比べれば、憎まれる方が
どれだけましかわかりません」

お芳が注ぎ足す茶を飲みながら、櫂蔵はしみじみとした声で答えた。

屈辱にまみれたころを思い出した櫂蔵の表情には翳りが浮かんでいた。お芳はそっ
とうつむき、咲庵は櫂蔵の顔からわずかに目を逸らした。

咲庵とともに登城した櫂蔵が城内に入ったおり、裃姿の櫂蔵に気づいた藩士らは驚きの表情を隠さず、袖を引き合って何事か囁き交わした。

櫂蔵は無表情に井形清左衛門の御用部屋に向かい、羽織袴姿の咲庵が後ろからついていく。

暗い廊下を通り、中庭に面した大きな部屋に足を踏み入れた時、下役が差し出す文書に目を通している清左衛門の姿が目に入った。櫂蔵が来たことに気づいた下役のひとりが清左衛門に、

「伊吹様が参られました」

と告げた。清左衛門はゆっくりと櫂蔵に目を向けた。

「登城したか。近う寄れ」

清左衛門にうながされた櫂蔵は、ほどよきあたりで座った。清左衛門は櫂蔵の裃姿を吟味するような目で眺めまわし、

「漁師小屋におったころとは見違えるようじゃな。もっとも、そうでなくては困るが」

と淡々と言った。

「恐れ入ります」

櫂蔵が頭を下げると、清左衛門は文書に目を遣りながら言葉を続けた。

「新田開発方の地方廻りを務める小見陣内を呼んでおる。詰所に案内してもらい、後のことは小見から聞け」

小見陣内とはどの男だろうと部屋の中を見回す櫂蔵に、柱の脇にいた小柄で色黒の男がすっと近づいてきて手をつかえた。

「小見でございます。本日より伊吹様の下役を務めまする」

囁くように低い声で告げた陣内は、三十過ぎの丸顔をした、穏やかそうな男だった。清左衛門は文書を見つつ、

「お役目のことは小見がすべて心得ておるから教えてもらえ。言っておくが、小見はわたしの目であり、耳でもある。そなたがすることは、すべて小見を通じてわたしに伝えられるということを忘れるな」

とひややかに言い置いた。陣内は、にこりと邪気のない笑みを浮かべた。

櫂蔵が黙って頭を下げて立ち上がると、陣内はそそくさと先に立った。大廊下に出て櫂蔵を先導していく。

大廊下の角を曲がって薄暗く狭い廊下を進み、さらに奥まった部屋へと陣内は櫂蔵を案内した。板壁が続き、昼間でも薄暗い一角にある部屋に、櫂蔵と咲庵は招じ入れ

られた。暗い部屋は片隅の障子が開けられ、縁側から差す日がようやく文机（ふづくえ）が置かれたあたりまで伸びている。その明かりを頼りに三人の男が帳面に筆を走らせていた。

陣内は、ごほんと咳払いしてから口を開いた。

「方々（かたがた）、新任の奉行並であられますぞ」

三人はゆっくりと筆を置いて櫂蔵を見た。三人ともに四、五十代の男で、鈍重そうな表情をしている。太った猪首（いくび）の男が手をつかえ、

「長尾四郎兵衛（ながおしろべえ）でござる」

と口にしたのを皮切りに、痩せて頬がこけ、鼻がとがった男が、

「浜野権蔵（はまのごんぞう）でござる」

と続けて、色白で病がちに見える男が震える声で、

「重森半兵衛（しげもりはんべえ）でございます」

と名のった。櫂蔵はうなずいて、

「伊吹櫂蔵でござる。本日より、よしなに頼む。あれなるは本日より御雇となった咲庵でござる」

と咲庵を指し示した。入り口に控えた咲庵が背を丸め、額が板敷につくほど頭を下

げて、

「よろしくお願いいたします」

と挨拶した。男たちは咲庵が御雇となることを知っているらしく無表情に見つめたが、何も言葉はかけなかった。浜野権蔵が皮肉めいた口調で、

「御雇殿か」

とつぶやいただけだ。陣内がまた咳払いして、

「このほかに笹野信弥と申す者がおります。笹野はまだ二十歳過ぎで、ここではもっとも若うございます。それゆえ、連日山廻りをいたしておりまして、戻ってくるのは明後日になろうかと存じます」

山廻りという言葉を聞き留めた櫂蔵は首をひねった。

「はて、新田開発方は勢田の沼沢地と蛭川入江の埋め立て地の開墾、それに八木沢の水路造りを行っていると聞いたが。いずれも山村ではないはずだが、なぜ山廻りをせねばならぬのだ」

四人は顔を見合わせて思案する風だったが、やがて長尾四郎兵衛が陣内に向かって、

「いずれわかることだ。お教えしたほうがよくはないか」

と声をひそめて言った。陣内はうなずいた。

「笹野は隠し田を見つけるために山廻りをいたしております」

「隠し田を探すのは郡方の仕事ではないか」

眉をひそめる櫂蔵に、陣内はしたり顔をして告げた。

「笹野は隠し田を見つけると、百姓に開墾した新田として届けさせるのです。本来なら、郡方の目を逃れて隠し田を作れば罰せられますが、新田であると届け出れば郡奉行より褒賞が出ます。隠し田でなくなることを諦めさえすれば、百姓にとっても利のあることでございます。そろそろ隠し田がばれそうだと危ぶむ百姓の中には、笹野が来ることを待ち望む者もいるそうでござる」

「しかし、なぜ、さようなことをお主たちがせねばならぬのだ」

首をかしげて櫂蔵が四人を見回した時、四郎兵衛が舌打ちした。さらに、物分かりの悪いおひとだと、権蔵が聞きとれないほどの小声で言った。

櫂蔵が薄く笑って、

「わたしは察しが悪いようだ。誰ぞわかるように話してくれ」

と言うと、重森半兵衛がおずおずとした口調で話し始めた。

「新田開発と申しましても、勢田の沼沢地と蛭川入江の埋め立て地の開墾、八木沢の水路造りは金がないため、この三年の間、手つかずのままです。それでは何も実績があげられず、ここはつぶされてしまいます。そのため隠し田を見つけ、記録上は新田が増えたことにしているのです」

「つまり、ごまかしか」

耀蔵の素っ気ない言い方に、権蔵がむっとした表情で切り返した。

「このことは勘定奉行の井形様もご存じでして、黙認してくださっておるのです。いったん役方をつぶせばもう一度作るのは大変ですから、藩政を立て直すまでここをつぶさぬためのやむを得ぬ仕儀でございます」

権蔵は眉を逆立てて言い募った。

「それはそうかもしれぬが——」

金なら新五郎が日田の掛屋から借り出した五千両があったはずで、その金が消えてしまったことをこの男たちは知らないのかと思いながら耀蔵は四人の顔を見つめた。

陣内はひとがよさげな顔でにこにこと笑みを浮かべ、四郎兵衛は目を逸らして押し黙り、権蔵は傲岸(ごうがん)な顔つきで耀蔵を睨み返した。

半兵衛だけが困った表情をしてうつむいている。問い質(ただ)すなら半兵衛だなと思い、耀蔵が口を開きかけた時、

「伊吹様、わたしはお言いつけのことをいまからいたしたいのですが」

と咲庵がなにげない口調で言った。

櫂蔵は、はっとして咲庵の顔を見た。咲庵は何か伝えるように櫂蔵の目を見返した。いきなり問い質してもまことのことは誰も答えないだろうから、地道に調べた方が手っ取り早い、と咲庵は暗に言いたいらしい。すぐさま陣内に顔を向けた櫂蔵は、

「すまぬが、咲庵に帳簿を見せてもらいたい。いまの話で察したであろうが、わたしは新田開発の仕事について何も知らぬ。どのような経緯で仕事が進められてきたのかを知っておきたいのだ」

とさりげなく口にした。陣内は首を大きく縦に振り、

「なるほど、それは新任の方らしい立派なお心がけでございます。さっそくに帳簿を揃えましょう」

と答えた。すると四郎兵衛が重たい口を開いた。

「伊吹様は、なんぞわれらをお疑いでございますか」

「いや、疑うてなどおらぬ」

「さようでございますならばよろしいのです。なにせ弟様も同じように帳簿をご覧になりたいとおっしゃいまして、われらはとんと迷惑いたしましたからな」

四郎兵衛がくぐもった声で言った瞬間、櫂蔵は目を鋭くした。

「新五郎も帳簿を見たいと申したのか」

問われた四郎兵衛は、ちらりと櫂蔵の顔に視線を走らせただけで、何も答えようとはしない。代わって権蔵が身を乗り出した。

「それゆえ伊吹新五郎様はあのようなことになられた、とお思いですかな」

櫂蔵はゆっくりと頭(かぶり)を振った。その時、ふふっと笑い声が聞こえた。顔を向けると陣内がゆったりとした微笑を浮かべている。ひとがよさげだった表情に翳が差している。

「これは不謹慎でございました。ただ、伊吹様がなにやら思いこみを強うしておられるご様子ゆえ、おかしゅうございまして」

「それで笑ったと申すか」

櫂蔵が声を低めて言うと、陣内はそれでも笑顔のまま、

「まことに失礼いたしました」

と平然として答えた。

この日、櫂蔵が陣内の説明を聞きつつ文書に目を通している間、咲庵は四郎兵衛が

積み上げた十数冊の帳簿を部屋の片隅で丹念に見ていった。

懐から出した眼鏡(めがね)をおもむろにかけた咲庵が帳簿を見ていくのを、四郎兵衛たちは帳面に筆を入れながら横目でちらりちらりと眺めている。それを気にも留めず、咲庵は目を落とした帳簿に何を見出(みいだ)しているのかうかがわせるような素振りも見せなかった。時おり自らが持ってきた小さな算盤を弾(はじ)いては帳面に何事か書き付ける。

夕刻まで咲庵が算盤を弾く音が詰所に響いた。

下城した櫂蔵は夕餉をすませた後、咲庵を書斎に呼んで、

「帳簿はどうでしたか」

と訊いた。咲庵はゆっくりと首を横に振り、顔をしかめて懐から帳面を取り出した。

「まことにひどいものでした。新田開発方はこの三年の間、何も仕事らしいことはしておりません。それなのに、商人から材木や石材を仕入れ、人夫の手間賃を支払っております」

咲庵は眼鏡をかけ、帳面を繰りながら言った。

「なんと、そのようなあからさまな不正が罷り通っておるのですか」

櫂蔵は愕然とした。

「さて、そこでございます。誰が見てもおかしいと思うことが罷り通っているのは、商人が運上金を納めているからでございます。それが、商人に支払われた金額とほぼ同額になるのです」

「どういうことです。してもいない工事に支払った金が、運上金として戻ってきているというのですか」

首をひねる櫂蔵に、咲庵はしたたかな表情をして説いた。

「しかとはわかりかねますが、かように帳尻をうまく合わせているのは金の動きをつくろうためでございましょう。金が支払われた時期と運上金が納められた時期は、かなり隔たりがございます。金がどう動いたのか、たどるのは難しゅうございましょう。おそらく、商人からご重役のどなたかへ金を流す通り道として、新田開発方は使われているのではありますまいか」

「何者です、その商人とは」

咲庵は帳面を開いて櫂蔵の前に差し出した。そこには、

——播磨屋庄左衛門

と記されていた。

櫂蔵は、博多の商人で羽根藩領内の田畑を買い漁って大地主となっている富商の名を、息を呑んで見つめた。

九

二日後──。

櫂蔵は下城の刻限になって咲庵とともに陣内に誘われて、城下の松屋という小料理屋に連れていかれた。

同じ役についている者同士の親睦のためと連れこまれた店は、土間に続いて簡単に仕切られた小上がりがあり、すでに四郎兵衛と権蔵、半兵衛が膳を前に座っていて、もうひとり若い男が末席に控えている。

この男が笹野信弥なのだろうと思いつつ、櫂蔵は上座に座った。信弥は山廻りの後、明日から登城すると聞いていた。入り口近くに座った陣内は、案の定、若い男を笹野信弥だと紹介した後、

「今宵は、これからのお付き合いのために親しもうという趣向でございます。おくつ

ろぎください」

と挨拶した。権蔵はうなずいてすぐに、

「始める前に申しておくが、今宵の支払いはわたしがするということでよいのであろうな。まさか上役が配下の者に馳走になるわけにはいかぬからな」

と念を押すように言った。すると陣内が、困惑した様子で眉をひそめた。

「かようなおりに使う金を、新田開発方では用意しておりますが」

「それは公金か、あるいは商人からの付け届けであろう。いずれにしても使うわけには参らぬ」

権蔵がきっぱり言うと、一座に連なる者たちは眉間にしわを寄せて黙りこくった。場の重苦しさを破るように、末席の笹野信弥だけが明るい表情で、

「先の御奉行並であられた伊吹新五郎様もさように申されました。さすがにご兄弟であられます」

と口にした。その言葉を聞くなり顔をしかめた権蔵が、

「だが、新五郎様の最期はあのようなことであった」

と冷めた物言いをする。権蔵はわずかに顔を引き締めた。

「新五郎は病で急死いたした。さように聞いてはおらぬのか」

権蔵は嘲るような目で權蔵を見つめて答えた。

「さようにうかごうております。さらに、新五郎様が身を持ち崩された兄上様のために苦労なされたとも聞いております。その兄上様が御奉行並の跡を踏まれたことを、さぞあの世でお喜びでございましょう」

四郎兵衛が低い声でつぶやいた。

「お喜びとは限るまい。あるいは嘆いておられるかもしれぬぞ」

四郎兵衛の言葉に、ぷっと噴き出した半兵衛が、これは失礼いたしましたと断りを述べた。權蔵は苦笑して、

「わたしについて、いろいろと言われておることは知っておる。だが、もはや慣れた。何と言われようが、わたしはこたえなくなっているようだ。それよりも、支払いについては話がついたのだから、そろそろ始めようか。今宵は無礼講と参ろう」

と告げた。その声に応じて、陣内はにぎやかに声を上げた。

「さあ一献傾けて、胸襟を開こうではございませぬか」

陣内は銚子を手に勢いこんで、權蔵の前に進み出た。權蔵は杯を取らずに軽く手を上げた。

「すまぬが、わたしは酒をやめたのでな」

ぬか」

「ほう、一斗も辞せずとうかがっておりましたが、わたしの酒は受けていただけませ

陣内が目を細くして口を尖らすのを見た櫂蔵は、杯を伏せたまま答えた。

「許せ。子細があって、飲まぬと決めたのだ」

陣内が黙りこむと、権蔵が杯を口に運びながら、

「さてさて、ご料簡の狭い御奉行並様じゃ。小見殿、もはや相手になさいますな」

と乱暴な言い方をした。むっつりしたまま手酌で杯を重ねていた陣内は、日頃の笑みを消してつぶやくように言った。

「いや、一度差しかけたものを断られては、わたしの面目が立たぬ。どうあっても受けていただく」

目を据えて陣内は櫂蔵を見つめた。櫂蔵もさりげなく睨み返したが、杯を手にする素振りは見せない。その時、咲庵が陣内のそばに膝行して、

「どうも伊吹様はお酒が苦手のようでございます。かようなおりのためにわたしが参っておるのです。お酒はわたしが頂戴いたしましょう」

と杯を差し出した。陣内は、ちらりと杯に目を遣った。

「わたしに注げと言うのか」

「頂戴いたしとう存じます」

咲庵が言い終わらぬうちに、陣内は銚子を振って咲庵の顔に酒を浴びせかけた。

「御雇の分際でわたしに酒を注がせようとは、無礼も甚だしい。かような場でなければ手討ちにいたすところだぞ」

咲庵は顔の酒をぬぐいもせず、手をつかえた。

「まことにさようでございました。慣れぬこととて、とんだご無礼を仕りました。なにとぞお許しください」

背を丸め、頭を畳にこすりつける咲庵を苦い顔で見た陣内は、不意に立ち上がると自分の席に戻った。

咲庵はゆるりと顔を上げて懐から出した手拭で顔をぬぐい、下座へ戻った。

櫂蔵は一部始終を素知らぬ顔で眺めていたが、席に戻った際に、咲庵が悪戯っぽい笑みを一瞬浮かべたのを見逃さなかった。

間無しに櫂蔵の前に信弥が進み出た。

「わたしは伊吹様の初のご出仕の日にお目にかかれず、ご挨拶もできずじまいでございました。お流れを頂戴いたしたく存じます」

「さようか」

擢蔵は杯を信弥にとらせてから銚子を手に取り、酒を注いだ。信弥はひと息に酒を飲み干すと、しみじみとした口調で言い出した。

「わたしは年齢が近いこともございまして、御奉行並になられた新五郎様に親しく言葉をかけていただきました。新五郎様のお話をうかがっておりますと、新田開発方にもできることがあるかもしれないと望みを抱けるようになりました」

「新五郎はどのような望みを抱いておると申しておったか、聞かせてくれぬか」

刺身を箸でつまみつつ、擢蔵はさりげなく訊いた。

「それは——」

表情を曇らせた信弥がしばらく考えた後、意を決したように口を開こうとした時、

「言わぬがよい。何も知らぬ方が伊吹様にとってもよいのだ」

と半兵衛が酒をひと息にあおって口をはさんだ。酒に弱いのか、すでに青ざめている。

半兵衛の言葉に、信弥は、はっとして黙りこみ、やがて諦めたように、

「ご無礼仕りました」

と頭を下げて席に戻っていった。

擢蔵は半兵衛に顔を向けて声をかけた。

「わたしが知らぬ方がいいとはどういうことだ」

言葉をかけられるとは思っていなかったらしい半兵衛が、驚いた表情で振り向いた。

「はて、わたしが何か申し上げましたでしょうか」

「さよう、確かにこの耳で聞いたが」

鋭い目を向ける櫂蔵に、半兵衛は首をかしげて見せた。

「何も申し上げたつもりはございませんが、わずかな酒でも酔う質ゆえ、妄言を吐いたやもしれませぬ」

「妄言とな」

呆れたように言う櫂蔵に、半兵衛は何度もうなずいていたが、急に、ううっとうめき声を上げるや口を押さえて立ち上がり、うろたえた様子で部屋を出ていった。

「もう酔ったようだ」

権蔵が笑いをこらえた口振りで言う。

「半兵衛は酒に弱い。いつものことではないか」

四郎兵衛が芋の煮ころがしを口に入れながら、面白くなさそうに応じた。信弥は何も言わず、半兵衛を気遣うように土間に目を遣っている。

「半兵衛はだらしのないことだ。せっかく伊吹様が馳走してくださるというに、いただいた酒を吐いてしまうてはもったいない」

陣内はひややかな笑みを浮かべて言った。

夜半になって櫂蔵は店を出た。

酒をしこたま飲んだ四郎兵衛は多弁になって櫂蔵にしきりにからんだが、その度に権蔵がなだめ役となって収めた。信弥は酔いつぶれた半兵衛を介抱し、陣内はひとり黙然と酒を飲み続けた。

さて、お開きにするかと櫂蔵が口にすると、それぞれが挨拶に来はしたが、引き留める者はいなかった。

月が細くて夜道は暗かった。提灯（ちょうちん）を手に咲庵が先に立ち、櫂蔵は屋敷への道をたどった。町家が続き、ほどなく武家地に差し掛かろうかというあたりで鈍（にぶ）い音がしたかと思うと、前を歩く咲庵が、うっ、とうめき声を上げて提灯を取り落とした。

櫂蔵は路上に膝をつく咲庵のそばに急いで駆け寄った。

「どうしました」

咲庵の肩に手を添えた時、ひゅっと空気を切る音がした。とっさに櫂蔵は手で受け止めた。手が痺れるほどの衝撃があった。掌を開くと大きな石を握っていた。

（礫か――）

思った瞬間、ふたたび空気を切る音が聞こえ、櫂蔵は提灯を投げ捨てて脇差を抜いた。

がっ

がっ

二個の礫を脇差で叩き落とした。地面に落ちた提灯がめらめらと燃えあがっている。

「何者だ。わたしを伊吹櫂蔵と知っての狼藉か」

脇差を構えたまま、櫂蔵は闇に向かって叫んだ。だが、闇は静まり返っている。櫂蔵が咲庵を介抱しようと膝をつきかけた時、闇の中から、ふっふっと笑う声が聞こえた。

櫂蔵はその笑い声に聞き覚えがある気がした。

闇に憎悪と悪意がひそんでいると櫂蔵は思った。油断なく身構えていた櫂蔵は、しばらくしてひとの気配が消えたように感じた。あたりをうかがいつつ櫂蔵は、ゆっくりと脇差を鞘に納めた。

うずくまる咲庵の背に手を添えて、

「大丈夫ですか」

と声をかけた。咲庵は額に手を当てて痛みに耐えている様子だったが、やがて顔を上げた。

「ご心配をおかけしました。大事ございません」

答える咲庵の額は礫で傷を負い、血が流れていた。提灯が燃え尽きて暗くなった路上で、仄(ほの)かな月明かりに浮かぶ痛々しげな傷を見て、櫂蔵は眉をひそめた。

「ひどい怪我(けが)を負わせてしまいましたな。何者の仕業でありましょうか」

「先ほどお集まりの、新田開発方の中のどなたかかもしれませんな。御雇になったわたしを目障りだと思ったのかもしれません」

「いや、礫を打った者はわたしを狙ったのではないでしょうか。咲庵殿は巻き添えを食ったのでありましょう」

「さて、どうでしょうか」

咲庵は額の傷に再び手を当てて顔をしかめ、闇に目を向け、

「それにしても、石を投げつけて嫌がらせするとは、まるで犬でも追い払うようなやり方ですな」

と腹立たしげに言った。

「まことに。奴らにとってわたしたちは、自分たちの縄張りに図々しく入りこんだ野良犬に見えているのかもしれませんな」

耀蔵が薄く笑うと、咲庵は手についた血を眺めて、

「しかし、わたしは犬ではありません。江戸は三井越後屋の大番頭だった男です。それを随分となめたまねをしてくれたものですな」

と圧し殺した声でつぶやいた。

「許せませぬか」

問われた咲庵は笑いながらうなずいた。

「おかしなものですな。わたしの中にも、まだ意地というものが残っていたようです。今夜の礫の仕返しは、必ずしてやりますよ」

咲庵は指についた血を、ぺろりとなめた。

「その意気でござる。われらをただの野良犬だと思ったら大間違いだと、奴らに見せつけてやらねばなりませぬ」

耀蔵は不敵な面構えで夜空を見上げた。

羽根城の天守の横に、青白い月が浮かんでいる。

十

出仕してひと月がたった。

咲庵とともに詰所に入って小見陣内らと朝の挨拶を交わした後は取り立ててすることがなく、櫂蔵は黙々と文書に目を通す日々を送っている。一方、咲庵は過去の帳簿を調べてはせわしなく何事か書き付けている。

櫂蔵の再出仕を聞いた知人が挨拶がてらに来ることもあったがそれもわずかで、かつて櫂蔵を追い出した勘定方で同僚だった者は誰ひとりやってこなかった。

日がな一日、茶を飲んでは世間話をして過ごす長尾四郎兵衛と浜野権蔵に、

「かように何もせずにいて、退屈ではないのか」

と櫂蔵は、なにげない様子で声をかけた。

陣内は何の用があるのかよくわからないが、勘定方に足しげく出入りして詰所を空(あ)けることが多く、重森半兵衛は水路や開墾地の図面を引っ張り出して開き、難しい顔をして何やら書き加えたり、新たな図を起こしたりしている。笹野信弥は相変わらず村々を廻っているらしく、詰所にはめったに顔を出さない。詰所でいつものんべんだ

らりとしているのは四郎兵衛と権蔵のふたりだった。

興味深げにふたりを見つめる櫂蔵に、四郎兵衛はふんと鼻先で嗤った。

「われらはこれがお役目ですからな」

すぐさま権蔵もしたり顔でうなずき言い添える。

「さよう、なまじいに仕事をしては迷惑がかかりますゆえな」

応じて四郎兵衛がにやりと笑う。

「これ、それを言うては御奉行並様に悪かろう。まるで亡くなられた弟様のことをあてこすっておるようではないか」

「わしはあてこすりなど言っておらぬが、弟様は張り切ってお役目を務められたゆえ、あのようなことになられた。そこへいくと兄上様は何もなさらず、われらが無為に過ごすのを眺めておられる。まことに結構なことだ」

四郎兵衛と権蔵が声を揃えて笑った。櫂蔵は苦笑するしかなかった。間無しに詰所の隅でいまの話を黙って聞いていた咲庵がするすると近づいてきて、櫂蔵の前で頭を下げ、にこやかに口を開いた。

「さして御用がおありでないのでしたら、挨拶回りなどなされてはいかがでしょうか」

「はて、城内の挨拶回りは先だって、小見の案内ですませたが」

「いえ、御用達の商人のところへなど顔を出してみてはと存じまして」

咲庵はさりげなく欋蔵をうかがい見た。商人のところへわざわざ挨拶に出向かねばならぬのかと言いかけて、欋蔵はふと口をつぐんだ。

新田開発方の帳簿を調べた咲庵が、不審な金の出入りに関わっている商人として播磨屋庄左衛門の名を挙げていたのを思い出した。

「播磨屋へ出向くのか」

欋蔵がそう応じると、咲庵はにこりとしてうなずいた。播磨屋庄左衛門は博多の本店にいるが、城下にも出店がある。

うむ、と腕を組んで考えこんだ欋蔵は、四郎兵衛と権蔵が聞き耳を立てているのを感じて、わざとらしい仕草で膝を叩いた。

「よいところに気づいてくれたな。さっそく参るといたそう」

すぐにも出向きかねない欋蔵の素振りに、四郎兵衛がびっくりした様子で訊いた。

「まさかいまから、参られるおつもりではないでしょうな」

「そのつもりだが、いかぬか」

欋蔵は素知らぬ顔で答えた。月に一度の総登城の日は裃を身につけるが、たいがいの日は羽織袴で出仕しているから商家を訪ねるのに都合がいい。

櫂蔵の答えを聞いて、権蔵が苦い顔をして口をはさんだ。

「城下の播磨屋には番頭がいますが、ご家老であろうとも十日ほど前に使いを出して、会えるかどうかを問い合わせます。伊吹様が急に思い立って行かれても、面会はかないませんぞ」

「なに、会えずとも挨拶に出向いたことは伝わるであろうからな」

言い切った櫂蔵はさっと振り向いて、播磨屋へ参るぞ、と咲庵に告げた。四郎兵衛があわてて手を上げて制した。

「しばらくお待ちください。播磨屋へ行かれるのであれば、井形様のご意向もうかがわねばなりません」

「挨拶するだけのことに、井形様のお許しを得なければならぬ謂れはなかろう」

つぶやくように言って櫂蔵は立ち上がった。廊下に出ようとしたとき、

「しばらく、しばらく」

と権蔵が立ちふさがり、四郎兵衛は脱兎のごとく部屋から飛び出していった。おそらく井形清左衛門に注進するつもりなのだろう。

わずらわしくなった櫂蔵は、権蔵を押しのけて廊下に出た。咲庵があわただしく後

に従う。

大廊下を抜けて玄関を出た櫂蔵は、大手門へ向かいながら咲庵に声をかけた。

「大方、井形様へ、播磨屋にわたしが行くと報せに参ったのでしょう。止められては面倒です。急ぎましょう」

「それがようございます。しかし、なぜ、腫物(はれもの)にさわるように播磨屋を気遣うのでしょうか」

と首をかしげつつ歩を進める咲庵に、櫂蔵は、

「何か後ろ暗いことがあるに違いないですな」

笑みを含んだ声で答えて、ふと足を止めた。

「ひょっとして……」

しばし何事か考えこみ、やがて歩き出した櫂蔵の歩みは、なぜかゆっくりとしたものだった。

「いかがなさいましたか」

気がかりそうに咲庵が訊くと、櫂蔵は足の運びを速めずに言った。

「いや、あるいは新五郎にも、このようなことがあったのではないかという気がしたのです」

「弟様にも……」

「新五郎は奉行並となったおり、新田開発方の帳簿を調べたと申しておりました。であるなら、播磨屋のことが気にならないはずはなく、何か怪しいところがあると睨んだのかもしれません」

　櫂蔵はひとり言のようにつぶやきながら大手門をくぐった。

　播磨屋の出店は、大手門に続く武家地を抜けて町家が密集する大きな通り沿いにあった。

　間口は十間ほどあり、軒が低い店の入り口からのぞくと中は薄暗く、使用人と客が何やら言葉を交わす声が聞こえてくる。

　櫂蔵が土間に足を踏み入れたとき、話し声がぴたりとやんだ。若い手代が櫂蔵に目を向け、それにつられて町人の客も櫂蔵を胡散臭そうに眺めた。

　咲庵が進み出て手代に声をかけた。

「此度、新田開発奉行並になられた伊吹櫂蔵様でございます。伊吹様が新任のご挨拶に参りましたと番頭様にお伝えください」

　手代は女中と何事か声をひそめて話していたが、やがて女中を奥へ向かわせて帳場から出てきた。

「ただいま番頭にお申し越しのことを伝えに参らせました。申し訳ございませんが、しばらくこちらでお待ちくださいますようお願い申し上げます」

揉み手をして愛想よく言う手代にうながされるまま、櫂蔵は上がり框に腰をかけた。

日田の掛屋でのことを思い出し、ここでも待たされることを覚悟していたが、ほどなく奥から女中が戻ってきて、帳場で客の相手をしていた手代に耳打ちした。

うなずいた手代はにこやかに櫂蔵のそばに寄り、

「番頭の次兵衛がお会いいたしたいと申しておりますので、どうぞ奥へお通りくださ い」

と言った。櫂蔵はじろりと手代を見た。

「ほう、さようか。番頭殿が会ってくださるとはありがたい。日田の掛屋を訪ねたおりは、主人に会えたものの権高にだいぶ待たされたが、播磨屋はさようではないのだな」

「日田は天領でございますから商人も頭が高いかもしれませんが、手前ども博多商人は腰が低いのを信条といたしております」

何がおかしいのか、くっくっと笑った手代が、お供の方もどうぞご一緒に、とうながした。

耀蔵と咲庵が奥座敷に入ると、すでに次兵衛とおぼしい男が下座に座って待っていた。年齢は三十四、五歳だろうか、丸顔で目が細い。

耀蔵が座るのを待って、男は手をつかえ、頭を下げた。

「手前は播磨屋の番頭をしております次兵衛と申します。本日はようこそおいでくださいました。ありがたく存じます」

次兵衛は丁重（ていちょう）に挨拶する。播磨屋が藩に用立てている大名貸しの金はすでに三万両に及ぶと言われており、苗字（みょうじ）帯刀も許されて領内の田畑も買い漁り、大地主となっている。藩主ですら気兼ねして話さねばならず、家老とは対等の物言いをすると耳にした。それほどの大店の番頭ともなれば主人の威を笠に着ても不思議はないのに、奉行並に過ぎぬ耀蔵への丁寧さは不気味だった。

「さように丁重なるご挨拶をいただき、痛みいる。それがしはこのほど新田開発奉行並となった伊吹耀蔵でござる。お見知りおき願いたく、参上いたした。突如、押しかけ同然に参り、申し訳ないことでござる」

耀蔵が頭を下げると、次兵衛は顔を上げて微笑した。

「とんでもないことでございます。あなた様は亡くなられた伊吹新五郎様の兄上様とうかがってございます。弟様には手前どもの主人も、たいそうお世話になりました。兄上様においでいただき、嬉しゅうございます」

「新五郎が播磨屋殿の世話をしたと申されるか」

櫂蔵は首をひねりながら言った。

「さようでございますが、それが何か」

次兵衛は笑みを浮かべてうなずいた。

「いや、新五郎は何分、若輩でござったゆえ、とても播磨屋殿のお世話ができたとは思えぬのでござるが」

訝しげに櫂蔵が言うのに、次兵衛はとんでもないと言わんばかりに手を振った。

「滅相もないことでございます。弟様は手前どもに大事なことを教えてくださいました」

「大事なこと……。はて、何でありましょうか」

櫂蔵が問い返すと、次兵衛は少し困ったというような表情をした。

「さて、申し上げるのはいささか……」

言い淀む次兵衛に、部屋の隅に控えていた咲庵が声をかけた。

「明礬のことではございませんか」

いきなり言葉をはさんだ咲庵をじろりと横目で睨んだ次兵衛だったが、すぐに表情をやわらげ、櫂蔵に語りかけた。

「兄上様もすでにご存じだとは、驚き入りましてございます。いかにもさようでございます。弟様は明礬で儲かる方策を教えてくださいました。いまのところ、まだ絵に描いた餅ではございますが、いずれ儲かるようにいたしたいと、わずかなりとも手立てを講じておるところでございます」

「そうでござったか。明礬のことを、新五郎は播磨屋殿に話しておったのですな」

櫂蔵は得心がいった様子で何度も首を縦に振ってから、なにげない素振りで咲庵の顔をちらりと見た。咲庵は無表情に見返すだけだ。その顔つきを見た櫂蔵は、咲庵が次兵衛の話を信用していないことを察した。

わずかの間、咲庵に目を向けた次兵衛が口を開いた。

「お供の方は江戸の三井越後屋で大番頭を務めていた方だという噂を耳にいたしましたが、まことでございますか」

「いかにもさようでござる」

「ほう、そのようにご大層なおひとが、手前どもの話に横合いから口を出すとは慎みがございませんな。新たに新田開発奉行並になられた伊吹様のお相手を務める手前に、差し出口をはさむとは呆れ返ります。それが江戸商人の作法ですかな」

次兵衛は咲庵を睨み据えた。咲庵は手をつかえて、額を畳にこすりつけた。

「これは大変失礼いたしました。お話をうかがっておりますうちに明礬のことだと気がつき、思わず口がすべってしまいました。さぞかしお腹立ちのことと存じますが、なにとぞお許しください」

頭を低く下げる咲庵の姿を目にして、次兵衛は嗤った。

「何をしでかしても、頭さえ下げればすむと開き直っている根性の薄汚い商人は、九州も江戸も変わりはないようですな」

櫂蔵は膝を正して頭を下げた。

「供の者が不調法をいたし、まことに申し訳ござらぬ。この通り、それがしもお詫び申し上げますゆえ、お許し願いたい」

「許せと言われてもねえ。そうはいかないんですよ」

次兵衛はいましがたまでの愛想がいい声とは打って変わった高飛車な物言いをした。櫂蔵は無表情に次兵衛の顔を見た。次兵衛は鋭い目つきで見返してから、にたりと笑った。

「もうおわかりでしょう。手前どもはあんたを試したんですよ。たかが新任の奉行並が、前触れもなくこの店に押しかけてくるなどという横紙破りは許せませんからね。それで、会ってみたら案の定だ。このことは勘定奉行の井形様にお伝えしますから、覚悟なすってください」

凄みを利かせた次兵衛の言葉を受け流して、櫂蔵は再び頭を下げた。

「まことにもって、申し訳なきことでござった。お会いできたのが番頭殿でようござった」

そう言いながら顔を上げた櫂蔵の表情には、不敵な笑みが浮かんでいた。そして胆力のこもった声で続けた。

「たかが奉行並と口にされたお言葉は、それがしも井形様に報告する所存でござる。武家はことのほか体面を大事にいたしますゆえ、播磨屋殿であれば許せる言葉であっても、使用人に言われては見過ごしにできぬということもございますゆえ」

播磨屋を出し抜けに訪れたことを横紙破りだと文句をつける気なら、こちらもたかが奉行並と播磨屋の使用人が口にしたことを言い立てるぞ、と櫂蔵は脅し返した。

さすがに臆したらしい次兵衛は鼻白んでしばらく考えていたが、

「なるほど、浜辺で物乞い同然に暮らしておられたお方だけのことはありますな。いざとなったら恥も外聞もなく、相手も選ばず嚙みつきなさる腹がおありだ」

とつぶやいた。そして、では、きょうは何もなかったということで収めましょうか、とあっさり言うと、手を叩いて女中を呼んだ。

「御奉行並様がお帰りだ。お見送りを」

廊下に控えた女中に言いつけるなり、次兵衛は挨拶もなしにさっさと座敷から出ていった。權蔵は苦笑して女中に見送られるまま、咲庵とともに播磨屋を出た。

城へ戻る道をしばらくたどるうち、權蔵はおかしくてたまらぬという様子で、くっくっと笑った。

「どうなされました」

後ろを歩いていた咲庵がこれまた笑みを含んだ声で訊くと、權蔵はひとしきり笑ってから答えた。

「播磨屋の番頭め、語るに落ちましたな。明礬のことなど認めずともよかったのに」

「まったくでございます。日田の掛屋と事を進めようとなさっておられた弟様が、自ら播磨屋に話を持ちこむとは思えません。これは何か裏がありそうです」

「どうやら、播磨屋へ行ったことは無駄ではなかったようですな」

ひとりうなずく權蔵のそばに歩み寄った咲庵は、しばらく考えてから口を開いた。

「伊吹様、明日は納谷村へ参りませんか」

「納谷村へ、ですか」

納谷村は明礬作りが盛んな村だ。

「納谷村へ行って訊きまわれば、播磨屋がまことに明礬作りに関わっていたかどうかわかるのではないでしょうか。わたしは俳諧師として納谷村の庄屋、仙右衛門殿に半年以上もお世話になっておりましたから、詳しい話を聞かせてもらえると思います」

「なるほど、それはよい考えだ」

目を光らせた櫂蔵は、ゆっくりと踏みしめるように歩を進めた。

十一

翌日の昼過ぎ、いったんは登城した櫂蔵が納谷村へ向かうべく詰所を出かかったおり、小見陣内が近寄ってきて、

「伊吹様はきょうもお出かけでございますか」

と探りを入れるような目で櫂蔵の顔を見ながら訊いた。

「村々を廻ってみようかと思い立ったのだ。お役目を果たすには、まず領内を知らね

ばならぬからな」

「ほう、それはまた熱心なことですな。昨日は播磨屋を訪ねたそうではありませんか」

陣内は皮肉な視線を櫂蔵に向けた。

「もうそこもとの耳に入ったのか」

「それがしどころではありませんぞ。今朝方、播磨屋の番頭が出向いて参り、井形様にたいそうな剣幕で文句を付けたそうです。井形様からお叱りはありませんでしたか」

苦い笑いを浮かべて陣内は、確かめるように問うた。

「いや、何も言われてはおらぬ。井形様はさようなことをお取り上げにはなるまい。さすが器量人と申すべきだな」

さらりと言い捨てた櫂蔵は、咲庵に目くばせして玄関へ向かおうとした。陣内が追いすがるようにして訊いた。

「どちらの村へ参られるのでございますか。それぐらいはうかがわねば、それがしのお役目は果たせませぬ」

一瞬考える素振りを見せてから、櫂蔵は口を開いた。

「納谷村だ」

振り向かずに歩み去る櫂蔵の背を、陣内は黙ってじっと見送った。

納谷村へは城から南へ三里ほど、遠く肥後にも通じる街道を下り、さらに伽羅岳の山裾(やますそ)をめぐる道を進む。青々とした峰が連なる山の稜線を目にしつつ細い道をたどるうちに、急に樹木がなくなり、荒々しい地肌がむき出しになった採取場らしい場所が見えた。

藁葺(わらぶき)屋根の家が五軒ほど立ち並ぶ中央の広場に土が盛られ、大釜(おおがま)が据えられている。十数人の男が畚(もっこ)を担いで土を運んだり、大釜に水を注いだりしていた。

明礬は地面を掘って採取するのではない。温泉の熱気が噴き上げる場所に土をかぶせておくと、数日でその土に結晶が塩のように付着する。それをかき集めて大桶(おおおけ)に入れて水にさらし、それを漉(こ)して土を取り除く。さらに、その水を大釜に入れて灰汁(あく)を加え、煮詰めると白く固まった明礬が取れるという。

「あれは納谷村の者たちでござろうか」

櫂蔵が訊くと、咲庵はうなずいた。

「さようです。村には五カ所ほど、小屋掛けした明礬を採取する場所があるそうです」

「ほう。案外、大がかりなものなのですな」

「ほとんどは地主が小作人を使ってやっておりますが、村びとも自分たちなりの場所を囲って明礬作りをしておるそうでございます。なにせ商人が来て手当たりしだいに買い上げていきますから。作ればすぐに金になる明礬は、百姓にとってはありがたいものです」

道をたどりながら咲庵は、庄屋の仙右衛門の人柄についても語った。

「まことに温厚な方で、明礬を作るにあたって自分ひとりの儲けを求めるのではなく、村のすべてのひとが明礬作りに携わることができるようにしておられるので、村びとからも大いに慕われております。そのような方ですから、わたしも半年余りの長逗留をさせていただけたわけでして」

咲庵の話を聞くにつれ、櫂蔵は仙右衛門という庄屋の人となりを好ましく思う心持になった。

新五郎がやり残した、幕府に唐明礬の輸入を禁じてもらうという策にも力を貸してくれるのではないかと思った。

やがて道はやや広くなり、田畑が切り開かれた場所に出た。山裾の林が背後に控えた大きな庄屋屋敷が見えた。屋敷の前庭では鶏が、のどかにコッコッと鳴き声を上げて餌をついばんでいる。

　咲庵は玄関を入った広い土間で縄をなっていた作男に、

「先日までお世話になっておりました咲庵が、新しく新田開発奉行並のお役に就かれたお方をご案内いたしたと、庄屋様にお伝えくだされ」

　と告げた。作男は咲庵の後ろに立っている櫂蔵を見て驚いた顔になり、あわてて奥へ入っていった。しばらくして白髪で人柄がよさそうな丸顔の、羽織を着た老人が玄関先に出てきた。

「これはこれは、ようこそのお出まし、もったいのうございます。庄屋を務めております、仙右衛門にございます」

　板敷に跪いた仙右衛門は、丁寧な物腰で頭を低く下げた。

「伊吹櫂蔵でござる」

　と挨拶した櫂蔵は、板敷に控える若い武士を見て声を上げた。

「笹野ではないか。なにゆえかようなところにおる」

　信弥は手をつかえ、はっきりとした口調で答えた。

「それがしが村々を廻っていることを、伊吹様はすでにご承知おきのはずでございます。本日はたまたま庄屋殿に相談事があり、参っておりました」

「相談事だと？」

　耀蔵が訝しげに首をかしげると、信弥は仙右衛門の顔をちらりと見た。

「さる娘の身の上について、お頼みいたしたき儀がございまして」

　困ったような表情をして仙右衛門は目を伏せた。その様子を見た耀蔵は、

「面白そうな話だな。わたしも聞かせてもらおうか」

　と笑みを浮かべて言った。

　仙右衛門はびっくりして目を丸くしたが、まずはお濯ぎを、と口にして、下女に濯ぎの水を持ってくるよう言いつけた。

　足を清めた耀蔵と咲庵は案内されて座敷に入った。座敷には縁側があり、その真ん中あたり、沓脱石のそばに娘がひとり腰かけていたが、耀蔵たちの姿を見て急いで中庭に下り立った。十六、七歳の、村では珍しく色の白い初々しい娘だった。着ているものから百姓の娘だと見て取れる。

　床の間を背に座るよう示された耀蔵が仙右衛門の前に座り、信弥と咲庵は縁側に近い敷居際に控えた。

　中庭にうつむいて立ちつくす娘に目を遣った耀蔵が、

「相談事とは、あの娘のことか」

と問いかけると、信弥は膝を乗り出した。

「さようでございます。この村の娘にて、さとと申します」

「さとと申すか、よい名だ。それであの娘に何があったのだ」

「親の借金のため、女衒に売られようとしておるのです。それゆえ、なんとか庄屋殿に助けていただけないものかと存じまして」

信弥は仙右衛門に訴えかける眼差しを向けて言った。仙右衛門はほとほと困った様子で頭に手をやり、

「まことに弱っております」

と力なく答えた。

櫂蔵は身を硬くして黙って話に耳を傾けている娘に目を遣り、訊いた。

「なぜだ。庄屋殿ほどの身代なれば、娘ひとりを女衒から守ってやることなど造作ないであろう」

「それが、ひとりではないのでございます」

「なんだと――」

「伊吹様は三年前の凶作を覚えておられましょうか」

「無論、覚えておるとも。長雨で稲が育たず、大凶作となった。あのおりは村の困窮する者を救うために藩から救恤金が出たはずだ」

櫂蔵はうなずいて答えた。それに対し仙右衛門は、うちひしがれたような表情で口を開いた。

「さようでございましたが、焼け石に水でした。そのおりの痛手はまだ尾を引いております。どうにかしのいできた者たちもとうとう力尽き、娘を売らなければならないほど行き詰まっておるのでございます」

「なんと、そうであったか」

「わたしもなんとかならないものかと手立てを考えてはおりますが、ひとりを助ければ、困っているほかの娘も助けねばなりません。それも今年だけとは限りません。凶作の影響は後になって出て参ります。暮らしが立たぬ者はこれからも増えていきましょう」

「なるほどな」

村の窮状に思いをいたして、櫂蔵は暗い気持になった。

「さとひとりならともかく、すべての娘を助けるのは無理でございます。まして庄屋は村の者たちに分け隔てなく、同じように接しなければ勤まりませんから、ひとりだけをというわけには参らぬのです」

　仙右衛門は困惑し切った顔をしてうつむいた。擢蔵は信弥を振り向いて問うた。

「聞けば庄屋殿が困られるのももっとも。おぬし、なぜ、さように無理な願い事をいたすのだ」

　信弥はじっと何かを思い出すかのような眼差しを解くと、覚悟を決めたかのように口を開いた。

「さとは、亡き新五郎様が思いをかけておられた娘でございます」

「なに、新五郎があの娘と通じていたと申すか」

　擢蔵は驚いて中庭に立つ娘を見た。娘はびくりとして顔を上げ、頭を横に振った。

「滅相もないです、そんなことは、ありません」

　見る間に顔を赤くしたさとは泣きそうな声で言った。擢蔵はその様を見て、うなずいてからやさしく声をかけた。

「そこでは話しづらい。座敷へ上がれ」

　さとが遠慮してもじもじしていると、信弥が縁側に出て、

「新田開発奉行並様の仰せに逆らってはならぬ。早く上がるのだ」

　とうながした。戸惑いながらもさとが座敷に上がると、擢蔵はすぐさま訊いた。

「わたしは伊吹新五郎の兄だ。そなたは新五郎と会ったことがあるのだな」

さとはおずおずと信弥をうかがうような目で見た。信弥がうながすと、さとは手をつかえてかすれた声で答えた。

「この村に来られたおりにお会いしたことがございます。こちらの笹野様が、よく知っておられると思います」

権蔵が目を向けると、信弥はうなずいた。

「新五郎様は明礬のことを調べるために村を訪れたのでございますが、そのおりに、村の者で暮らしに困っている者たちの家をお訪ねになられました。その中の一軒が、さとの家でございました」


新五郎が信弥を供にして納谷村を訪れたのは去年の夏のことだった。仙右衛門から明礬の作り方を教えてもらった後、

「この村で暮らし向きが立ち行かぬ者はおらぬか。できればその者たちの話を聞きたいのだが」

と話を継いだ。仙右衛門は怪訝な顔をして訊いた。

「貧しい者はどの村にもおりますが、何を訊きたいのでしょうか」

「この村は明礬作りで潤っているはずだ。それなのに暮らしが立ち行かぬのはなぜなのかを知っておきたい。わたしは、できれば貧しき者をなくしたいと思っているのだ」

「さて、それは――」

仙右衛門は息を呑んだ。いままで郡方や新田開発方の役人が村を廻ってきても、貧しい者を直に訪ねることはなかった。まして貧しき者をなくしたいなどと口にした役人はひとりもいない。ところが、この若い新田開発奉行並は気負いもなく、自然な物腰で自らの思いの丈を語っている。

「恐れ入りましてございます。わたしが案内させていただきます」

仙右衛門はいつの間にか頭を下げていた。さっそく新五郎を先導して村のはずれにある三軒の農家に足を向けた。

一軒目は老夫婦の家で、もともと主人が怠け者で働きが悪く、女房もひとの悪口を言いたい放題にふれてまわる嫌われ者だった。

仙右衛門は、この夫婦が新五郎に対して失礼なことをするのではないかとひやひやした。しかし、村で評判の悪たれ夫婦は、新五郎からいろいろ訊かれた初めこそ横着な物言いをしていたが、しだいに真面目に話し始め、

「実は息子がいたんじゃけど、十年前に喧嘩騒ぎを起こしてしもうてひとを傷つけたんよ。それで村を飛び出しち、いまでは無宿者になっちょる」

と主人が愚痴を言うと、女房もうなずいた。

「あの子が戻ってくんなら、明礬作りで金を稼いでくれるじゃろうに」

女房が目に涙を浮かべて話すのを見た仙右衛門は仰天した。村では鬼の夫婦のように言われ、ひとの顔を見れば毒づくだけだったのに、こんな風に思っていたのかと初めて知った。

新五郎はなおもふたりの話を熱心に聞いて、

「もし、息子の消息がわかったら、わたしに報せなさい。村に戻れるようにしてやろう」

と励まして次の家に向かった。

二軒目は、三十過ぎの男と女房に幼い子供がふたりの家だった。家に入ると男は奥で寝ていた。ひどく痩せて目がぎょろりとしている。

仙右衛門が新田開発奉行並様のお見廻りだと告げると、しぶしぶ起き出してきた。

同じように痩せこけた女房が茶碗に水を汲んで恐る恐る差し出した。

水瓶に汲み置かれた水のようだったが、ぼうふらが湧いて、とても飲めたものではなかった。家の中に竈(かまど)があったが、火を焚いた跡はなかった。

　男は道の普請をしていて崖から落ち、足を悪くしたのだという。それ以来働けなくなり、女房がよその田畑の仕事を手伝うことで辛(かろ)うじて食いつないでいるらしい。

　新五郎は男の事情を聞き終えて、仙右衛門を振り向いた。

「道の普請でしたら、村の仕事ですね。普請中に怪我をした者を放っておいていいものでしょうか」

「と申されますと」

　仙右衛門は首をかしげた。これまでも村が総出で行う道普請や山仕事で怪我をした者はいたが、

　――運が悪かった
　のひと言ですまされてきた。

「皆で少しずつ食べ物を出し合って、山の温泉で傷の養生(ようじょう)をさせたらどうでしょうか」

「さて、それはいかがなものでしょう。村の者は貧しくて、容易にひと助けなどできませんが」

「ひとのためではなく、自分のためです。誰でもいつ怪我をするかわからないのです

から」

そう言った新五郎は、あらかじめ道普請の掟として決めておくのがいいかもしれませんとつぶやいた。男の家を出て行きつつ、新五郎は、

「掟が出来たら、このひとをまず助けてやってください」

と仙右衛門に言った。その言葉を聞いた男と女房が顔を見合わせたあと、うっすらと涙を浮かべた。

新五郎が三軒目に廻ったのがさとの家だった。

藁屋根は傾き、戸口の板も割れたままだ。中に入ると、十歳前後の子供が三人いた。腹を空かした顔をして、敷かれた藁の上に座っていた。父親らしい大柄の男が囲炉裏端に座って茶碗を口に運んでいる。

酒の臭いがした。仙右衛門が顔をしかめて、

「勘助、また飲んでおるのか」

と叱りつけるように言った。

勘助は平然と仙右衛門を見返した。

「濁酒ですけん、いいじゃろ。これは自分で造った酒じゃから。飲んでも罰は当たら

ん」

「親が酒ばかり飲んで働かなければ、子供は飯が食えん。いまに罰が当たるぞ」

「そうじゃろか。ほかの奴らは明礬を作っち儲けちょるのに、おれは爪弾き(つまはじ)されち、やらせてもらえん。つまらんけん、酒を飲むしかねえんよ」

勘助が嘯く(うそぶ)ように言った。新五郎は一歩前に出て訊ねた(たず)。

「なぜ、明礬作りをさせてもらえないのだ」

勘助はとろんとした目を新五郎に向けて答えた。

「明礬作りはな、灰汁に秘伝があるんよ。おれにはそれを教えたくねえち言われた」

仙右衛門が苦々しげに言った。

「お前が播磨屋に金をもらって灰汁の秘伝を調べていたのは、皆が知っている。仲間に入れられないのは当たり前だろう」

「あん時はかかあが長患い(ながわずら)で死んでしもうたき、薬代やら葬式代やら困っちょってな。それで播磨屋が金を貸してくれるち言うき、借りたんよ。それが悪いか」

言いたい放題言って勘助が茶碗をあおったとき、

「父さん、また酒を飲んでるん」

戸口で悲しげな声がした。新五郎が振り向くと、泣きそうな目をした娘が立っていた。それが新五郎とさとの初めての出会いだった。

十二

「新五郎様はさとの一家に同情されて、何度も納谷村に通い、勘助が明礬作りで働けるようにととのえたのです。おかげで一家はどうにか暮らせるようになりましたが、播磨屋からの借金は残ったままでしたから、とうとう取り立てが来て、さとを女衒に売るという話になったのでございます」

信弥は淡々と話した。櫂蔵は腕組みをして聞いていたが、ふと腕をほどいた。

「新五郎がさとに思いをかけていたのは確かか」

「わたしはお供をしておりましたからすぐにわかりました。新五郎様はさとに思いをかけておられ、さともまた同じ思いだったと存じます」

櫂蔵はさとに親しげに声をかけた。

「さと、そなたと新五郎は契り(ちぎ)を交わしたか」

急に訊かれたさとは、何を言われたのかわからなかったらしくしばらく首をかしげていたが、やがてはっとして顔を赤らめ、急いで頭を横に振った。

その様子を見て、信弥は櫂蔵に顔を向けた。

「新五郎様は真面目なお人柄でございましたゆえ、さようなことはなされなかったと存じます。いまにして思いますと、それがなおのこと悔やまれます」

「そうだな。好きな女子と契りもせずに、新五郎はあの世へ旅立ったのか」

櫂蔵はため息をついた。櫂蔵が洩らした言葉を聞いたさとは、手で顔を覆って肩を震わせた。

嘆くさとを黙って見守っていた櫂蔵は、

「笹野、播磨屋への借銀はいかほどあるのだ」

と訊いた。信弥は膝を乗り出して答えた。

「十両でございます」

「そうか……」

しばらく考えた後、櫂蔵は口を開いた。

「その金はわたしが出そう。さとは新五郎の想い人だった女子だ。女衒の手に渡すわけにはいかん」

すかさず咲庵が咳払いして、

「十両は大金ですぞ。新五郎様が家財を売り払って三百両の金を作られた後ですから、いまの伊吹家にはむずかしゅうございましょう」

と小声で言うと、櫂蔵は振り向かずに返事をした。

「なんとかする。なければ親戚中から借りてでも作る」

「そうおっしゃいましても」

咲庵は眉をひそめた。すると、仙右衛門が口をはさんだ。

「では、こういたせばよろしゅうございます。咲庵殿はわたしどものもとに半年ほどおられて、此度、伊吹様のもとに移られました。その際に餞別をお渡しするのを失念いたしておりましたので、ただいま十両ほどご用意いたします。餞別をどう使われるかは、咲庵殿のご随意でございます」

仙右衛門の言葉に、櫂蔵はほっとした表情になって頭を下げた。嬉々として申し出たところを見ると、仙右衛門も金を出す口実を欲しがっていたのだろう。

「お心遣い、ありがたく存ずる。新五郎になり代わり、礼を申す」

「何を仰せになられますか。新五郎様はまことにご立派なお方でございました。これぐらいはさせていただきとうございます」

仙右衛門はしみじみとした声音で答えた。顔をほころばせた信弥がさとに、

「よかったな。これで身を売らずにすむぞ」

と声をかけた。

さとは涙ぐんでうつむいた。


十日後――。

櫂蔵はこの日も詰所で新田開発方の過去の文書を見て過ごしていた。

昼下がりになって、書きかけの文書を手にした陣内がやってきて、溜池(ためいけ)の埋め立てに関して語り始めた。よくよく聞いてみると、埋め立てはまったく進んでおらず、それが地元の百姓の怠慢(たいまん)によるものだという話だった。

「しかし、それを百姓のせいにしてはむごいであろう。聞けば手間賃も出ておらんようだし、稼ぎにもならないことに出てくるほど暇な者はおるまい」

櫂蔵が呆れたように言うと、陣内はすました顔で、

「まあ、そうですな」

と口にした後、百姓が出てこないために埋め立ては進みませんが、事情に汲むところもありそうですからお咎めはなしということでよろしゅうございますか、と小声で訊いた。

うむ、とうなずいた櫂蔵を見て、陣内が文書をまとめ始めたとき、信弥が詰所に入

ってきた。顔色がやや青ざめている。

文机に向かってはいるものの、所在なげに鼻毛を抜いていた四郎兵衛が信弥に声をかけた。

「おい、どうした。きょうは山廻りに行かんのか。おぬしが働かんでは、新田開発方は無用の長物と見做(みな)されるぞ」

傍らで権蔵がにやにやと笑った。

「無用だとはとっくの昔に思われておるぞ。笹野もそろそろわれらの仲間入りをして、のんびりとやればよいのだ」

図面を見ていた半兵衛が顔を上げて、

「笹野によけいなことは言わぬ方がいい」

と素っ気なく言った。

信弥は三人の言葉に耳を貸さず、まっすぐ櫂蔵の前に来て座った。陣内に会釈(えしゃく)もしないで思い詰めた顔をしている。

「笹野、何かあったのか」

櫂蔵は嫌な予感がして訊いた。信弥は黙ってうつむいたが、いきなり両手を畳につかえた。

「まことに申し訳ございません。さとが……さとが女衒に連れていかれました」

「なんだと――」

櫂蔵は思わず大声を出した。部屋の隅で帳簿を見ていた咲庵も、信弥の言葉に驚いて顔を上げた。

「きょうは朝から納谷村へ参りまして、仙右衛門殿のところに寄りましたところ、さとが女衒と村を出たようだと肩を落としていたのです。それで、さとの家まで行って確かめて参りました」

「で、どうだった」

「さとの父親は播磨屋のほかからも三両の金を借りていたらしく、さとが咲庵殿から渡されて持ち帰った十両の中からこっそり三両を抜いて、そちらの借金を返してしまったのです」

「父親がそんなまねをしおったのか」

「それで、播磨屋への借金を耳を揃えて返すことができなくなったさとは身を売って、家に七両の金を残そうと思ったようです。勘助はいまでは明礬作りの仕事をしておりますし、七両あれば弟や妹が苦労せずに暮らしていけると考えたに違いありません」

「なぜだ。三両ばかりであれば、わたしに相談してくれればよいものを」

　櫂蔵はうめいた。

「伊吹様、貧しい百姓の娘が三両もの大金をまた出してくださいとお願いするなど、考えられもしないことだったはずです。ですから仙右衛門殿にも相談せず、諦めたのだと存じます」

　信弥はうつむいたまま唇を噛んだ。咲庵がそばに寄ってきて、

「その女衒はどこから参ったのでございますか。追いかけてさとさんを取り戻すことができるかもしれません」

　と言い添えたが、信弥は頭を横に振った。

「納谷村を時おり訪れる女衒だそうです。娘を博多で売るのか、大坂か、それとも江戸なのかはわからぬのです」

「それでは追いかけようがありませんな」

　咲庵が残念そうに言うと、信弥は大きくため息をつき肩を落として、懐から折り畳んだ一枚の紙を取り出した。

「これはいなくなる前に、さとが仙右衛門殿に届けたものだそうです。伊吹様がお見えになられたら渡してほしいと」

「なんであろう、手紙なのか」

　櫂蔵は受け取った紙を開いた。紙にはたどたどしい筆跡で一行だけ書かれていた。

　――しんごろうさまにいちどさととなをよんでいただきました
　新五郎様に一度、さとと名を呼んでいただきました、と書かれた文字を見つめているうちに、櫂蔵の目から涙がこぼれた。櫂蔵は紙を開いたまま信弥に渡した。信弥は文字を読んで、

「これはいかなることでございましょうか」

と首をかしげて櫂蔵に問いかける目を向けた。

「わからぬか。さとに会ったおり、わたしは新五郎と契ったことはないかと訊いた。さとは、ないと答えた。しかし、一度だけ新五郎から、さとと名を呼んでもらったことがあり、それが娘心には嬉しく誇らしかったのだろう。そんなことがあったとわたしに知ってほしかったのではないか」

　文字を見つめる信弥の目にも涙が滲んだ。

「さとの心根が、あまりに哀れでございます」

信弥の口から洩れたつぶやきには、持っていき場のない怒りと言い知れぬ哀しみがこもっているようだった。

「さとは、一度だけ名を呼んでもらったことを幸せな思い出にして、苦界に身を沈めるつもりなのであろう」

なんということだ、と吐き捨てるように言って、櫂蔵は畳を拳でなぐりつけた。どん、と鈍い音がして、四郎兵衛や権蔵、半兵衛、陣内までもがびくりとした。咲庵が心配げに、

「伊吹様――」

と声をかけた。

櫂蔵は口惜しげに言った。

「わたしは弟がなそうとしたことを果たしたいと思い、再び出仕して新田開発方に参った。納谷村に赴いたおり、新五郎が何をしたかったのかを知った。新五郎は貧しき者をなくし、皆を幸せにしたいと思っていたのだ。中でもあのさとを、幸せにしてやりたかったに違いない」

うなずいた信弥が膝のうえの拳を握りしめた。

「まことにさようでございます。新五郎様はさとのために何ができるであろうかと心

を砕いておられました」

「それなのに、わたしはさとに会いながら助けることもできず、女衒の手に渡してしまった。さとが播磨屋の借金を返すのを咲庵に見届けてもらえばよかった。わたしの考えが足らなかったばかりに、みすみすさとを不幸な目にあわせてしもうた」

櫂蔵は無念そうに何度も拳で畳を叩いた。

「新五郎に申し訳が立たぬ。わたしはいつまでたっても愚か者のままだ」

うめくように言う櫂蔵に、咲庵は痛ましげな視線を向けた。

下を向く信弥は声もなく膝に涙を落とした。

陣内は無表情に目を逸らした。しかし、四郎兵衛と権蔵、半兵衛は、真剣な眼差しで櫂蔵を食い入るように見つめていた。

十三

この日、居室で花を活けようとしていた染子は、眩暈（めまい）がして鋏（はさみ）を取り落とし、うずくまった。部屋の縁側で拭（ふ）き掃除をしていた千代が畳に伏している染子に気づき、床をとって介抱した。

宗平が呼びに走って、間もなくやってきた中年の医師は染子の脈を取り、

「疲れでございますな。気鬱からきておるようですが、なにか心に添わぬことが近頃ございませんでしたか」

と訊ねた。染子は苦笑して答えた。

「心に添わぬことなら、家の中にたんとございます」

「ほう、それは難儀でございますな。ならば、その心に添わぬことをなくすのが、この病の一番の薬かと存じますぞ」

医師はさりげなく口添えした。次の間に控えていた千代は、その言葉に身をすくめた。

お芳が屋敷に入ってからこのかた、染子は一度も自らの口に入る食事を作らせることはなかった。拭き掃除や洗い濯ぎをするお芳が目に入っても、染子は知らぬ顔をしていた。

染子はお芳をいないも同然に扱っていると千代は思っていたが、やはり同じ屋敷にいることに気を重くしていたのだろう。

気丈さを表に出して日ごろはさして変わった様子を見せないが、お芳が近くにいるのを感じ取ったおり、染子が不快そうに眉をひそめるところを千代は何度か見かけた

ことがあった。

「熱が少し出ておるようですから、熱さましを置いていきます。薬湯にして飲まれると、二、三日で平熱に戻られましょう。ひょっとしたら、四、五日かかるやもしれませぬが」

医師はそう言い置いて辞去した。医師を玄関まで見送って染子の居室に戻った千代が、何か御用はございませんでしょうかと訊くと、染子は横になったまま、いいえ、ありません、と言いかけて、

「きょうは夕餉を食したくありませぬゆえ、支度は無用です」

と付け加えた。千代は顔をあげて、恐る恐る言った。

「お見送りしたおり、お医師が精のつく食べ物を、とおっしゃっておられましたが」

染子は即座に、切り捨てるような言葉を発した。

「食べたくないものを無理に食べては、却って体にさわります」

容赦（ようしゃ）のない口調で返された千代はそれ以上言葉も継げず、黙って台所へと下がった。ちょうど台所の板の間を雑巾で拭いていたお芳に、染子から夕餉はいらないと言われたことを告げると、

「夜になれば、少しは何か口にしたいと思われるかもしれません。頃合いを見計らっ

てお粥(かゆ)をお勧めしてみませんか」

　としばらく考えていたお芳が言った。

「わたしが炊(た)いたお粥を、奥様は召し上がるでしょうか。いままでわたしが作ったものをおいしいとおっしゃったことは、一度もないですけど」

「だったら、わたしがお粥を炊きましょう。でも、誰が作ったかは、奥様には内緒にしてください」

　お芳の言葉に、それまでうなだれていた千代はうなずいた。お芳が作る料理はおいしいと、千代はいつも思っている。

　料理だけでなく裁縫の腕もよく、千代は時おり教えてもらうようになっていた。少しずつ姉のように親しみを感じてきているお芳に、染子の看病について話を聞いてもらうことができるのが嬉しかった。

　この日の夕暮れ時、染子に薬湯を持っていった際、お芳が炊いてくれた白粥を添えて出した。

「夕餉は食さないと申したはずです」

　きっぱりと言ってから、わずかに首をかしげて粥をまじまじと見つめた染子は、箸を取ってわずかばかり口にすると、

「味はよいようです。明日の朝なら食べられるかもしれませぬ」

と告げた。ほっとして粥の膳を下げる千代の様子を見ていた染子は、何事か考える表情でゆっくりと床に横たわった。

この日の夜、下城した櫂蔵は遅い夕餉の膳をととのえてもらいながら、お芳から染子が臥せっていることを聞いた。

「そうか」

とうなずいて、それ以上は黙って何も言わない櫂蔵に、お芳は気遣わしげに口を開いた。

「奥様をお見舞いなさらなくてもよろしいのですか」

櫂蔵は苦笑した。

「わたしが見舞うても継母上は喜ばれまい。うるさがられるのが落ちだろう」

「でも、ご病気のときは、心遣いをなさったほうがよろしいように思いますが」

お芳が眉をひそめて言うと、櫂蔵は話を打ち切るように短く答えた。

「さように気弱な方ではない」

取りつく島もない櫂蔵の返事に、お芳はため息をついた。

翌朝、まだ熱が下がらない染子は何も食べる気がしないようだったが、千代が持っていった粥を見て、ほんの少し口に入れて味を確かめた。

昼を過ぎても染子の熱は下がらず、きのうより具合が悪そうな様子を見かねた宗平がまた医師を呼んできた。医師は染子を丁寧に診てから、

「体が弱られたところに風邪をひき添えられたようです。ここ数日は高い熱が続きましょうな」

と顔を曇らせた。染子が横たわる布団の足元で、千代は心配げに訊いた。

「どのような看病をして差し上げればよいのでしょうか」

「昨日も言いましたが、精のつくものを召し上がっていただくことが大事です。熱のせいであまり食べる気が起こらないかもしれませんが、体の力が落ちると思いがけず病が重くなりますからな」

医師は脅すような口振りで言った。その言葉で不安になった千代は、医師が帰るとすぐに、あわててお芳を捜して相談した。

「どうしたらいいのかわかりません。何か口にしていただかないと寝付いてしまわれそうで……」

「夕方まで様子を見てみましょう。少しでも熱が下がれば、食べ物も喉を通りやすくなるでしょうから」

そう言ってほどなくお芳は出かけていき、一刻ほどして卵が五、六個入った笊（ざる）を抱えて戻ってきた。千代が目を丸くして、

「こんなにたくさん、どこから譲ってもらったんですか」

と訊くと、お芳はにっこり微笑（ほほえ）んだ。

「知り合いのお百姓さんに分けてもらったんです。奥様に卵粥を召し上がっていただきたくて」

日が落ちるころになって、染子の体の具合が少し落ち着いたと見た千代は、卵粥を膳にのせて持っていった。染子はひと口、味を見てからうなずき、

「これなら食すことができそうです」

と言って、ゆっくりではあったが出された卵粥をほとんど食べた。薬湯を飲むのも見届けてから千代は台所に急いで戻り、お芳に嬉しげな顔をして告げた。

「召し上がられました」

「そうですか、それはよかった」

お芳は、ほっと安堵（あんど）して胸をなで下ろした。

この日、城から下がってきた櫂蔵の着替えに手を添えながら、お芳は染子がようやく粥を口にできたことを話した。しかし、櫂蔵は染子に関わる話を親身に聞く様子を

見せなかった。

染子の熱はさらに三日続いたが、具合を見ながらお芳が炊いた卵粥をどうにか口に入れることでしだいに体の力を取り戻し、日に日に顔色もよくなっていった。

十日ほどで快復した染子は、床を払ってもらった千代になにげない口調で言った。

「あの女を呼びなさい」

声音のつめたさにどきりとしながらも、千代は声を励まして訊いた。

「お芳さんをお呼びするのでしょうか」

染子は何も言わずにうなずいた。

「お芳さんが何か――」

不安になった千代が小声で重ねて訊くと、染子は無表情に答えた。

「わたくしが病になってから出された粥は、あの女が作ったものでしょう。最初から気づいていました」

染子の言葉を聞いて、千代はお芳を呼ぼうと急いで部屋を出た。染子は粥がおいしかったとお芳を褒めてくれるのだ、と千代の胸ははずんでいた。台所で煮炊きをしているお芳のところへ小走りに行った千代は、

「お芳さん、奥様がお呼びです。きっと粥の味がよかったと褒めてくださるんじゃないでしょうか」

と明るく言った。野菜の煮え加減を見ていたお芳は鍋の蓋を落としながら、

「奥様が――」

と訝しそうに首をかしげたが、千代の言うように染子が認めてくれるのだったら嬉しいけれど、と思うと頰がうっすら赤らんだ。

お芳は千代に連れられて染子の居室の次の間に控えた。身を縮こまらせるお芳を、開け放たれた襖の向こうから染子はひややかに見据えた。

「なにゆえ、粥を作りましたか」

感情のこもらぬ言葉に、お芳は小声で答えた。

「奥様に早くお元気になっていただきたいと思いまして」

「それで、わたくしの許しも得ずに粥を作ったというのですね」

厳しい声音で染子は決めつけた。

「申し訳ございません」

まさかこれほどひどい叱責を受けると思っていなかったお芳はうろたえて手をつかえ、頭を下げた。染子は、ふふっと低い笑い声を洩らした。

「小賢(こざか)しい」

染子が口にした言葉の意味がわからず、お芳は怪訝な顔をして目線を上げた。

「悪知恵がまわると申しておるのです。わたくしが病で弱っているおりに粥など供すれば、褒めてもらえるとでも思いましたか」

「とんでもないことでございます。決してそのようなことは思っておりません」

お芳は畳に額がつくほど頭を下げた。思いがけない成り行きに、千代は青ざめてうつむいた。

ふたりを眺め遣ってから、染子はため息をついた。

「武家の奉公人ならば主人の命(めい)もなしに何かをなすことは許されませぬ。許しを得ず、勝手に粥を作り、主人に出すなど増上慢(ぞうじょうまん)も甚だしい。どうやら、わたくしが見過ごしている間に、この家のしきたりはゆるみ切ってしまったようです」

嘆くように言う染子の言葉を聞いたお芳と千代は、ますます身を縮めた。

「きょうより、わたくしが厳しく躾(しつ)けます。酌婦(しゃくふ)あがりだからといって容赦はいたしませぬ。箸にも棒にもかからぬようであれば、櫂蔵殿が何と言おうとこの屋敷から出ていってもらいます。さよう心得るように」

厳(いかめ)しい言葉つきで言われて平伏したふたりは問いを口にすることすらできずに、

台所に引き下がった。千代は頭を下げて謝った。

「ごめんなさい。お粥はお芳さんが作ったんじゃないかって奥様から訊かれたときに、違いますって言えばよかった。そうしたら、お芳さんはあんなに叱られなくてもすんだのに」

お芳は頭を振りながら苦笑して答えた。

「嘘をついても奥様はすぐにおわかりになります」

「でも、そのせいで、これからもっときつく叱られるのではないでしょうか」

千代が不安げに言うと、お芳は黙ってしばらく考える風にうつむき、ぽつりとつぶやいた。

「奥様はどこまでもわたしが目障りだとお思いなのでしょう。わたしはこのお屋敷にいてはいけないのでしょうが、旦那様がどのようなことをなさるのか、それを見届けたいんです」

お芳の言葉に深くうなずいた千代が、感心したように声を上げた。

「お芳さんは本当に旦那様のことを想っていらっしゃるんですね」

「それはどうだかわかりませんけど、わたしは旦那様が漁師小屋で荒んだ暮らしをしていたころを見ていますから、あの方が世の中へ出ていこうとされているのを、どうしても放っておけない気になるんです。咲庵さんも同じ気持ではないでしょうか。旦那様がどれだけのことをなし遂げられるのか、たいそう気にかかるのです」

お芳の脳裏には、漁師小屋で暮らしていたころの、酒を浴びるほど飲んで博打にふけり、時に漁師たちと殴り合いの喧嘩をしていた無頼同然の、

——檻褸蔵

の姿がいまもはっきり残っている。あの櫂蔵がいまは新田開発奉行並として出仕し、何事かをなそうとしている。もし櫂蔵がそれをなし遂げられるならば、自分も生き方を変えられるのではないか。そう思っている。

（奥様にどれほど厳しく、辛くあたられようが、諦めない）

お芳は胸の中で自分に言い聞かせた。

十四

翌日の朝から染子は、お芳と千代を見張るかのように屋敷の隅々まで目を光らせて掃除をさせ、障子の桟や違い棚に指先をすべらせて埃の有無を調べ、わずかでも気に入らないところがあればすべてをやり直させた。掃除は隅々まで磨きあげるようにし

なければならないと、ふたりを激しく叱った。

飯の炊き方や煮物の味付けなどについても、染子はふたりのやり方のすべてが気に入らないようだった。

「いままで黙って見ていましたが、そなたたちはひとの振りを見てなぞっているだけです。炊事でも掃除でも、どのようなことであれ、自分なりの工夫をこらすよう頭を使うのです。それが物事を行うということです。ひとと同じことができたと満足してしまうのは、怠けているのと一緒です」

染子は納戸にしまっている漆器の手入れをお芳に申し付けた。

納戸に置いてある大きな茶箱からやわらかな布に包まれた大小の漆塗りの器を取り出し、台所の洗い場でひとつずつ丁寧に洗い、乾いた布で拭きあげていく。

あまり使われていなかったらしい器の漆の臭いが鼻についた。お芳は子供のころ漆にかぶれたことがあった。そのおりのかぶれがひどかったためか、漆の臭いがずっと苦手だった。

これほどたくさんの漆器を一度に手にすることがなかったからこれまでは気にならなかったのだが、拭いているうちにしだいに頭が痛くなり、吐き気までしてきた。できるだけ早く終えようとせわしなく拭いていると、背後から、

「なんですか、その拭き方は――」

という染子の声が飛んできた。お芳はぎくりとして振り向いた。

「漆器はそのように粗略に扱ってはなりませぬ。ひとつひとつ、心をこめて拭くのです。家事を行う時は、おのれの心が表れます。ぞんざいなやり方しかできない者は、自らの心もいいかげんにします」

染子が厳しい顔つきをして言った。

「申し訳ございません」

お芳は手をつかえて低く頭を下げた。言い方は刺々（とげとげ）しいが、染子が言ったことは間違っていないと思った。お芳は素直な心持で器を手に取り、丁寧に拭き始めた。

額に汗が浮き、胸苦しくなってくる。それでもゆっくりと手を休めずに拭いていく。少しの間様子を見ていた染子は、やがて足音も立てずに去っていった。

漆器をどうにか拭きあげ、布に包んで納戸の茶箱にしまったお芳は、台所の土間に下りるなり屋敷の裏手へ向かった。

植え込みの陰で胃の中のものを吐いた。苦しくて涙が出た。吐いたものに土をかけて始末をしてから、井戸の水を釣瓶（つるべ）で汲み、口をすすいだ。すると、また後ろから、

「何をしているのです」

染子の声がする。お芳はそろりと振り向いて頭を下げた。気が遠くなりかけてふらつく足に力を入れて、なんとか踏みこたえた。

「粗相をいたし、申し訳ございません。わたしは子供のころ漆にかぶれたことがあり、漆の臭いが苦手なのです」

「漆の臭いが嫌いなのですか」

と疑わしげに問いかけて、しばらく物思いにふけっていた染子は、不意に、

「夕餉の後で訊きたいことがあります」

と言い残して背を向けた。

お芳は額に汗を滲ませたまま、じっと井戸のそばで立ちつくした。背中にかいていた汗がひやりとするほどつめたくなっていた。


夕餉の支度をしながら、お芳はふと井形清四郎が江戸へ去ったころを思い出した。

清四郎を忘れられずに、やっとの思いで店に出ていたころのことだ。ある夜、三人の若侍が客としてやってきた。

三人は小部屋にあがると酒や肴を頼んでひそひそと話しながら飲んでいたが、酔いがまわるにつれ声が大きくなってきた。酒器を載せた膳を手に障子を開けようとした

お芳は、

——井形清四郎
という名を耳にして、障子にかけた手を止めた。

「井形め、江戸へ発つ前は散々に遊んだらしいぞ」

「当分の間、江戸詰めになるゆえ、後腐れがないと思うたのであろうな」

「どうも、商売女だけが相手ではないと聞いたぞ」

「まことか」

男たちはげらげら笑いながら話し続けた。このときまでお芳は、江戸へ行かなければならなくなったから捨てられたとばかり思っていた。他にも女がいたとは思いもよらなかった。お芳は手が震えて、思わず酒器を障子のそばに転がしてしまった。

その音を聞いた男のひとりが障子を開けて、お芳の顔を見た。

「どうしたのだ。何をそんなにあわてている。そうか、お前、いまの話を聞いておったな。ということは、お前も井形の女だったのだな」

小太りの男が声をかけると、うろたえたお芳は頭を振った。

「違います——」

あわてて打ち消すお芳に、男はにやりと笑った。

「そういえば、井形は遊び人だったが、ひとりだけまことに惚れた女がいたと話しておったな」

酒器を拾おうとしていたお芳は、男の言葉にどきりとして手を止めた。清四郎が心底好きになった女がいるというのは本当の話だろうか。

お芳がうかがうような眼差しで男を見ると、座敷の奥にいたいかつい男が、

「その話なら、わしも聞いたぞ。あの女だけは違うと、井形は言っておったそうだな」

と言葉を継いだ。お芳の目の前にいる小太りの男が、腕を組んでしたり顔で囃し立てる。

「そうだ、そうだ。女の名は、何と申したかな」

もうひとりの、いままで黙っていた痩せた男がぽつりとつぶやいた。

「お芳、と申したかな」

名を聞いて、喜びのあまりお芳は部屋の中へにじって入り、

「本当ですか」

と問いかけると、痩せた男は無表情に答えた。

「まことだ。井形は浮かれた男だが、かようなことで嘘は言うまい。お芳という女が

忘れられぬと申しておった」

お芳の胸に喜びが込み上げた。清四郎は自分を捨てたが、気持に嘘はなかったのだと知って嬉しかった。

痩せた男はお芳に目もくれずに、淡々と話を続けた。

「できることなら、お芳という女に告げてもらいたいことがある、と井形はわしに言った。お前がお芳ならば、伝えねばならぬが」

お芳は身を乗り出して言った。

「わたしです。わたしが芳です。井形様は何とおっしゃっておられたのでしょうか」

痩せた男はほかのふたりと目を見交わした。ふたりがうなずくと、

「この店ではひとの耳がある。間もなく店が閉まる頃合いだろう。店が閉まった後でついて参れ。わしの存じよりの所で話してやろう」

とさりげなく言った。ほかのふたりは薄笑いを浮かべている。

店が閉まった後、お芳は三人の若侍についていった。

男たちが入ったのはお芳がいる店からさほど遠くない旅籠で、時おり地元のやくざ者が賭場を開くような宿だった。

訝しく思いながらもお芳が脇戸を抜けて従うと、男たちは女中に案内されて廊下を

奥へ進んだ。女中とは顔馴染みらしく、小太りの男がしきりに冗談を言った。女中は笑って軽くあしらいながら男たちを部屋へ導いてから戻っていったが、去り際にちらりと自分を見た目に蔑みの色が浮かんでいたことにお芳は気づいた。

三人はお芳を真ん中に座らせ、取り囲んだ。居心地が悪い思いをしながら、お芳が正面に座った痩せた男に訊いた。

「井形様は、わたしのことをどのようにおっしゃっていたのでしょうか」

痩せた男はむっつりと押し黙っていたが、ほどなく口を開いた。

「お芳という女は、まことに体の具合がよいと申しておった。未練は残るが、江戸へ行かねばならぬゆえ、やむを得ず捨てた。おぬしらが味わってみたらどうだ、とも申しておった」

あまりの言い草にお芳は言葉を失い、体が凍りついたように固まった。お芳の斜向かいに座った小太りの男が薄く笑って言った。

「お前は井形が初めての男で、初めてのときは涙を流したそうだな。さようなところがなかなかにかわいいと、井形は言っておったぞ」

お芳は両手で耳を覆った。体の震えが止まらなかった。この男たちは自分を弄ぶために店にやってきたのだとわかった。

さんだ。

自分の迂闊さ、愚かさが口惜しい。いかつい男が、くっくっと笑いながら言葉をは

「井形が初めての男なら、わしらは二番目から四番目の男になるのだな」

その言葉を聞いた小太りの男がにじり寄って、お芳の肩を抱こうとした。

「二番目はわしということにさせてもらおうか」

とっさに、いやっ、と叫び声を上げて、お芳は小太りの男を突き飛ばしたが、その時にはいかつい男が後ろから羽交い締めにしてきた。男の力は強く、もがいても動けない。

痩せた男が伸ばした手を、ゆっくりとお芳の胸もとに入れた。

「やわらかい胸じゃ」

痩せた男はうっすらと笑った。あまりのことに気を失いそうになったお芳は、小太りの男が着物の裾を割って手を入れたとき、気味の悪さから思わぬ力が出た。小太りの男の手を足で払い、痩せた男の股間を蹴った。

痩せた男が悲鳴を上げた瞬間、羽交い締めにしていた男は驚いて腕の力をわずかにゆるめた。その機を逃さず、お芳はいかつい男の腕に思いきり嚙みついた。うめき声を上げた男が手を離した隙にすかさず振り切って、転がるように部屋の外に出た。

「待てっ」

小太りの男が追いかけてきたが、お芳は裾を乱して廊下を走り、帳場の土間に飛び下りて、そのまま宿の脇戸を駆け抜けた。息を切らして逃げ足を速めると、さすがに外聞をはばかったのか、小太りの男は追ってこなかった。

家が近づいたあたりで、ようやくお芳は足をゆるめて歩き出した。裸足で歩くと道の小石が足裏に刺さって痛みが走る。

情けなさに涙が出てきた。清四郎に捨てられたうえに、あんな男たちに弄ばれかけたのが口惜しい。

清四郎は江戸から国許に戻ってきたときに後腐れがないよう、あの男たちを使ってお芳に乱暴させせようとしたに違いない。すべては清四郎の差し金なのだ。

（――わたしは馬鹿だ）

涙があふれて止まらなかった。清四郎がお芳を口説くときに言ったことはすべて嘘だった。清四郎にはまことの情などかけらもなかった。自分は、ただ遊ばれただけだったのだ。

お芳は目の前が真っ暗になって、捨て鉢になった。

翌日もいつも通り店に出たお芳は、客に勧められるまま浴びるように酒を飲んだ。

客たちはそんなお芳を面白がって誘いをかけてきたが、なびくことはなかった。

ある夜、店の片隅で、口数の少ない客がひとりで寂しげに酒を飲んでいた。酔ったお芳が、

「元気がないけど、何かあったんですか」

と訊くと、客は辛そうな表情をして答えた。

「女房が死んじまってな」

男が目に涙を滲ませているのを見たお芳は目を閉じて、

「お客さん、お金を持ってますか」

と訊いた。その夜、お芳は初めて客をとった。


夕餉の支度をしていたお芳は、思い出したくない昔のことを頭から振り払おうとした。だが、そうすればするほど、それからあとに起こったことが次々に思い出される。

(あの晩、わたしの心は死んだんだ)

そう思うほかに生きる術はなかった。だから何も考えようとしないで生きてきた。

やがて客をとった金を貯めて、自分の店を持てるまでになった。そのころ權蔵が店

に通ってくるようになったのだ。暗い面持ちをした櫂蔵だったが、心の奥底に明るく、清らかなものを秘めているように感じた。

　櫂蔵と何度か肌を重ねるうちに、互いの間を埋められたのかどうかはわからないけれど、襤褸蔵と呼ばれる惨めな男に、まるで自分を見るような気がしたのは確かだった。そしてあの日、なぜか嫌な予感がして、店を出ていった櫂蔵を追いかけた。

　海に入っていこうとした櫂蔵を、必死になって後ろから抱きとめた。そのとき、このひとはわたしと同じ匂いがする、このひとの中にわたしがいる、と感じた。

　だからこそ助けたいと思った。生きていてほしかった。生きていれば、何かいいことがあるはずだ。そうでなければ道理に合わない。

　物思いにふけりながら煮炊きをしているお芳に、千代が心配げに声をかけた。

「お芳さん、何かあったんですか」

　お芳は振り向いて、笑顔で答えた。

「いいえ、何も」

　客をとっていた日々に比べれば、いまがどれほど幸せかわからないと思いつつ、お芳は夕餉の膳をととのえた。

　千代が染子の膳を居室に持っていってすぐに宗平が戻ってきて、櫂蔵と咲庵は今夜は遅くなると告げた。千代と宗平の分と自分の膳を用意するだけでいいのだと、お芳は少しのんびりした心持になった。

千代が染子の膳を下げてくるのを待って、台所の板の間で三人は膳を囲んだ。食べ終えたころ、突然、染子が台所に入ってきた。

はっとした三人が膝を正すと、染子は立ったまま、お芳の膳にちらりと目を走らせた。

「夕餉はすみましたか」

染子に訊かれたお芳は、どぎまぎしながら答えた。

「はい、ただいますませました」

「そうですか」

ゆっくりと近づいてきた染子は膳を見下ろした。

「余さず食したようですね」

染子が何を言いたいのかわからず、お芳は言葉を返すことができなかった。戸惑うお芳に構わず、染子は言葉を続けた。

「昼間、具合が悪そうにしていたゆえ、夕餉は喉を通らないのではと思いました」

「ご心配をおかけして申し訳ございません」

お芳は板の間に手をつかえて頭を下げた。千代と宗平は、染子がお芳に話しかけるわけがわからず、ぼう然としている。

染子は鼻先で笑った。

「心配などいたしてはおりませぬ。ただ疑ったまでのこと」

顔を上げてお芳は訊いた。

「お疑いを受けるようなことを、わたしはいたしましたでしょうか」

「気分がすぐれなかったのは漆のせいではなく、身籠もったゆえではないのですか。もし、そうであるなら、相手は櫂蔵殿ということになるのでしょうから放っておくわけにも参りませぬ」

お芳は驚いて、急いで頭を振った。悪阻ではないかと疑われるとは思いも寄らなかった。

「決して、さようなことはございません。わたしは女中としてこのお屋敷にいさせていただいております。そのようなことになるはずがございません」

「ひとつ屋根の下に住んでいるのですから、何があるかわかったものではありませぬ。まして、酌婦をしておった女子は、いかような手管を使ってでも男を手玉にとれるのではありませぬか」

染子は疎んじる視線をお芳に向けた。見るのも汚らわしいという目をしている、とお芳は悲しく思った。

「どうか、わたしの言葉をお信じくださいませ」

お芳が板の間に額をこすりつけるほど頭を下げると、染子は薄く笑った。

「信じよ、ですと。さような言葉は、まともに生きている者の申すこと。酌婦風情が口にすべき言葉ではありませぬ」

「わたしは嘘をつきません」

笞で打つような言葉に耐えながら、お芳は口を開いた。

声音に必死な思いがこもっていた。染子は眉をひそめた。

「嘘をつかぬと申すか。とても信じられませぬ。なにゆえ、そう言い切れるのですか」

「わたしは、さるお武家に弄ばれ、身を持ち崩しました。汚れた身だということはわかっております。ですが、だからこそ、たったひとつのことだけは守って参りました」

「何を守ったというのです」

「嘘をつかない、ということです」

染子はつめたい表情で嘲笑った。

「嘘をつかぬと申すのが、一番の嘘です」

「いいえ、わたしを捨てたひとは嘘ばかり言いました。わたしに言ったことが一から十まで嘘だったとあとでわかったとき、わたしは嘘だけはつきたくないと思ったのです。嘘をつけば、あのひとと同じになってしまいます。だから、どうしても——」

嘘だけは申しません、と言いかけて、言葉に詰まったお芳は涙で潤んだ目を閉じた。口惜しくて、膝の上に置いた手を強く握り締めたとき、その手に涙が滴り落ちた。

嘘をつけば清四郎と同じになる。違う、わたしは、あんな男と同じではない。ずっと胸の中で叫んできた言葉だった。

「決して嘘は言わないと、思い定めました」

声を詰まらせながらも、お芳は頭を下げたまま懸命に言った。

「さような虚言をわたくしが信じるとでも思っておるのですか」

染子は胸を反らせて、能面のような面持ちで言った。

「わたしは、奥様にどんなに蔑まれてもしかたのない下賤な女でございます。そんな女の言葉をお信じいただけないのは当たり前だとわかっております。ですが、わたしは、嘘をつかないというひとつのことだけは守って生きてきました。わたしには、他に守ることができるものがありませんでしたから」

悲痛な声でお芳が言い終わると、宗平が膝を乗り出した。

「奥様、お芳さんは、たしかに嘘をつかぬひとだとわたしは思います」

千代も宗平に続いて、

「お芳さんはやさしい、いいひとでございます。奥様にお粥を炊いて差し上げたのも、早くご病気が治られるようにと一生懸命な思いからだったのを、わたしは知っています」

と訴えた。染子は無表情なまま、

「どうやら、このふたりを味方にすることはできたようですね。小賢しいとはさようなところです」

と告げて背を向けた。台所を出ていきかけた染子は、ふと足を止めて、

「わたくしには、そなたが言葉通りに嘘をつかぬ女であるかどうかはわかりませぬ。されど、嘘をつかぬとは、おのれを偽らぬということです。そなたがまことにおのれを偽らぬ生き方をしているのだとしたら、それはよいことです」

とつぶやくように言った。

お芳は、はっとして顔を上げた。

「奥様——」

声をかける お芳を振り向くこともなく、染子は静々と自らの居室へ戻っていった。

その後ろ姿を、お芳は涙ながらに見送った。

十五

この夜、櫂蔵は咲庵とともに、先だって小見陣内たちと酒を酌み交わした小料理屋、松屋にいた。昼下がりに、珍しく詰所に来た笹野信弥がこっそりと、

「今宵、お話しいたしたいことがございます」

と言ってきた。それに続けて、松屋に来てほしいと頭を下げたのだ。店に入った櫂蔵が信弥の名を告げると、奥の部屋へと通された。

驚いたことに、部屋には信弥だけでなく、長尾四郎兵衛と浜野権蔵、重森半兵衛が顔を揃えて待っていた。先ほどまで詰所で顔を合わせていた面々だった。

「これはどういうことだ。話があるなら詰所でもできたではないか」

櫂蔵が苦笑いして言うと、四郎兵衛が頭を下げて言った。

「城中では小見殿の目があります。小見殿の耳に入れば、すべては井形様に筒抜けでございますゆえ」

日頃のだらしない口調とは違う、落ち着いた物言いだった。

「そういうことか」

櫂蔵は膳の前に座り、咲庵は部屋の隅に控えた。

「どうやら、酒を飲みながらという話でもなさそうだな。まずは聞こうか」

櫂蔵は信弥に顔を向けた。信弥はうなずいて答えた。

「皆様は先日のさとの一件で、伊吹様を見直されたのでございます。それゆえ今宵、お出でを願ったのです」

「わたしを見直しただと。わからぬことを言う」

櫂蔵が首をひねると、四郎兵衛は咳払いして話し始めた。

「伊吹様は百姓娘の不幸を嘆かれ、さらに亡き新五郎様のなそうとされたことを果たすために新田開発奉行並になられたと口になさいました。いずれもご本心なのでございましょうか」

「いかにもそうだ。新五郎がなそうとしたことを知ったわたしは、それを果たすのを心願とした。さとという娘を救えなかったのは、わたしの不覚だ」

櫂蔵が言い切るのを聞いて、権蔵と半兵衛に目で合図した四郎兵衛は、ふたりがうなずくと膝を正して口を開いた。

「皆も得心いたしたようでござれば、伊吹様にわれらのことを申し上げたく存ずる。われらは三年前まで、いずれも江戸詰めにて勘定方を務めておりました」

「そうか、それで三人とも、わたしは顔を見知っていなかったのか」

櫂蔵はぽつりと言った。

江戸詰めの勘定方は永年勤めることが多く、国許に戻るのは老年になってお役御免を願い出てからだった。三人は若年のころから江戸詰めとなり、勘定方では古手だったという。

四郎兵衛は顔を引き締めて話を続けた。

「国許には知られておりませぬが、殿は江戸在府のおりには、吉原(よしわら)に通い、遊興にふけっておられました。そのため江戸屋敷の風儀は乱れ、金遣いも乱脈を極(きわ)めておったのです。わが藩の財政窮乏は、そのころから続く江戸屋敷の乱費によるものなのです」

きっぱりした口調で四郎兵衛は言い切った。

言われてみれば櫂蔵にも思い当たる節(ふし)はあった。櫂蔵が勘定方にいたおりにも、江戸屋敷の出費の多さは際立っていた。

「うむ。いくら金を送ってもすぐに足らぬと江戸屋敷から催促されて、国許の勘定方は頭を悩ませておった」

「そのつど、国役を免れるための老中への付け届けだとか、旗本の親戚から借財を頼まれたなどと言い繕っておりましたが、その実は、殿が吉原で遊興される金の算段でございました」

憤りを含んだ口振りで訴える四郎兵衛の顔がわずかに紅潮した。権蔵と半兵衛も口をへの字に結んでいる。

「されど、このまま放っておけば、金蔵は底をつき、手の打ちようもなくなるのは必定でござった。われら三人は思い余って、殿にこのような乱行をあらためられるよう訴え出ました。しかしながらまったくお聞き入れなく、訴えは僭上の沙汰であるとして切腹を仰せ付けられたのでございます」

「さようなことがあったのか」

櫂蔵は目を光らせて聞き入った。四郎兵衛たちが、藩主に諫言するほど硬骨の男たちだったとは思いがけなかった。そう口にした櫂蔵に、若い時分は文武ともに精励し、算盤勘定はもちろん、剣術の腕前もなかなかのものだと自慢げに付け加えたあと、四郎兵衛は本題を続けた。

「ところが、土壇場で、江戸屋敷の用人格だった井形様が、われらを切腹させては却って家中に不満が広がると言い出されて、国許に戻し、新田開発方とするよう殿に言上されたのです」

清左衛門は藩主の前に出て三人の助命を主張し、ほかの重役たちと激論になったが、結局、藩主が清左衛門の進言を容れたのだという。

「ほう、井形様がな」

櫂蔵は清左衛門の怜悧な顔を思い浮かべた。藩士の命を救うために藩主の前で論を張るような人柄だろうか、と疑問を抱いた。

清左衛門は用心深い質で、自分の出世のためにしか動かない気がする。あるいは、初めから藩主との間で三人を国許に戻すことを示し合わせたうえで、脅すために切腹という沙汰をいったんは下したのではないか。

四郎兵衛もそう思っているらしく、

「つまり、われらは井形様のおかげで命拾いをいたし、国許に戻ったのでござる。井形様の狙いが何であったか知れませぬが」

と皮肉のまじった口調で言った。

「とはいえ、井形様が命の恩人であることに変わりはないわけだな」

耀蔵が言うと、四郎兵衛は大きくうなずいた。

「さようでござる。それゆえ、われらは井形様に逆らえませぬ」

「ならば、おぬしらを新田開発方にしたのは、井形様がおのれの役に立てるためということになるな」

「いかにも。新田開発方とは名ばかりで、播磨屋から出た金を井形様に引き渡すのが仕事でござった。帳簿を調べられておわかりの通り、播磨屋から入った金は新田開発方が使ったことになっております。その実、井形様のもとへ届けられるのです。井形様はその金を江戸の殿に送られる。ざっとそのような仕組みでござる」

「なぜ、そのように面倒なことをいたすのだ。井形様が播磨屋から直に金を受け取ればすむではないか」

耀蔵は疑念を口にした。四郎兵衛は声をひそめて答える。

「妙見院（みょうけんいん）様のお目を逃れるためでござる」

「なんと――」

妙見院とは先代藩主の正室で、徳川（とくがわ）一門の松平（まつだいら）家の血を引く、現藩主の実母である。妙見院は、江戸屋敷にいた際に老中たちと親しく交わっており、いまも幕閣に知り人が多い。

「妙見院様はかねてより、殿の遊興を苦々しく思っておられたとのことでござる。近く九州に幕府の巡見使が派遣されるとの噂もござれば、播磨屋の金が殿の吉原通いに使われていたと妙見院様のお耳に入りでもすれば、巡見使に告げられるやもしれませぬ」

「まさか、そこまでは」

「いえ、妙見院様には、殿を隠居させて親戚筋から養子を迎え、藩主に据えてもよいとのお考えがあると聞いております」

櫂蔵はうなった。側近が放蕩する藩主のためにそこまでして金を作っていて、その乱脈ぶりが実母である妙見院が廃嫡を考えるほどとなると、御家の腐敗は底が知れないということになる。

「われらは、そのほかは何もするな、と井形様から釘を刺され申した」

四郎兵衛は自嘲の笑いを洩らした。

「そうか、小見陣内は、いわばおぬしらの見張り役であったか」

「情けないことに、われらはいったん切腹と沙汰されながら命が助かったことで、臆病風に吹かれて腰が抜け申した。もはや何をする気も起こらず、飼い殺しであってもよいと諦め切っておりました」

「そんな心持が変わったのは、新五郎が奉行並となったから、ということか」

権蔵が訊くと、権蔵が身を乗り出して答えた。

「いかにもさようでござる。われらは新田開発方に参ってより、何もせず、不貞腐れて日を送っており申した。しかし、新五郎様の事に当たる際の真摯なるお心構えに接して気づかされたのでござる。おのれを捨ててはいかぬと」

半兵衛がうなずいて言葉をはさんだ。

「しかも、新五郎様が日田の掛屋から金を引き出し、財政窮乏を救うために思い立たれた方策は、まことに驚くべきものでござった」

新五郎が新田開発方の者たちに、自らが考えた方策を打ち明けたと続ける半兵衛の話に、大きく首を縦に振って櫂蔵は口を開いた。

「明礬だな」

応じて信弥が、目を光らせて言った。

「さようです。唐よりの明礬の輸入差し止めを願い出て、幕府がお聞き入れくだされば、御家には多額の運上金が入って参ります。加えて掛屋の信用を得て借銀することがかないますなら、新田開発を行い、財政窮乏から抜け出す道も見えましょう。その方策を新五郎様から打ち明けられたおりに、わたしたちは興奮いたしました」

「だが、新五郎は切腹に追いこまれた」

櫂蔵は腕を組んで言った。四郎兵衛も無念そうにため息をついて続けた。

「われらが知らぬ間に、掛屋からの五千両は江戸送りになったと告げられ、新五郎様はその責めを負って自害なされた」

苛立たしげに権蔵が、膝をぴしゃりと叩いた。

「何も自害なさることはなかったのです。新五郎様に何ら落ち度はなく、ただはめられただけでありましたのに」

「殿と井形様にな」

信弥の言葉に、半兵衛がひややかな声で言い足した。櫂蔵は目を閉じた。新五郎の遺書を読んだときから、掛屋から引き出した借銀が江戸送りになったのは藩主の意向であり、清左衛門が動いたことだろうとは推察していたが、謀（はかりごと）がはっきり見えてくると憤りが募ってきた。

「やはり、そうなのか」

目を開き、声を低めて櫂蔵が訊くと、四人は皆、うなずいた。

「だとしたら、いかようにすればよいのか」

櫂蔵は眉をひそめた。すべての源が藩主の江戸での遊興にあるのだとすれば、家臣として打つ手はないのかもしれない。櫂蔵が考えこむと、部屋の隅にいた咲庵が声を上げた。

「申し上げてもよろしゅうございましょうか」

櫂蔵が顔を向けると、咲庵は考え深げな顔をして、

「お殿様が国許に戻られるような時期に、五千両は本当に江戸に送られたのでしょうか」

と言った。

「なんだと――」

櫂蔵は息を呑んだ。咲庵は唇を湿らせてから話を続けた。

「そもそも、江戸まで五千両もの大金を送るのは難事でございます。江戸と大坂の間であれば、両替商に金を預けて為替(かわせ)を作り、これを送って江戸か大坂の両替商で金にいたします。ご城下でそれができる大商人と言えば、播磨屋だけでございましょう」

「播磨屋が五千両を預かり、為替を出したというのか」

「あるいはさようかもしれませんが、それもやや不便かと存じます」

「どういうことだ」

「播磨屋は両替商ではありませんし、出店は大坂にもございましょうが、江戸にはないかと存じます。だとすると、為替を出しても大坂の店があらためて両替商に金を預けるという煩わしい手順を踏まねばなりません。それは面倒でございますし、間違いが起きやすかろうと思いますが」

「では、どうするというのだ」

「五千両は播磨屋の蔵に預けたままにして、江戸でご入り用な分だけをそのつど、井形様が送っておられるのではないでしょうか」

「なに――」

「帳簿や文書さえごまかして作ってしまえば、できないことではないと存じます。播磨屋にとっても手持ちの金が五千両あるのは、うま味があります」

「しかし、さようなあからさまなことがまことにできようか」

咲庵は、じっと櫂蔵の顔を見つめて言った。

「日田の掛屋からの金の流れを知っておられた弟様さえおられなければ、誰も疑いを抱かないのではありませんか」

咲庵の言葉に、櫂蔵は愕然となった。

新五郎は掛屋からの借銀の責めを自ら負ったと思っていたが、五千両の金の行方を晦(くら)ますために自害へと追いこまれたのではないかと咲庵は言っている。

四郎兵衛がうめくように言った。

「ありうることですな」

部屋の隅に置かれた行灯(あんどん)の明かりが、六人の男たちの顔を浮かび上がらせた。

十六

十日が過ぎた。

秋めいた日差しが木々の影を長く伸ばし、朝夕はしだいに肌寒さを覚えるようになってきた。

櫂蔵は、羽根藩が小倉屋から借銀した日田金の五千両の行方をひそかに調べさせた。四郎兵衛と権蔵、半兵衛は何食わぬ顔をして勘定方の詰所に入りこみ、

「新田開発方は何もすることがなくて退屈でな」

などと雑談を交わしつつ、文書に目を通した。さらに、近頃江戸詰めから国許に戻ってきたばかりの者にさりげなく話しかけて、五千両が江戸に届いたのかも探った。

三人が調べた話を照らし合わせた結果、五千両は播磨屋の手形に換えられ、江戸の

両替商に持ちこまれることになったところまではわかったが、その後ははっきりしなかった。江戸と国許の間で手形について記された書状がやりとりされたことは確かめられたものの、肝心の手形がどうなったか記載された書状が見つからないという。

「江戸におる間、勘定方でこれほど杜撰(ずさん)なやり方をしたためしはございませんでしたが、此度のことは、どうも国許の井形様と江戸屋敷の勘定方の書状のやりとりが、何通か残されているだけのようでござる」

新田開発方の詰所で、四郎兵衛は苦笑いしながら櫂蔵に告げた。

「それで、肝心の五千両の行方はわかりそうか」

話を聞いた櫂蔵が腕を組んで訊くと、四郎兵衛は眉根を寄せて答えた。

「播磨屋の手形は江戸屋敷に送られたことになっておるのでござるが、江戸の両替商と播磨屋は取り引きがござらぬゆえ、いまのままではこれを金に換えることはできません。そのため、入り用はこれまで通り、そのつど国許で播磨屋にととのえさせて送っておったそうで、なにゆえ今回に限って手形にしたのかがわからぬのです」

「つまり、実際のところは、五千両は播磨屋の蔵の中に眠っている、というわけか」

櫂蔵がうなり声を上げると、詰所に居合わせた権蔵と半兵衛、咲庵が、ふーっと大きくため息をついた。播磨屋の薄暗い蔵の中にひっそりと積まれた千両箱を思い浮かべているのだろう。

「さようです。しかし、いまさらどうすることもできませんな。たとえそのことを暴けたとしても、江戸で手形を金にする手続きが遅れただけだと言い張るのでしょうから」

権蔵が諦めたようにつぶやくのを耳にして、咲庵が膝を乗り出した。

「いえ、播磨屋の蔵に積まれているとはっきりわかれば打つ手はございます。五千両の金がまだご領内にありますなら、伊吹様の弟様がなそうとしておられたことができるのではないでしょうか」

声をひそめて言う咲庵の言葉を、櫂蔵や四郎兵衛、権蔵、半兵衛は耳をそばだてて聞いた。

「弟様が何をなそうとしておられたか、伊吹様は日田の小倉屋義右衛門殿から聞き出されたとうかがいましたが」

咲庵の問いかけに、櫂蔵はゆっくりと口を開いた。

「そうだ。義右衛門殿は唐明礬を国内に入れぬよう、西国郡代を通じて幕府に願い出るつもりでいたと教えてくれた」

「そこでございます。幕府へ願い出るということは、ご老中方のお耳に届かせねばならないと存じますが、そのようなおり、江戸の商人ならばただ願い出るのではなく、かならず然るべき手を打ちます」

「然るべき手、とな。もったいぶらずに申せ」

じれるように櫂蔵はうながした。うなずいた咲庵はゆっくり答えた。

「願い出をお聞き届けいただけるよう、ご老中方にご挨拶として金子をお届けいたします。早い話が、賄賂、でございます」

「――賄賂だと」

うめく櫂蔵の傍らで四郎兵衛と権蔵、半兵衛は顔を見合わせたが、咲庵は素知らぬ顔をして話を続けた。

「伊吹様は、小倉屋が五千両もの借銀に応じたのを妙だとはお思いになりませんでしたか。なるほど、新田開発方で手掛ける沼沢地の干拓や水路造りには金はかかりましょうが」

「だからこそその借銀ではないか」

櫂蔵は腑に落ちない表情をした。

「しかし、手始めに金がいると申しましても、一度に五千両もかかるわけではございません。まずは二千両見当ではないでしょうか。つまり、五千両の金が出たのは、ほかの使い道を考えておられたのではありますまいか」

「三千両は賄賂のための金だったというのか」

「さようではないかと。弟様は小倉屋殿から借りた金を西国郡代様からご老中方への賂にいたすおつもりだったのでございましょう。そしてその知恵をつけたのが、小倉屋殿、だったのではないかと思います」

考えながら口にする咲庵の言葉を聞いて、櫂蔵は驚いた。

「小倉屋が西国郡代に賄賂を渡すよう勧めたというのか。信じられぬ」

「ご老中方へ賄賂を贈るのはお武家の知恵ではございません。たしかに唐明礬を禁じてもらうよう願い出ることを思いつかれたのは弟様でしょうが、それ以降の図を描いたのは小倉屋殿ではなかろうかと存じます」

咲庵は言い切った。うつむいて思案していた櫂蔵は、やがて大きくうなずいた。

「そう考えると辻褄が合うな。さような含みで借りた金だったがゆえに、五千両の金が江戸へ送られたと聞いて、小倉屋に申し訳が立たぬと思った新五郎は腹を切ったのであろうな」

「幕府への賄賂に使う金であるとわきまえてみれば、弟様は誰にも打ち明けることもかなわず、自らの命を絶たれたのではないかと」

沈痛な面持ちで咲庵は言った。四郎兵衛が咳払いしてから口を開いた。

「咲庵殿は、先ほど新五郎様のなそうとしていたことができると言われたな。もしまだ領内に五千両があるのであれば、それを西国郡代を通じてご老中方への賄賂に使おうとでも言われるおつもりか」

うかがうような表情で問いかける四郎兵衛に、咲庵はにこりとして応じた。

「さようでございます。ですが、このようなことには何より手蔓が肝要でございますれば、まずは小倉屋殿の胸の内を聞いてみなければ何とも申せません」

咲庵の話を聞きながら、櫂蔵は日田へ出向いて面会した小倉屋義右衛門の顔を思い浮かべていた。あのおり、義右衛門は櫂蔵に向かって、

「堕ちるところまで堕ちて暮らしていたあなた様に、あの新五郎様の代わりなど勤まるはずがございません」

とはっきり言った。さらに、

「わたしはあなた様に力をお貸しするつもりは金輪際ございません」

とも告げられた。いずれも揺るぎのない言葉だった。義右衛門の胸の内を確かめようとしても無理なのではないだろうか。

櫂蔵が眉をひそめて腕を組むと、咲庵が微笑を浮かべて問いかけた。

「いかがなさいました」

「いや、日田に行ったおりに、小倉屋殿にこっぴどく罵(ののし)られたうえ、金輪際力を貸さぬと言い渡されたことを思い出したのだ。小倉屋殿はわたしを蔑み、厭(いと)うていた。いまさら胸の内を問うても、何も答えてはくれぬだろう」

苦い顔をして答える櫂蔵に、咲庵は事もなげに言葉を継いだ。

「お武家様ならいったん口にしたことを変えるわけにはいかないと存じますが、商人ならばこちらの出方しだいで変わります」

「出方しだいでは……。どうすれば、小倉屋殿の気持を変えられるというのだ」

「利、でございます」

「――利か」

咲庵の言葉に櫂蔵は目を見開いた。

「貸し倒れで戻ることがないと思っていた借銀が戻るかもしれぬということになれば、商人は掌を返します。商人とはさようなものでございます。伊吹様を厭うたことなどすぐにでも忘れましょう」

老練な商人の顔に戻った咲庵はひややかに笑った。江戸で三井越後屋の大番頭をしていたころ、咲庵はいま見せたようなしたたかさで武家に対したのだろう。

「さようなものか」

櫂蔵は思わず膝を乗り出した。咲庵の言うことが本当ならば、道が開けるかもしれないと思った。

「さようではございますが、わたしどもはまだ五千両を取り戻したわけではございません。その見込みがあるというだけでございます。それのみにて小倉屋殿の心を開かせるには、伊吹様のお覚悟が要るかと存じます」

「うむ、そうであろうな」

義右衛門のいささかも油断のない厳しい表情を、櫂蔵は思い浮かべた。容易に心を開く商人でないことは身に沁みてわかっている。

「それも、お武家様がよく口にされる切腹の覚悟では、商人の心は動かせません」

「ならば、どうすればよいのだ」

顔をしかめながら櫂蔵は問うた。咲庵に言われるまでもなく、義右衛門を説得するのは難事だとわかっている。自分にできることであろうかと、櫂蔵には自信がなかった。

咲庵はゆっくりと頭を振ってから言葉を添えた。

「それは、わたしにもわかりません。わたしならかように言われれば心が動くと考えて伊吹様にお伝えしても、ひとが考えたことなど身につきはしません。小倉屋殿ほどの商人であれば、すぐに見抜きましょう」

咲庵が言うのももっともだと思い、權蔵が考えこむと、横合いから権蔵が口をはさんだ。

「伊吹様は日田へ参られるおつもりでござるか」

權蔵は黙ってうなずいた。権蔵はならばとばかりに膝を乗り出し、あたりをうかがい見てから權蔵に顔を向けた。

「小見殿にご用心なさらねばなりませぬぞ」

「小見にか?」

「さようでござる。小見殿がそもそもわれらの見張り役であるのはご存じでござろう。近頃のわれらの様子に不審を抱いておるようで、われらが他出いたすとひそかに見張っておる気配がござる」

権蔵の話を聞いて、權蔵は詰所の中を見回した。そういえば、小見陣内の姿を今朝から見ていない。非番ではないはずだが、どこにいるのだろう。

半兵衛が咳をしながらかすれ声で言った。

「小見殿は、笹野をつけておるのではないでしょうか」

「まさか。家中を見張り、非違を明らかにするのは目付方の仕事ではないか」

「はい。しかし、小見殿はもともと同輩を見張る横目付でございましたゆえ、物陰にひそんでひとを見張ることを得手としております」

半兵衛に言われて、櫂蔵は新田開発奉行並となって初めて陣内らと小料理屋に行った夜のことを思い出した。

酒宴が終わり、櫂蔵が咲庵とともに帰途についた際、闇の中から礫が投じられ咲庵の額に当たり、何者かの笑い声が聞こえてきた。

あのおり、櫂蔵は聞き覚えのある声だと思ったが、酒を酌み交わしたすぐあとに石を投げつけるという陰湿で悪意のこもったやり方は、密偵まがいにひとを見張る仕事をする横目付あがりの者ならではかもしれない。しかし、その陣内が笹野信弥をつけまわしているのはなぜなのか。

「小見がわたしから目を離さないというのならわかるが、なぜ笹野につきまとうのであろうか」

櫂蔵の問いかけに、半兵衛はぼそぼそと答えた。

「伊吹様はじめ、ここにおるのは皆いわくつきの者ばかりでござる。だが、笹野だけは、言うなれば将来を望まれる若手でございます。笹野が妙なことに巻きこまれると小見殿は困るのでしょう」

「そういうことか」

櫂蔵がうなずくと、四郎兵衛は案じ顔で口をはさんだ。

「先日の一件で、笹野が納谷村のさとという村娘のことで動いておったことを小見殿は知っております。笹野はどうも、あの娘のことにいまも関わっておるようでございます」

「さとのことにか」

櫂蔵は表情を曇らせた。新五郎が心を通わせていたらしいさとは、借金の形に女衒に身を売った。その後、博多か大坂か、あるいは江戸の遊郭に売られたかはわからず、連れ戻すのは無理だと思われた。

だが、信弥は諦めていなかったようだ。さとが女衒に連れていかれた際の信弥の嘆き様に、真情がこもっていたことが思い出される。

「もしや、笹野は……」

櫂蔵はうめいた。半兵衛が苦笑した。

「さよう、笹野はあの娘に懸想いたしておるのかもしれませんな」

「なぜ、そうだとわかる」

「笹野はあれからも度々納谷村に通い、娘を連れていった女衒のことを調べておりました。どうやら博多の女衒らしいと先頃わたしに話しておりましたゆえ、何としても娘を取り戻したいと考えておるのではないでしょうか。さほどまで思い詰めたのは、懸想しておるからとしか思えませぬ」

半兵衛が眉をひそめて言うと、権蔵は舌打ちした。

「亡き新五郎様が気に入られた女を追いかけるとは、怪しからぬことでござる」

いかにも信弥がさとに横恋慕したかのような口振りで言う。新五郎が想いを寄せた娘にそれほどの執心を抱けばそうとれぬこともない。しかし、櫂蔵はそうは思わなかった。新五郎亡きいま、信弥がさとへ想いを抱いていると聞いて、ほっとする思いがあった。

さとが苦界から抜け出して幸せになることを、誰よりも新五郎は望んでいるはずだ。

「いや、笹野がさとを助けようとしているのであれば、わたしは嬉しく思う。だが、小見に目をつけられているとなると……」

言葉を切った櫂蔵は四郎兵衛の顔をちらりと見た。四郎兵衛は眉をひそめて腕を組むと口を開いた。

「おそらく小見殿は近頃のわれらの動きを怪しんでおりましょうゆえ、外出も多く尾行もしやすい笹野の跡をつけまわして、尻尾をつかまえようという魂胆ではございませぬか」

信弥を押さえていれば、櫂蔵たちが事を起こしたとき、すぐにわかると陣内は考えたのかもしれない。

「そういうことだろうな。となると、笹野が目をつけられている間に日田へ参らねばならぬな」

櫂蔵は思いめぐらせながら言った。咲庵がゆったりと声をかけた。

「小倉屋殿を得心させる覚悟をいかに示すか、くれぐれもお忘れになられませぬよう」

釘を刺すような言葉が櫂蔵の肩に重くのしかかった。義右衛門の納得がいく覚悟など、はたして示すことができるだろうか。

櫂蔵は唇を噛んだ。

十七

その夜、櫂蔵は遅くまで居室で考えあぐねていた。どれほど思いめぐらしても、義右衛門の心を開かせる覚悟など思い浮かばない。

（腹を切ると言ってすむのであれば、ためらいはしないのだが）

新五郎のなそうとしたことを果たせるのであれば死んでもよい、という覚悟はすでに定めている。

これより先に進もうとすれば小見陣内の妨害があるだろうし、さらに井形清左衛門自身も立ちはだかってくるはずだ。なにより、新五郎を死に追いやった裏には藩主の意向があったかもしれず、そのときは御家を敵に回すことになる。

命を捨てる覚悟がなければできることではなかった。

義右衛門にその心構えを披瀝（ひれき）してわかってもらえるのなら、何ということもない。だが、咲庵は、商人はそれでは得心しないと言う。だとすると、どうすればいいのか。自分にできるのは命を投げ出すことだけだ、と櫂蔵は思い悩まずにはいられなかった。

櫂蔵はふと立ち上がって障子を開け、縁側に出た。中庭を月光が淡く照らしている。ゆっくりと夜空を見上げた。輝くような月が高く昇っていた。

（このような月が、あの晩も出ていたな）

新五郎が亡くなって間もなく、まだ漁師小屋で暮らしていたころだ。酔って浜辺に出たおり、海の上に浮かぶ月を眺めた。海面を照らす青白い月に誘われるように櫂蔵は海に入っていき、死の間際でお芳に後ろから抱き留められた。あのおり死んでいれば、このように思い悩むこともなかったな、と櫂蔵は苦笑まじりに胸の中でつぶやく。

そのとき、縁側の端から、

「眠れないのですか」

と声がした。櫂蔵が振り向くと、月の光にお芳の顔が白く浮かび上がった。

「――お芳か」

櫂蔵は低く声をかけた。同じ屋根の下で暮らしながら、染子をはばかり、近頃では言葉を交わすこともまれだった。

「眠れないのでしたら、お酒などお持ちしましょうか」

珍しくやわらかな口調で言うお芳に、櫂蔵は笑みを浮かべて答えた。

「いや、酒はやめた」

「まだ、お酒を断っていらっしゃるのですか」

お芳は櫂蔵の傍らにそっと近寄り、膝をついて月を見上げた。櫂蔵は夜空に目を遣りながら、さりげなく口に出した。

「新五郎がなそうとしたことを果たすまでは飲まぬと決めた。それだけのことだ」

「いつか、お飲みになれる日がくるとよろしいのですが」

ため息をつくようにお芳は言った。

「そうだな、そんな日がくればよいが。さて、どうであろうか」

はたして、自分は新五郎のなそうとしたことにどれだけ近づくことができるのか。新田開発奉行並にはなったが、いまだ何事もなしえていない。急いではならぬと思う傍らで、胸の内には少しずつ焦燥（しょうそう）が湧いてくる。

「お芳、継母上（ははうえ）は相変わらずそなたにきつく当たっておるのか」

櫂蔵は夜空を見上げたまま訊いた。染子が病で寝込んだおり、お芳との間でひと悶（もん）着（ちゃく）あったのは知っていた。うなずくであろうと思っていたお芳は、案に相違してゆっくりと頭（かぶり）を振った。

「奥様は変わらず厳しくはございますが、それだけではございません。お武家に仕えるからには知っておかなければならない行儀作法や文字なども、教えてくださるようになりました」

「ほう、どういう風の吹き回しであろうか」

櫂蔵は首をひねった。酌婦であったお芳を卑しんでそばに近づけなかった染子が、行儀作法だけでなく文字まで教えるなど信じられない。

「奥様はもともと厳しいお方ですけれども、ひとの心がおわかりになる、おやさしいところもおありだと思います」

「そうかな。わたしにはそんなところは見せなかったがな。いつも突き放した物言いしかされたことはなかったぞ」

櫂蔵は苦笑した。お芳はたしなめるような口調で言い添えた。

「それは、旦那様が奥様に心を開かれなかったからではありませんか。奥様は隔てのない心を見せるひとには、やさしい目を向けられるお方です」

言われてみれば、実の母が亡くなり、染子が後添えとして伊吹家に入ったおり、櫂蔵は白い目を継母に向けた。素直なところが微塵(みじん)もない少年だった櫂蔵は、染子を蔑んだ目で見るばかりだった。

(思えば継母上のつめたさは、わたしが招いたものであったかもしれぬな)

ひととひとが心を通じ合わせるのはなんと難しいことだろう、と櫂蔵は思う。とはいえ、染子が行儀作法や文字を教えるようになったのは、お芳に心を開いたということだろうか。

櫂蔵はお芳に顔を向けて訊いた。

「継母上はどうして変わられたのであろうか」

「わかりません。わたしはただひとつのことを申し上げただけです」

お芳は首をかしげて答えた。

「なんと言ったのだ」

「嘘をつかないと心に決めています、とだけ申し上げました」

「嘘をつかぬと？　それで継母上は何と申された」

「嘘をつかぬとは、おのれを偽らぬということ。まことにさような生き方をしているのであればよいことです、と仰せでございました」

嬉しげに話すお芳にうなずきながら、嘘をつかぬ生き方をしていると義右衛門に言っても納得を得られはしないだろう、と櫂蔵は思った。

櫂蔵がまた月に目を遣り、

「わたしはいま、あるひとの心を開かせたいと思っているが、どうしたらよいのかわからぬ。お芳のように嘘をつかぬと申しても、相手は商人ゆえ相手にされまい」

　大きく息を吐いて言うと、お芳は笑みを浮かべた。

「それなら、ご自分ができそうにない一番辛いことを、その方のためになさると言えばよいのではありませんか」

「一番辛いこと?」

「はい、わたしには嘘でごまかしたいことばかりありましたから、本当のことを言うのはたいそう辛かったです」

　しみじみとした口調でお芳は言った。本当のことを言うのが辛かったというお芳の言葉は、櫂蔵の胸を打った。

「うむ、そうであろうな。しかし、わたしが腹を切って命を投げ出すと口にしても、相手には通じないだろうと咲庵殿に言われたのだ」

　首をかしげてじっと櫂蔵を見つめたお芳は、ゆっくり首を横に振った。

「それは、死ぬことが旦那様にとって一番辛いことではないからだと思います」

　お芳の言葉に、櫂蔵はどきりとした。

　死ぬことが一番辛いことではないなら、自分にとってこの上なく辛いこととは何だろう。櫂蔵が訝しげに見つめ返すと、お芳はやさしい声で話した。

「旦那様もわたしも、そして咲庵さんもそうだと思うのですが、皆、一度は死にたいと思ったことがあるのではないでしょうか」

「それは確かにそうだが……」

櫂蔵は海に入水しようとしてお芳に止められた夜を再び思い起こした。

その少し前、咲庵も苦労をかけた女房が死んだという報せを聞いて、ぼう然と海を眺めていたことがあった。いっそ死のうかという思いが胸に去来していたのではなかっただろうか。

そして、井形清左衛門に捨てられ、男に身を売るようになったお芳は、いつもその思いに苛まれていたに違いない。

「嫌なことや自分で自分を許せないことは、拭っても拭っても、けっして消えてくれません。消そうと思ったら死ぬしかない。いっそ死んでしまえば楽だと何度思ったことか。でも、死んだらそんな許せない自分を一番たやすく許すことになってしまいます。そう思うと、生きるしかない。わたしたちにとって一番辛いのは、昔のことを忘れられずに、ずっと引きずって生きていくことだと思います。思い出したくないことが頭から離れない、そんな毎日を忍び続けることほど辛い生き方はありません」

お芳は何かに耐えるように、懸命に声を振り絞ってせつなげに言った。櫂蔵の胸に、お芳の言葉のひと言ひと言が沁みた。お芳の言う通りだ。新五郎を死なせてしまった悔いを死ぬことで忘れられるならば、どれほど楽かと思う。

新五郎のなそうとしたことを果たすために命を捨てる覚悟を定めたと思っていたが、胸の奥をのぞいてみれば、早く死んで楽になりたいという心持がひそんでいるのに気づかされた。そう思い至った櫂蔵ははっとした。

「そうか――」

お芳が怪訝な目を櫂蔵に向けた。櫂蔵は立ち上がって夜空を見上げた。

「わたしが覚悟しなければならないのは何であるかが、ようやくわかった」

月に向かって櫂蔵は声高(こわだか)に言った。

中天に雲が流れて、澄明な月にかかろうとしていた。

翌日、登城した櫂蔵は勘定奉行の御用部屋に赴いた。廊下の敷居際で手をつかえて頭を下げる櫂蔵に清左衛門が気づいて、

「朝から何用だ。入れ――」

と声をかけた。櫂蔵は畏(かしこ)まって清左衛門の前に膝行した。清左衛門は文机に向かったまま筆を走らせるのをやめずに、

「用があれば聞いてとらせる。申せ」

と短く言った。いかにも櫂蔵の用事などは片手間ですませるという口振りだった。

櫂蔵は怯(ひる)まずに、

「それがし、日田の掛屋、小倉屋に参りとう存じます。お許し願えましょうや」

と声を高くして申し出た。清左衛門はじろりと櫂蔵を見るなり筆を置いた。

「日田の掛屋に何用だ。まさか借銀の交渉に参ろうというのではあるまいな。さようなことをしても無駄だぞ」

「無論、さようなことは考えておりませぬ。小倉屋には弟の新五郎が借銀のことにて多大な迷惑をかけてござれば、此度、同じ新田開発奉行並となりましたるそれがしは、兄として一度、詫びに出向かねばならぬと思うたのでござります」

「詫びか――」

しばらく考える風に押し黙った清左衛門は、

「やめておけ。掛屋からの借銀については、おぬしの弟が責めを負ったことで話がついたも同然なのだ。いまさらおぬしが行けば、蒸(む)し返すことにもなりかねん」

と言い捨てて、再び筆を取ろうとした。すかさず櫂蔵は言い上げた。

「いや、それがしは弟の不始末を詫びに参るのでござれば、新五郎が責めを負ったことの念押しをするだけでござる。兄であるそれがしが、すべては弟のしくじりであったとあらためて申せば、小倉屋も納得し、借銀について蒸し返すことはござりますまい。一度は詫びを申さねば、小倉屋からの借銀の件を忘れ去るわけには参りませぬ」

筆を取ろうとした手を膝に戻して清左衛門は、鋭い目で櫂蔵を見据えた。

「そうか。掛屋からの借銀の件が蒸し返されぬよう、今後のことに念を押して自らの手柄にいたすつもりか」

「いかにもさようでござる」

櫂蔵は胸を張って答えた。

「死んだ弟を自らの手柄のために用いれば、家中の者たちから謗られるやもしれぬぞ」

清左衛門が皮肉な目を向けると、櫂蔵は皮肉な笑みを浮かべた。

「それしきのことを恐れておりましては、出世はできますまい。井形様はよくご存じのはずでございます」

「ならば、勝手にいたせ。小倉屋がもはや何も申さぬなら、そなたの手柄と認めてやってもよいぞ」

清左衛門は嫌な顔をして言い捨て、筆を取った。もはや相手にするつもりはないと

雰囲気で示している。櫂蔵は手をつかえ、

「それでは仰せに従いまして、日田に赴き、小倉屋に会って参りまする」

と部屋に居合わせた勘定方の耳にも届くよう、声高に言ってから頭を下げた。

櫂蔵が咲庵ひとりを供にして日田へ向かったのは、三日後のことだった。

以前、日田へ行ったときは不摂生が祟り息が切れる始末だったが、再出仕を決心して以来、朝夕に木刀を持っての素振りを欠かさず行ってきたためか、体力は万全で、道中も苦痛に感じなかった。

ついに日田の豆田魚町にある小倉屋の前に立った櫂蔵は緊張を覚えた。

新五郎の思いを果たせるかどうかは、まずは義右衛門が力を貸す気になってくれるかどうかにかかっている。義右衛門がその気にならなければ何も始まらないと思うと、店に入るにも勇気がいった。

「伊吹様――」

咲庵はさりげなく声をかけ、先導して店の土間に入った。手代に訪（おとな）いを入れた咲庵は、櫂蔵が訪れたことを義右衛門に取り次いでくれるよう頼んだ。いったん奥へ入り、戻ってきた手代が櫂蔵と咲庵を中庭に面した客間へと案内した。

そこまでは段取りよく進んだものの、茶が運ばれるわけでもなく、奥はしんと静まり返ったまま一刻ほど待たされた。

その間、櫂蔵は静かに瞑目して待っていた。さすがに痺れが切れたらしい咲庵が低い声で言った。

「いささか遅すぎますな」

櫂蔵は目を閉じたまま答えた。

「遅ければ遅いほど、向こうの負い目になる。こちらにとっては好都合です」

平然とした櫂蔵の返事を聞いて、咲庵はにやりと笑った。

「伊吹様も、商人の扱いに慣れてこられましたな」

「商人のすることにはすべて理由がある。待たせてわたしを怒らせたいのでありましょう。怒りさえしなければ、わたしの方が立場が強くなる」

櫂蔵が気負いなく言うのが聞こえたかのように、縁側をやってきた義右衛門が障子を開けて客間に入ってきた。

ふたりの前に茶が出されていないのを目にして大仰に驚いた様子を見せ、すぐに手を叩いて女中を呼び、茶を持ってくるように言いつけた。

櫂蔵が手をつかえて挨拶すると、櫂蔵の前に座った義右衛門はにこやかな表情で、

「伊吹様は先頃もお出でいただきましたな。此度は弟様と同じ新田開発奉行並となられたとのこと、おめでとう存じます」

　とあっさり応じた後、傍らに控える咲庵に目を向けた。

「俳諧の咲庵宗匠でございましょう。なかなかによき発句をされると聞いておりますぞ。江戸では三井越後屋の大番頭をされていたとか。日田の商人には俳諧を楽しむ者も多うございます。何も辺鄙なところにくすぶっておられずとも、日田に住まわれますなら、何年でもゆったりとお暮らしになれますものを」

　と羽根に暮らす咲庵を憐れむ口振りで言う義右衛門に、咲庵は微笑を浮かべて答えた。

「まことに日田は風光明媚で豊かな土地柄にて、羽根での仕事が片付きましたおりには是非ともこちらへ参りたいと思っております。その節はよろしくお願いいたします」

　如才ない咲庵の応対に、義右衛門は片方の眉を上げて皮肉な表情を浮かべた。

「ほう、羽根での仕事がそれほど大事ですか」

　と言うなり、櫂蔵に目を転じて義右衛門は口を開いた。

「さて、新任のご挨拶ならすでにおうかがいいたしました。これ以上のお話はないと存じますが」

さっさと帰れと言わんばかりの言い方だった。

「ごもっともにござる。されど、ひとつだけ、小倉屋殿に見ていただきたいものがあるのでござる」

言いながら櫂蔵は、懐から書状を取り出し、義右衛門の前に差し出した。義右衛門は胡散臭げな表情をしつつ書状を開いた。

借銀ノ事
五千両
右ノ条無相違候（そういなくそうろう）

と書かれ、新田開発奉行並の役名と櫂蔵の署名が記されている。

「これは何ですかな」

義右衛門は表情をにわかに厳しくして櫂蔵に目を向けた。

十八

「ご覧いただいた通り、借銀の証文でございます。それがしが借銀をいたすのではなく、わが羽根藩が小倉屋殿より五千両を借り受けたることを証し立てる、それがしの証文でござる」

　櫂蔵は落ち着いた声で答えた。

「羽根藩におかれましてはお貸しした五千両について、弟様の仮証文しかないゆえ詳しいことがわからぬの一点張りでございました。有体に申せば、踏み倒しをされるおつもりと心得ておりまするが」

「であろうと存じまして、それがしは、借銀が間違いなくあると証文を出しておるのです」

　櫂蔵がきっぱり言うと、義右衛門は笑い出した。しばらく身をよじって笑ってから、呆れ入ったという顔をして言った。

「お殿様でもない、ただの奉行並のあなた様の証文は仮証文と同じで何の役にも立ちますまい」

　櫂蔵は膝に手を置き、腹に力を込めて告げた。

「借銀が踏み倒されたと幕府に訴え出られるがよろしい。たとえ藩が知らぬ存ぜぬを通そうとも、それがしが幕府のお調べに対し、借銀は間違いなくあったと申し立てます」

「さようなことをすれば、すぐに切腹を命じられますぞ」

　義右衛門は突き放した物言いをした。

「いや、それがしは腹を切りませぬ」

「ご主君の命であっても、ですか。お武家様にさような気儘は許されますまい」

「たとえ殿の命でありましょうとも、謂れなく腹は切りませぬ」

　櫂蔵は表情も変えずにきっぱりと答える。

「ならば、捕らえられて首を斬られましょう」

　義右衛門は櫂蔵を見据えて嘲るように言った。額に汗が浮かんでいる。櫂蔵はゆるゆると首を横に振った。

「この証文が明らかになるのは幕府よりのお調べが始まってからのことでござる。その間にそれがしを斬首にいたしては、幕府に対し申し開きが立たず、借銀があることを認めたも同然でござる」

義右衛門は、うむ、とうなり声を上げて黙った。しばし考えをめぐらし、おもむろに口を開いて落ち着いた声で訊いた。

「もしもお言葉通りになされれば、御家中で不忠の臣と呼ばれるでしょうし、切腹もされないのであれば生き恥をさらすことにもなりましょう」

「いかにも、さように心得ております。されど小倉屋殿は、それがしが大坂の商人との宴席で乱暴を働いたあげくにお役御免となり、漁師小屋で物乞い同然に暮らしておったことをご存じのはずでござる。あのころ、それがしは襤褸蔵と呼ばれており申した」

「さような名で……」

義右衛門は眉をひそめた。櫂蔵はこだわる素振りも見せず、話を続けた。

「言うなれば、それがしはこれまで生き恥をさらすだけさらして参りました。それゆえ、さらに恥を重ねようがどうとも思いませぬ」

「それは、ご本心でございますかな」

義右衛門はうかがうように櫂蔵を見た。

「小倉屋殿、借銀の五千両は江戸へ送られたとされておりましたが、実はまだ領内にあるかもしれぬのです。それも播磨屋の蔵にあるのではないかとそれがしは見ております」

「播磨屋さんの蔵に、あの五千両が収められていると申されるか」

義右衛門は興味を抱いたらしく身を乗り出した。權蔵は大きく首を縦に振った。

「さようでござる。それがしは何としても、五千両を播磨屋の蔵より引き出し、新五郎がなそうとしたことに使いたいと存ずる」

權蔵の言葉に、義右衛門は警戒するかのように口を引き結んだ。權蔵はちらりと咲庵に目を向けてから言った。

「咲庵は、五千両のうち三千両ほどをご老中方への賄賂とするように、新五郎は小倉屋殿より策を授けられたのではないかと申しております。もし、それがまことでしたら、播磨屋の蔵から五千両を引きずり出した暁（あかつき）には、ご老中方へ唐明礬の差し止めを願い出る手助けを小倉屋殿にしていただきたいのでござる」

義右衛門はすっと身を引いて權蔵に答えた。

「五千両を踏み倒されたわたしが、羽根藩のために動かねばならない謂れは何もありませんぞ」

權蔵は手をつかえて頭を下げた。

「いかにもさようにござれば、小倉屋殿にお力添えを願い出るにはいかがしたらよいものかと咲庵に相談いたしたところ、それがしの覚悟を示すしかないと言われたのでござる」

「では、先ほどのお話が、伊吹様のお覚悟だと言われますか」

厳しく吟味する目で櫂蔵を見つめながら義右衛門は問うた。櫂蔵は頭を上げて正面から義右衛門を見返した。

「それがしはある者から言われました。死ぬより辛いのは生きることだと。確かに死んだほうがましだという思いがそれがしにはござった。されど、小倉屋殿からの借銀を証し立てるため、何があろうとも決して死なずに、生きようと意を決しました。生きることが、それがしの覚悟でござる」

「伊吹様――」

義右衛門はどう応じたものかと当惑したらしく、ため息をついた。櫂蔵は義右衛門の顔に目を据えて、再び手をつかえた。

「かように覚悟を定めてより、あらためて気づいたことがござる。小倉屋殿のお立場ならば、弟が腹を切ったおりは、死なずに借銀を証し立ててほしいと思われて当然でござった。しかしながら、そのことはひと言も口にされず、弟の死を悼んでくだされた」

燿蔵が絞り出すような声で言うと、義右衛門は顔をそむけた。

「弟へのかほどの真心をお示しいただきながら、それに思いが至らなかったのはそれがしの不心得でござった。遅きに失しますが、あらためてお詫びいたしたい。さらには弟へのご厚情のほど、まことにかたじけなく存ずる」

ひと息に真情を吐露して、燿蔵は深々と頭を下げた。その様を見つめていた義右衛門は、不意に表情をやわらげて、

「やれやれ、真心があるなど申されますと、商人は身の置き所がなくなります」

とつぶやいてから咲庵に顔を向けた。

「ただいまのお話は、咲庵宗匠のお仕込みでしょうか」

「いえ、とんでもないことです。ただ、わたしも死ぬより生きるほうが辛いと思ったことがございますゆえ、伊吹様の言葉は胸に沁みました」

咲庵は声を詰まらせて答える。

「さようですな。手前ども商人は金のために生きる者として、お武家様より蔑まれながら世を渡っております。お武家様方は命を軽んじられますが、生きるということは死ぬよりもはるかに難しきことと心得て、いかなることがあろうとも生き抜かねばならぬと心を定めているのです。手前どもと同様の覚悟を伊吹様がお示しになられたか

らには、もはや知らぬ顔はできませんな」

自らに語りかけるような義右衛門の言葉に、櫂蔵は顔を上げた。

「小倉屋殿、それでは――」

「いま申した通りです。二言がないのはお武家様だけではございません。筋の通った商人も、嘘はつきませんぞ」

義右衛門は滋味深い眼差しで櫂蔵を見つめた。

櫂蔵が日田から羽根城下に戻ったのは、三日後の夕刻だった。

義右衛門の承諾を得て、晴れ晴れとした心持で櫂蔵が門をくぐると、すぐにお芳が迎えに出てきた。

櫂蔵の表情から小倉屋との話がうまくいったことを見て取ったお芳は、嬉しげに顔をほころばせながら、続いて門をくぐった咲庵に告げた。

「先ほど、咲庵さんを訪ねてお客様がお見えになりました」

「わたしを訪ねて……。はて、誰ですかな」

首をひねる咲庵に、お芳は言い足した。

「長次郎とおっしゃる、長旅をしてこられたご様子の若い男の方でした。もしかすると今夜戻られるかもしれませんと申し上げると、近くの川辺でしばらく待つとおっしゃっていました」

羽根藩北西部、隣藩との国境(くにざかい)にある瓦岳(かわらだけ)を水源とする尾木川(おぎがわ)の支流が屋敷の近くを流れている。長次郎という男はそのあたりにいるのだろう。

長次郎という名を聞いた咲庵は息を呑んだ。その様子を見て、櫂蔵は声をかけた。

「いかがされた。会いたくない男でござるか」

咲庵は顔をこわばらせて答えた。

「長次郎は、わたしのたったひとりの倅(せがれ)でございます。江戸にいるはずですが、どうして豊後にまで参ったのでしょう」

うめくように言って目を閉じた咲庵に、息子がはるばる訪ねてきてくれたことを喜ぶ気配はなかった。櫂蔵はお芳と顔を見合わせた。お芳が気遣うように言葉をかけた。

「いまも待っておいでだと思います。行ってさしあげなくてよろしいのですか」

咲庵は戸惑いつつも、ため息まじりに答えた。

「そうですな。行ってやらねばならんでしょうな」

かすれた声で言うなり、咲庵は櫂蔵に頭を下げて門を出た。

暮れかける道に長い影を落として咲庵は川に足を向けた。やがて道から見下ろせる川辺に、町人姿の若い男が立っているのが見えた。合羽を肩にかけ、股引を穿いて黒い脚絆を巻き、笠と振り分け荷物を手にした旅姿をしている。

咲庵は土手を下り、男に近づいていった。浅瀬を流れる川のせせらぎの音が聞こえる。水が流れる音にまぎれないよう、咲庵は声を高くして呼びかけた。

——長次郎
男が振り向いた。夕暮れどきの暗さの中でも男の顔立ちははっきりとわかった。咲庵の胸に懐かしさが込み上げた。丸顔でおとなしげな顔の作りは女房のお朝によく似ている。

「親父か？」

長次郎はうかがうように咲庵を見て訊いた。

江戸にいたころの咲庵は羽織を着て恰幅のよい商人だった。俳諧師となり、さらに武家奉公をするようになったいまとは装いも異なっていた。長次郎が戸惑うのも無理はないと思いつつ、咲庵は近づいて声をかけた。

「わたしだよ、長次郎。ひさしぶりだな」

長次郎は薄笑いを浮かべた。

「随分な身なりだな。落ちぶれ果てた様子じゃないか」

嘲りを含んだ長次郎の言葉を、咲庵はうなずきながら黙って聞いた。

「おれは江戸で食い詰めたんだが、長崎生まれの友達が心配してくれてな、長崎の薬種問屋に雇ってもらえることになった。長崎へ行く途中で親父の顔でも見ていくかと思ったのさ」

長次郎はかすかに笑いながら、どうでもいいことのように言った。咲庵はため息をついて口を開いた。

「わたしは江戸を出てからよいことは何もなかった。お朝やお前には苦労をかけた」

低い声で訥々と言う咲庵に、笑いを引っこめた長次郎はきつい表情を向けた。

「わかっちゃいたんだな。おれやお袋をひどい目にあわせたということは」

「申し訳なかった。この通りだ」

咲庵は頭を下げた。その様を見た長次郎は、再び冷笑を浮かべた。

「お袋は他人様の店の下働きになって、毎日のように若い女中に怒鳴られて暮らしていたぜ。大店の娘に生まれて冬でもあかぎれしたことがないのが自慢だったお袋が、真っ赤に霜焼けした手で水仕事をしてよ。おまけに年を取ってから亭主に逃げられた女だと馬鹿にされてな。死ぬときはどんな気持だったか」

刺すような長次郎の言葉を、咲庵は目を閉じて聞いた。女房のお朝がどれほど惨めで辛い思いをしたか、手に取るようにわかる。

「わたしは愚かだった。江戸を出たりするんじゃなかった――」

咲庵はうめくように言った。

「いま頃わかったって遅いぜ。何もかも壊れちまったんだ。親父は田舎（いなか）で野たれ死ぬんだな。それだけを言っておきたかったのさ。おれもお袋も、あんたをずっと恨んで生きてきたんだ。それを忘れたら許さねえぞ」

吐き捨てるように言うと、じゃあな、とつぶやいて、長次郎は立ち去ろうとした。そのときになって、咲庵ははっとした。

「待ってくれ。お前、長崎の薬種問屋に雇われたと言ったな」

「それがどうした。まさか、病にかかったら面倒を見てくれなんて言うんじゃなかろうな。そんなのはご免だぜ。あんたとはもう赤の他人だからな」

言い捨てて土手に向かおうとする長次郎の袖に咲庵はすがった。

「いや、そんなことを頼むつもりはない。長崎へ行ったら調べて報せてほしいことがあるのだ」

「なんだと」

「いまお仕えしている方のために調べなくてはいけないことがあるのだが、どうか頼まれてくれないか」

「何であんたなんかに頼まれて、おれがそんなことをしなくちゃならねえんだ」

怒鳴る長次郎の前で、咲庵は地面に膝をついて頭を下げた。雲間から夕日がのぞき、川原に土下座する咲庵を赤く染めた。

「頼む。そのことがわかれば、多くのひとの役に立つんだ」

「ほう、おれらをひどい目にあわせたあんたが、ひとの役に立っていい顔をしようっていうのかい」

「お前たちのことはすまないと思っている。だが、わたしも一生に一度は、ひとの役に立ちたいのだ」

咲庵が哀しげに言うと、長次郎は声を荒らげた。

「ふざけたことを言うんじゃねえ」

長次郎は咲庵の顔を蹴り上げた。咲庵は川原の石ころの上に倒れてうめいたが、すぐに起き直って頭を下げた。頬が切れて血が滲んでいる。

「怒るのはもっともだ。だが、頼む。お前しか頼みにできる者はいないのだ。頼む、頼むから——」

「馬鹿野郎――」

再び蹴り上げようとした長次郎は足が動かず、体をがくがくと震わせて地面に膝をついた。目に涙が光っていた。

「親父、あんたはおれたちのために、ひとにそれだけ頭を下げたことがあったのか。そんなまねはしたことがなかっただろうに、他人のために土下座までして、どういう料簡をしてるんだ」

「だからこそだよ。お前の父親で、お朝の亭主だったわたしが、一度だけでもひとの役に立てるところを見せたいんだ」

「いまさらそんなもの見せてもらったって、何にもなりゃしねえ」

長次郎は苦しげにうつむいた。

「そうだろうな。そうに違いないだろうし、何にもならないだろう。でも、わたしはせめてそれくらいのことをしなければ、お前たちに顔向けができないんだ」

うつむいたまま黙って聞いていた長次郎はゆっくり顔を上げた。血に汚れ、腫れた咲庵の顔を見てつぶやいた。

「すまなかった。親を蹴って痛い目にあわせるなんて、おれはとんでもない親不孝者だ」

咲庵は頭を横に振った。

「何を言っている。お前は小さいころ、いたずらばかりしていた暴れん坊だった。お仕置きしようとするわたしの手から逃げようとして、ばたつかせた足がわたしの顔に何度当たったことか。あのころと同じだ。子供の足が当たったくらいで、親は痛くはない」

咲庵の言葉を聞いて、膝を折り両手をついた長次郎は地面に顔をこすりつけるようにして号泣した。

夕闇が濃くなり、川原に泣き伏す長次郎を包んでいった。

十九

翌日、櫂蔵は日田に行ったことについて井形清左衛門に報告した。

小倉屋義右衛門が、五千両を取り戻すことができるのであれば明礬の件を西国郡代に取り次いでもよい、と言ってくれたことはもちろん話さなかったが、日田の掛屋は予想より好意的であったとは伝えた。

清左衛門の傍らには小見陣内が控えている。

小倉屋義右衛門が厚情を示してくれたと櫂蔵が話すと、陣内は鼻の先で笑った。清左衛門も苦笑いを浮かべた。

「そなた、そこまでおのれの手柄を言い立てたいか。いささか見苦しいぞ」

「はて、さようでござりましょうか」

素知らぬ顔で櫂蔵は返した。

「言うまでもなかろう。小倉屋は、言わばわが藩に五千両を踏み倒されたのだぞ。もし、そなたの申す通り、小倉屋が懇ろな挨拶をしたとしても、それは上辺だけのことだ」

「さようですか」

櫂蔵はわざと愚鈍な顔つきをした。

「小倉屋は腹の中ではそなたの図々しさを苦々しく思っておろう。なにせ、皮肉で申したことをまともに受け取るのだからな」

呆れた口調で清左衛門が言うと、陣内は蔑んだような目で櫂蔵を見た。

「日田にまで行かれて商人の上辺の言葉を信じて戻られるとは、困ったものでございますな」

櫂蔵は清左衛門と陣内が思惑通りの受け取り方をしたことにほっとしつつ、話を続けた。

「そう申されても、それがしにはさようには思えませなんだが」

「愚かな。おぬしは体よくあしらわれたのだ。決まっておるではないか」

顔をしかめて吐き捨てるように清左衛門は言った。

「どうやら失態を演じたようでございます。お許しくださいませ、今後は気をつけますゆえ」

櫂蔵が神妙な態度を装って言うのを、清左衛門は不快そうに聞いた。

「今後は、などと気軽に言うておるが、そなたは新田開発方に参ってから仕事らしきことを何もしておらんのだぞ」

「さようかもしれません」

「城下の播磨屋に参って番頭を怒らせ、此度は日田まで赴いて、掛屋に嘲弄されて藩の面目を失墜させたのだ。そのことがわかっておるのか」

傍らの陣内がしたり顔でうなずく。櫂蔵はひと呼吸おいてから、清左衛門の顔をうかがい見つつ言葉を返した。

「されど新田開発方の古参の者からは、ここは仕事をせぬところ、すれば却ってひとの迷惑になる、などと言い聞かされました」

「なんだと」

櫂蔵の思いがけない言葉に、清左衛門は無表情になって目を鋭くした。櫂蔵はなおも言葉を重ねた。

「井形様も、そのあたりのことはよくご存じであると……」

「知らぬな。さように不埒な思惑でおるということになれば、奉行並という役職も解かれることになるやもしれぬぞ」

冷淡な口調で言うと、清左衛門は手もとの文書に目を落とした。その様子を見て陣内が口をはさんだ。

「伊吹様、ご報告はすまれたかに存じます。もはや詰所に戻られてはいかがでございましょうか」

櫂蔵はじろりと陣内を睨んだ。

「たしかにわたしの報告は終わったゆえ詰所に戻るが、そこもとはどうされるのだ。よもや勘定方へ移ったのではあるまい。新田開発方のはずだとわたしは思っていたが、違うのか」

「いや、それがしには、まだ井形様にご報告せねばならぬことがございますゆえ」

陣内は馬鹿丁寧な仕草で頭を下げて見せた。櫂蔵はその様子を見ながら腰を上げかけたが、ふと思いついたようにつぶやいた。

「そういえば、小見は、近頃、笹野信弥の跡をつけまわして何事か調べておると聞いたが、まことか。同僚を探るようなまねをしては後生が悪いのではないかとわたしは案じておる。もっとも、井形様がお命じになられたことであればやむを得ませぬが、いかがなものでございましょうか」

清左衛門は文書に目を遣ったまま、

「わしはさような細かい話は知らぬぞ」

と答えた。

「さようでございますか。さすれば小見がやっておることは、出過ぎたまねということになりますかな」

櫂蔵はちらりと陣内に視線を走らせた。陣内は嫌な顔をして目をそむけた。櫂蔵はそんな陣内の顔を見据えて、

「ただいま、わたしは日田へ赴いての出過ぎたまねを井形様よりお叱りを被った。小見も出過ぎたまねをしては、わたし同様にお叱りを受けることになるゆえ気をつけたがよかろう」

と言い捨てるなり立ち上がった。

清左衛門の御用部屋を出ていこうとした櫂蔵は、陣内が舌打ちするのを背で聞いた。

新田開発方詰所に戻った櫂蔵は、四郎兵衛と権蔵、半兵衛、信弥を集めた。声を低めて、小倉屋義右衛門が西国郡代を通じて老中へ話をつける手助けをしてもよいと言ってくれたことを告げると、四人は顔を輝かせた。

「まことでござるか。よもや小倉屋が応じてくれるとは思いませなんだ」

四郎兵衛は腕組みをして、興奮した様子で言った。

「日田の掛屋を口説き落とすとは、お手柄でしたな」

権蔵はにやにやと笑った。日頃、冷静な半兵衛ですら、

「これは面白うなりました」

とつぶやき、頬を紅潮させた信弥は膝を乗り出した。

「亡き新五郎様もお喜びのことと存じます」

興奮する四人に、櫂蔵は声を低めて言った。

「小倉屋がその気になってくれても、肝心の五千両がなければどうしようもない。やらねばならぬことは、まだ山ほどあるのだぞ」

傍らの咲庵も言葉を添えた。

「商人は、実際に金を目にするまで口約束をあてにして動くことはございません。小倉屋殿もさようであろうと存じます。すべてはこれからでありましょう」

四郎兵衛が頭をかきつつ答えた。

「いや、まことにそうでしたな。しかし、いままで何の望みもなかったのでござるから、それに比べるとましというものですぞ」

櫂蔵はうなずいて、皆の顔を見回した。

「わたしもそう思っておる。それで、ここはひとつ博多へ乗りこんでみようと思うが、どうであろうか」

「博多へ……。播磨屋へ乗りこまれるおつもりでござるか」

四郎兵衛は目を鋭くして櫂蔵を見つめた。

「そういうことだ。播磨屋庄左衛門は博多におって、羽根城下の店に来ることはほとんどない。一度、会うてみたいのだ」

櫂蔵がなにげない調子で言うと、四郎兵衛は顔をしかめた。

「それは無茶ですぞ。播磨屋庄左衛門は福岡藩にも大名貸しをしておって、福岡藩の重臣でも、思い立ってすぐ会うというわけにはいかぬそうです。行っても、まずは門前払いでしょう」

「それでもよいのだ。五千両が播磨屋の蔵にあると知っておると臭わせれば、播磨屋はわたしを放ってはおかぬはずだ。そうなれば、何かが見えてくるかもしれぬ。ここで思案投げ首をしておるよりもましだとわたしは思う」

櫂蔵は皆の顔を見回して、確信ありげに言った。

「さて、それはどうでしょうか。やみくもに博多へ行ってもよいことがあるとは思えませぬが」

四郎兵衛が言うと、権蔵も大きくうなずいた。

「さようでござる。相手はしたたかな商人でございますぞ。難癖をつけて伊吹様を陥れるやもしれませぬ」

「しかし、何もせずにおるというわけにはいかぬ」

櫂蔵は逸る気持を抑えかねるように言った。

新五郎の無念の死を思えば、もはや動き出さねばならないと思っていた。すると、信弥がおずおずと口をはさんだ。

「そのお役目、それがしもお供いたしとうござる」

「そなたも博多へ行くというのか」

櫂蔵は驚き、四郎兵衛と権蔵、半兵衛は顔を見合わせた。信弥は唇を湿らせてから話し始めた。

「実は納谷村のさとが売られた遊郭が、博多の柳町にある女郎屋だとわかりました。わたしは博多へ参り、さとを取り戻そうと思います」

信弥は思い詰めた表情で言った。櫂蔵は顔をしかめた。

「取り戻すと申しても、さとは十両の借金の形に身売りしたのであろう。身請けの金はどうするつもりだ」

「それがしにも蓄えはございます。十両はなんとかいたします」

自分に言い聞かせるように信弥が言葉を継ぐと、咲庵が膝を乗り出した。

「笹野様、女郎屋はあくどい商売をいたします。十両の借金の形に身売りした女子はさんざん働かせて、借金の数倍は儲けようとするものです。十両でさとさんを落籍するのは難しゅうございましょう」

信弥は、はっとした顔になって首を振った。

「だからと言って、わたしはさとが辛い勤めをしているのを見過ごすことはできません。なんとしても助けたいのです」

思い詰めたように言い募る信弥に、櫂蔵は声をかけた。

「わかった。さとを助けられるかどうかはわからぬが、博多へはともに参ろう。わたしも、なろうことなら助けたいと思っているのだ」

櫂蔵が言い終えると、半兵衛がゆっくりと口を開いた。

「こうしてはいかがでしょう。博多へ播磨屋を訪ねていくと言えば、井形様からお許しが出ないのは必定でござる。それよりも、近頃、村の娘がしばしば博多の遊里へ売られておるので、いかなることになっているかを調べに出張る、ということにいたしたらよいかと存ずる」

「さような話が通るのか」

櫂蔵が首をひねると、四郎兵衛が膝を叩いて応じた。

「それはよい。二年ほど前にも領内に入りこんだひと買いが目に余るというので、町奉行所が取り締まろうといたしたことがござる。此度は新田開発方の山廻りにも支障が出ておるゆえ、などと申せば、仕置きにも関わることなれば、お許しが得られるのではござるまいか」

そうか、とつぶやいた櫂蔵は腕を組んでしばらく考えてから、腹を決めたように、

「よし、半兵衛の言う通りにいたそう。博多にはわたしと信弥、咲庵で参ろう」

と言った。すると半兵衛が手を上げて、口を開いた。

「ならばそれがしも参りたく存ずる。かつてそれがしは、博多で船荷積み出し番を務めたことがござる。博多の遊里のことはいささか存じておりますゆえ、それがしも参った方がよろしかろうと存ずる」

「ほう、半兵衛がさような粋人であるとは知らなかった」

櫂蔵が感心すると、四郎兵衛と権蔵が大きな声で笑った。

「半兵衛は江戸でも吉原に通い、遊びが過ぎて体を壊したのです。かようなおりに役立ってもらわねば、もはや役に立つときはござらぬやもしれませんぞ」

四郎兵衛がわざと重々しく告げると、権蔵も囃すように声を高くした。

「さようじゃ。博多の遊里の道案内はさせても、酒と女は慎ませねばなりませぬぞ」

半兵衛は薄笑いを浮かべただけで、四郎兵衛や権蔵の言いたい放題にさせて制止する素振りも見せない。

(これは、ふたりの申す通りのようだな)

酒に弱い男だと思っていたが、どうやら違っていたらしい。遊び過ぎて体を壊したために酒を飲めなくなっていたようだ。

櫂蔵が色白でととのった顔立ちの半兵衛をあらためて見つめていると、詰所に陣内が入ってきた。

「たいそうにぎやかでござるが、何事ですか」

陣内がさりげなく言って近づいてくると、櫂蔵たちは口をつぐんだ。半兵衛が陣内に向かって、

「それがしが伊吹様を遊びにお誘いいたしておったのでござる」

「遊びだと」

「さよう、伊吹様に羽化登仙の心地を味わっていただこうと思いましてな」

陣内をからかうかのように、半兵衛は平然として嘯いた。陣内は眉をひそめて、

「お役目の話かと思えば、さように浮かれたことを思いつくとは、まことに呆れはてた仕儀じゃな」

と言って半兵衛を見据えた。半兵衛は知らぬ顔をして、喉が渇いた、茶でも喫するか、とつぶやきながらそっぽを向いた。

陣内はなおも半兵衛を睨みつけている。

二十

十日後――。

清左衛門は思いのほかあっさりと博多行きを許した。櫂蔵は半兵衛と信弥、咲庵とともに博多へ向かった。途中、太宰府などで二泊して博多に入り、旅籠に宿をとってから、まず柳町へ赴いた。

柳町は、博多湾に石堂川が注ぐ河口付近にある。江戸時代の初めに博多冷泉津の唐船入り口、須崎浜の近辺に散在していた娼家を江戸の吉原のように一カ所に集めたのが始まりだという。柳町に伝わる話として、昔、

――こじょろう

という遊女が唐との戦の際に、小舟に乗って敵の大将を誘い出し、生け捕りにしたという逸話が残っている。

この話を基に、近松門左衛門が『博多小女郎浪枕』という浄瑠璃を仕立て、享保三年（一七一八）に大坂で初演されると評判になった。これにより、博多の柳町という遊里は江戸、大坂にまで知られるようになった。

寛政十年（一七九八）の『筑前国続風土記附録』によれば、柳町には、

――遊女九十二人、亡八が家数十四軒あり

と記されている。亡八とは、仁、義、礼、智、忠、信、孝、悌の八徳を失った者を指す言葉だ。遊女屋の主人は、この八つの徳のうちひとつでも備えていれば商売ができないことから亡八者と呼ばれるという。

柳町は吉原と同様に周囲に塀をめぐらし、門は閉ざされており、遊客は潜り戸から入らねばならない。柳町の遊女屋は、かつて火災があったために夜店が許されず、暮六つまでの昼間しか客が出入りできない決まりとなっていた。

櫂蔵は半兵衛の案内で門の潜り戸を抜け、信弥、咲庵とともにさとがいるという遊女屋、大和屋にあがった。半兵衛がさとを呼ぶ交渉をした。

座敷に酒肴の膳を運ばせ、四人が待つほどに、女が座敷に入ってきた。女の様子を見て櫂蔵は目を瞠った。

さとは納谷村にいたころとは見違えるように変わっていた。大和屋での源氏名は、

——千早

というらしい。美しく化粧をし、絹物を着て、髷を結い上げた姿はほっそりとして、緋色の長襦袢からのぞく白粉を塗った首筋はなまめかしく、思わず目を逸らしたほどだった。

（女子はわずかな間にこれほど変わるのか）

痛ましいような思いで櫂蔵はさとを見つめた。さとは座敷に入るなり、信弥と櫂蔵に気づいて戸惑った表情になった。

敷居近くで座ってうつむいたまま、何も言おうとしなかった。信弥がたまりかねて、

「さと、わたしたちは客として来たのではない。そなたをここから救い出したいと思ってやってきたのだ」

と声をかけると、さとはゆっくりと顔を上げた。訝しげに信弥を見つめて訊いた。

「わたしを救う、とおっしゃいましたか」

「そうだ。十両の金なら用意してきた。明日にでもそなたを落籍して、納谷村に連れ戻したいと思っている」

さとは、ゆるゆると顔を横に振った。

「わたしが買われた十両のお金じゃ足りないです。それに、お金を出して落籍してもらっても、それからどうすればいいんですか。いったん女郎になった女は、村に戻っても誰も相手にしてくれません」

さとの声には悲痛な絶望の響きが込められていた。

櫂蔵は、お芳が言っていた「落ちた花は二度と咲かない」という言葉を思い出し

た。

　ここにも落ちた花がいる。

　しかもさとは、新五郎が思いをかけ、自分がいま少し気配りをしていれば落ちずにすんだ花だったかもしれないのだ。

「すまぬ。わたしの慮(おもんぱか)りが足りなかったために、そなたに辛い思いをさせてしまった」

　櫂蔵が頭を下げると、さとは戸惑ったように顔を横に振った。

「とんでもないことです。わたしのようなものを案じていただいて、嬉しいです。でも、もう村の娘じゃなくてただの女郎なんですから、これ以後は放っておいてください」

　さとが言い終わると、半兵衛が身じろぎして口を開いた。

「さほどに思い詰めぬがよい。一度苦界に身を沈めても、落籍されてひとの女房になった女もいるのだ。なるほど、女郎であったことはいまさら消すことはできぬだろうが、しかし、忘れることはできる。ひとは辛いことや苦しいことを過ぎた後では、そんな過去は忘れて生きていくことができるのだ」

　懇々(こんこん)と説く半兵衛の話を、さとはうつむいて聞くばかりだった。その姿が不憫(ふびん)で櫂蔵が言葉を添えようとすると、咲庵がさりげなく言った。

「伊吹様、ここから先は大和屋と身請けの話をしてからの方がよろしゅうございます。その後で、村に戻るかどうか決めるしかないと存じますが」

もっともな話だと櫂蔵がうなずいたとき、廊下からあわただしく、

「千早さん、ちょっと」

と呼びかける男衆(おとこし)の声がした。さとが驚いて襖を開けると、三十過ぎの黒い半纏(はんてん)を着た男衆が何事か囁くように言った。

——あやめさんが

さとは蒼白になって絶句した。

半兵衛が身を乗り出して、男衆に向かって鋭い声で問いかけた。

「どうした、何があったのだ。わたしらは千早の縁者だ。千早に関わることがあったのなら知らねばならぬ」

男衆は困惑したように座敷の櫂蔵たちを見回した。武家の客だけに不審がらせては面倒だと見たのか、

「千早さんのことではなかとです。同輩のあやめちゅうお女郎のことですけん」

と手短に言った。そして、さとに向かって、

「お役人様がおあらためにお来られる。千早さんに立ち会ってもらえて、旦那様のお言いつけたい」

　さとがぼう然としながらもうなずくと、櫂蔵が問いかけた。

「何か知らぬが、千早の顔色はただ事ではない。わたしたちもともに立ち会いたいが、かまわぬか」

　男衆は、ぎょっとした顔になった。

「何分にも、廓(くるわ)の中のことですけん」

　さとに目くばせして、さっさと連れ出そうとする男衆のそばに咲庵が寄って手に金を握らせたうえで、

「わたしどもは、実は千早さんの身請けの話を大和屋さんとしたいと思っております。お店の事情を知っておいた方が話が早かろうと思うのですが、いかがですか」

　と声を低めて言った。

　男衆は眉根にしわを寄せて考えていたが、観念したように言った。

「よかですたい。そげんわけなら旦那様に話してきますたい」

　男衆は足早に立ち去った。その間に櫂蔵はさとに訊いた。

「いったい、何があったんだ」

さとは青ざめた顔で答えた。

「あやめという、わたしと相部屋のひとが亡くなったんです。それも、男のひとに殺されたみたいで。亡くなったときに苦しんだのか、面変わりしているので、あやめさんと仲が良かったわたしに顔をあらためてほしいのだそうです」

さとの言葉を聞いて、半兵衛はうなずいた。

「殺したのは客でしょう。袖にされた恨みか、それとも相対死(あいたいじに)を仕損じて女だけを死なせるはめになったのか」

半兵衛の暗い声に皆が沈鬱な表情になったとき、男衆が戻ってきた。

「旦那様のお許しが出ましたけん、千早さんと一緒に来てもらってもよかですたい」

信弥がさとに手を貸して支えて立ち上がり、廊下に出ると櫂蔵たちも後に続いた。

男衆は櫂蔵たちを案内して店を出ると、さらに門をくぐって川沿いに出た。

すでに日が傾き始めている道を歩いて辻にある番所に入った。中には役人と小者、それに大和屋らしい町人が黙って立っていた。

番所の土間には遺骸(いがい)が横たわり、筵(むしろ)がかけられている。

番所の板敷には、総髪で筒袖にカルサン袴姿の若い男がうなだれて座っていた。五十過ぎの小柄な町人が男衆から耳打ちされると、櫂蔵に向かって、

「わたしが大和屋勘兵衛にございます。千早と同室の女郎が亡くなりましたので、検分をさせたいと存じます」

と穏やかな物言いで告げた。

櫂蔵は、さようか、と言って番所の隅に控えた。勘兵衛が手を添えて、さとを遺骸に近づける。それを待っていた役人が目でうながし、小者がさとが見ることができるように筵をめくり上げた。

さとは震えながら土間に跪き、おずおずと遺骸に目を向けて悲鳴を上げた。櫂蔵も遺骸に目を遣り、眉をひそめた。

役人が無表情にさとに問いかけた。

「大和屋のあやめに間違いはないな」

さとは泣きながらうなずいて、か細い声で、

「間違いございません」

と答えた。役人はうなずいた。

「この女郎は廓を抜け出して、石堂川に身を投げて自害したのだ。さよう心得よ」

それを聞いて、櫂蔵は前に出て、

「それはおかしゅうござるな」

と言いながら筵をはねのけた。赤い襦袢姿の若い女の遺骸が露わになった。櫂蔵は胸の膨らみの下あたりを指差した。

「ご覧のように刀の刺し傷がある。身投げであるはずがない。なぜさようなことを申されるのか、いささか不審でござるな」

先ほど筵がまくり上げられた瞬間、櫂蔵は目ざとく傷に気づいていた。役人は嫌な顔をして訊いた。

「貴殿はいかなることでここに参られたのか、おうかがいしたい」

「それがしは羽根藩の伊吹櫂蔵と申す。領内の村娘がひと買いによって博多の柳町に売られておるため、当地まで調べに出向いております」

櫂蔵が言うと、役人はしかたなさそうに、

「これは事情のあることゆえ、他家の方の差し出口は迷惑でござる。お引き取り願いたい」

と言った。すると、板敷に座っていた若い男が嗚咽し始めた。その様子を見て、半兵衛がつぶやいた。

「やはり相対死の仕損じでござろう。女が死に男が生き残ったとき、女は自害したということにせねば、男は人殺しになりますからな」

勘兵衛が櫂蔵たちのそばに寄ってきて、声をひそめた。

「あの方は御典医、鷹取智伯(たかとりちはく)様のご子息で、孫四郎(まごしろう)様とおっしゃいます。お察しの通り、あやめの客で通い詰めておられましたが、まだ二十三歳とお若く、医者として修業中の身だけに金が続かず、揚げ代はすべてあやめの借金となっておりました」

「遊女が客の揚げ代を借金として背負うのか」

櫂蔵は首をかしげた。

「わたしどもとしては望ましいことではありません。遊女が借金を返せなくなるのは目に見えておりますし、どうしても好きな客に気兼ねして、他の客をとるのを嫌がるようになりますから」

勘兵衛はため息をついて、何度も説教はいたしたのですが、あやめは聞きませんでした、と言った。

「そのあげく、此度の仕儀になったというわけか」

櫂蔵は暗澹(あんたん)とした表情になった。

「さようです。どうしようもなくなって、ふたりで相対死しようということになったのでしょう、あやめは廓を抜け出したのでございます」

「しかし、男は死に切れなかったのだな」

「はい。ふたりして石堂川の船着場に行き、つながれていた舟に乗りこんだのです。孫四郎様が脇差であやめの胸を刺し、自分も自害してともに舟で沖へ流されようと思ったらしいのですが、孫四郎様はあやめが死んだ後、とたんに怖くなられたようで、死んだあやめを川に突き落として逃げようとしたところを、船着場に来た船頭に見つかったというわけなのです」

勘兵衛はなおも泣いている孫四郎に蔑むような視線を投げかけた。あやめの遺骸のそばに跪いていたさとが、泣きながら顔を上げた。

「あやめさんはあのひとが好きで、だからほかのお客も断って、揚げ代も全部、自分が背負って、あのひとが来てくれることだけを楽しみにしていたんです。相対死しようと持ちかけたのもあのひとに決まっています。それなのに、あやめさんだけ死なせて自分は生き残るなんて、あんまりです。あやめさんは、心底あのひとに恋い焦がれていたのに」

さとが顔を覆って大声で泣き出すと、役人が厳しい表情になった。

「これ、あらぬことを口走るな。鷹取家は代々四百石の御典医の家柄で、孫四郎殿は俊秀にして、将来は御典医となられる方だ。たまたま女が自害したところに居合わせただけのことでも出世の妨げになりかねんのだ。たしかに大和屋の女郎の客ではあったろうが、鷹取殿のご子息とお前たち女郎では比べものにならん」

役人は何としても遊女の自害で事を収めようと懸命だった。

「でも、それではあやめさんがかわいそうです」

さとがなおも言うと、役人は声を荒らげた。

「まだわからぬのか。お前ら女郎は早晩病を得て死ぬ。長生きするものなどおらぬ。さすればどこぞの寺に投げこまれて無縁仏になるのがさだめだ。自害として、葬(ほうむ)ってもらえるだけでもありがたいと思え」

さとが泣き伏すと、信弥が役人に近寄った。

「失礼ながら、ただいまの申されようは酷(ひど)うござる。御典医のご子息をかばい立てされるのはやむを得ぬにしても、亡くなった女に罪はござりますまい」

信弥が言い募ると、役人は顔をそむけた。代わって勘兵衛が口を開いた。

「申し訳ありませんが、これはお役人様の言われる通りなのでございます」

「なんだと」

信弥はこわばった顔を勘兵衛に向けた。勘兵衛は落ち着いた声音で話し始めた。

「お武家様方は千早の知り人で、身請けの話をされに来られたと店の者から聞きました。それゆえ、ここに千早とともに来ていただいたのです」

燿蔵がゆっくりと前に出て問うた。

「大和屋殿、われらをここに来させたのには理由がある、と申されるのだな」

勘兵衛はうなずいて、さとに憐れむような目を向けてから話した。

「わたしども女郎屋を営む者が、八徳を失った亡八者と呼ばれておるのはご承知かと思います。それは女郎も同じことにて、操(みさお)を守るという女の徳を捨てて生きていかねばなりません。それを捨て切れずに女の幸せを願えば、あやめのように借金を背負い、あげく相対死騒ぎを起こすか、悪い男にだまされて足抜きをくわだてるかのいずれかでございます」

「では、救われる道はないと申すのか」

燿蔵は目を鋭くして訊いた。

「半端な金で女郎を救うことはできません。よほどに金のある方が気に入って落籍すれば別でございますが、さような物好きな方は江戸の吉原ならともかく、柳町では聞いたためしがありません。たとえどのように助けようとしても、女郎はいったん落ちたところから抜け出すことはできぬものです。それゆえ、千早を落籍するのは無理だとおわかりいただくために来ていただいたのでございます」

勘兵衛は燿蔵をまっすぐに見返して言った。傍らの半兵衛が口を開いた。

「大和屋殿の言われることに嘘偽りはござらん。信弥がさとを落籍するために十両を用意すると聞いたおりから、これはできぬ話だと思い、それがしはついて参ったのでござる。いかに女人への気持があろうとも、たいそうな金がなければ女郎を救うことなどできぬと諦めるしかありますまい」

なだめるように言われて、信弥は顔を紅潮させた。

「さようなことは信じられません。一度遊女になったからといって、それですべてが終わってよいはずがない。なんとかできるはずです」

勘兵衛は信弥の言葉に耳を貸さず、櫂蔵に向かって告げた。

「足抜きをさせようなどとお考えになられませんように。柳町から逃げ出した遊女は目明かしや男衆がどこまでも追いかけて、たとえ他国に出ていても捕らえて連れ戻します。捕らえられた女は手鎖(てぐさり)をされてしばらく町預かりになりますが、その後女郎屋へ戻されたときには捕らえるのにかかった費(つい)えがすべて借金となり、死ぬまで柳町から出られなくなるのでございます」

「女が抜けられぬ生き地獄というわけか」

櫂蔵がひややかに言うと、勘兵衛は表情を消した。

「もはや、これ以上の話は無用かと存じます。千早はわたしどもが連れて帰りますゆえ、皆様はどうぞお引き取り願わしゅう存じます」

有無を言わせぬ勘兵衛の言い方に、櫂蔵は苦い顔をした。

「わかった。きょうのところは引き下がろう。しかし、われらは諦めたわけではないぞ。落ちた花をもう一度、咲かせたいと念じておるゆえな」

櫂蔵の言葉を聞いて勘兵衛は少し考えたが、やがて厳しく言った。

「それは無駄でございます。さようなことをすれば、また、あやめのような目にあう女子が出るだけのことだと申し上げたではございませんか」

「そう思うか」

「わたしの申すことに、間違いはございません」

勘兵衛はそう言いながら、なおも泣いているさとの傍らに立つ信弥に目を向けた。うなだれて立つ信弥は思い詰めた表情をしている。

櫂蔵は信弥に声をかけようとしてためらった。

いまの信弥は、お芳のために何かをしたいと思った自分と同じだという気がした。

半兵衛がそっと櫂蔵に近寄って、耳もとで、

「信弥から目を離さぬ方がよいようでござる。何をいたすかわかりませんぞ」

と囁いた。櫂蔵は何も言わずにうなずいた。信弥が胸の奥底で何事か決意している

のを櫂蔵も見て取っていた。

番所の中にさとの嗚咽だけが響いている。

二十一

翌日、櫂蔵は咲庵だけを伴って播磨屋に向かった。呉服町にある播磨屋の店先に立つと、咲庵が店の土間に入った。

「もし、お願いいたしたいのですが」

咲庵は帳場の番頭に声をかけた。五十過ぎで色黒の、痩せた番頭はじろりと咲庵を見た。そして店の前に櫂蔵が立っているのに目を遣り、何事か合点したように、

「羽根からお見えになられましたか」

と丁寧な口調で言った。咲庵は、播磨屋が待ち構えていたらしいことに苦笑しながら櫂蔵を振り向いた。

櫂蔵は店に入ると、番頭に会釈をした。

「いかにも羽根藩から参った。新田開発奉行並の伊吹櫂蔵と申す。播磨屋殿にお目通りはかなうであろうか」

番頭は無愛想な顔で櫂蔵をじろじろと眺めると、

「ご存じかと思いますが、主人は、たとえ御家のご家老様がお見えになっても、突然のご訪問ならば会われますまい。しかし、なにゆえか、あなた様がお見えになればお会いすると申しつかっておりました」

「それはかたじけない」

櫂蔵が頭を下げると、番頭はひややかに言った。

「ただいま主人は大変に忙しゅうございますから、中庭にての立ち話になろうかと存じますが、構いませんでしょうか」

「無論でござる」

櫂蔵がにこやかに応じると、番頭は女中を呼んで案内をさせた。女中はいったん店の外に出て、築地塀(ついじべい)をぐるりと回って裏口から中庭へと案内した。広い中庭に入ると、盆栽がずらりと並んだ棚が目に入った。

その前に白髪で小柄な、袖なし羽織を着た男がいて、剪定鋏(せんていばさみ)を持ち、盆栽の手入れをしている。この男が播磨屋庄左衛門なのだろう。

女中が近寄って、羽根藩からのお客人でございます、と告げても庄左衛門は返事をせず、振り向きもしなかった。

櫂蔵はしかたなく、そばに行って頭を下げ、

「羽根藩の伊吹櫂蔵と申す」

と挨拶した。しかし、庄左衛門は小振りな松の盆栽を手にして真剣な表情で見つめ、剪定鋏を入れるだけで口を開こうとはしない。

あたかも櫂蔵など、いないかのようだった。

やむなく櫂蔵は立ち尽くして、庄左衛門の盆栽いじりを見つめた。咲庵も同じように表情を消して庄左衛門の背を眺めていた。

しばらくして、庄左衛門は梅の盆栽を手にしてから、

「これは出来が悪い」

と独り言をつぶやいた。かすれて、しわがれた声だった。櫂蔵がさりげなく、

「さようでござるか」

と相槌を打つと、庄左衛門はなおも言った。

「元から悪いものは、どんなに手を入れてもよくはならんようだ」

「そういうものでしょうな」

櫂蔵は苦笑しながら言葉を継いだ。

「それがわかっていて、なぜ悪あがきをする」

庄左衛門は盆栽から目を離さずに言った。どうやら話しかけているのだとわかった櫂蔵は、息を大きく吸ってから言葉を発した。

「それがしは、弟の新五郎が果たせなかったことをなし遂げ、藩を立て直したいと思っており申す。そのために、日田の掛屋から借り出した五千両の行方を追っております。いずれ、かならず突きとめまする」

「無駄なことだ」

「さようでござるか」

櫂蔵は、じっと庄左衛門の顔を見つめた。木彫りの面のような庄左衛門の顔には、何の表情も浮かんでいない。

「出来の悪いものはこうするしかない」

庄左衛門は梅の盆栽に鋏を入れて、一本の枝を容赦なく切った。盆栽を棚に戻すと、

「無様(ぶざま)だな」

と嗤った。櫂蔵は鋭い目で庄左衛門を見て訊いた。

「懸命に生きることは無様でござるか」

庄左衛門はようやく振り向いて、櫂蔵に顔を向けた。

「無様だな。早く諦めることだ。どうせ、何もできはしない」

「そうとは限りますまい」

櫂蔵が睨みつけると、庄左衛門は、ふふっと声を出して笑った。

「弱い犬ほどよく吠（ほ）えるというが、まことのようだな」

「たとえ弱かろうと、犬ならば牙（きば）がござる。命続く限り、相手に食らいつくこともでき申そう」

庄左衛門は、まじまじと櫂蔵の顔を見つめた。不意に興味を失ったかのように背を向けて、縁側に向かった。

女中が茶を持ってくる。庄左衛門は縁側に座り、盆栽の棚に目を遣りながらゆっくりと茶を喫した。もはや櫂蔵のことなど忘れたかのようだ。

櫂蔵はしばらく庄左衛門を見ていたが、やがて頭を下げた。

「ご無礼仕（つかまつ）った。お暇（いとま）いたす」

挨拶して背を向けたが、庄左衛門は何も言わない。咲庵は櫂蔵の後に続きながら、

「あれほどお武家に対して無礼に振る舞う商人は、江戸にもおりませんな」

と小声で言った。櫂蔵は振り向かずに答える。

「それだけ、弱みがあるということです。わたしに会ったのも、何を言い出すか聞い

ておきたかったのでしょう。これで、わざわざ博多へ来たのも無駄ではなかったということになりそうです」

「いかにもさようです。播磨屋には知られたくないことがあるのでしょう」

咲庵が言うと、櫂蔵は大きくうなずいた。

「播磨屋の尻尾をつかめるかもしれませんな」

裏口から外へ出ると、風が砂埃を上げて吹き寄せてきた。櫂蔵は目を細め、風に逆らうように歩き出した。

宿に戻った櫂蔵は、半兵衛と信弥に播磨屋庄左衛門と会うことができたと話した。

「これで博多へ来た甲斐があったと申すもの。明日には羽根に戻るぞ」

櫂蔵が言うと、うつむいていた信弥が青ざめた顔を上げた。

「それがしは、いましばらく博多に留まりたいと存じますが、お許しいただけませぬか」

「何のためだ」

さとを救い出したいのだとはわかっていたが、知らぬ顔をして訊いた。信弥は苦しげに、

「新田開発方として、羽根藩でどのような作物を作ればよいかを、博多の商人を回っ

て訊き出したいと存じます」

と精一杯の言い訳をした。そうか、とうなずいた櫂蔵は半兵衛に目を向けた。半兵衛は苦笑を浮かべた。

「それがしにも博多へ残れと仰せでござるか」

「井形様にはわたしから願い出て、こちらでの費えはあらためて国許から送らせよう。なに、新たな作物を調べるという立派な大義名分があるからには通らぬ話ではあるまい。笹野が気のすむまで調べた方がよくはないかと思うのだ。そのためには
――」

「遊里に慣れたそれがしも残った方が、何かと便利だというわけですな」

半兵衛が遊里と口にすると、信弥はあわてて頭を振った。

「いえ、決して、それがしはさとのことで残ろうと思っておるわけではございません」

しかし、櫂蔵は信弥の言葉に耳を貸さずに話を続けた。

「おぬしにしか頼めぬことだと思うが、どうだ」

半兵衛は腕を組んで思いをめぐらして、

「されど、播磨屋に会ったからには、これから国許でなさねばならぬことが出て参り

ましょう。われらが博多においてよいのでございますか」

「ならばこそだ。播磨屋の動きを見張るためには、おぬしらが留まってくれれば好都合と申すものだ」

「ならば、お引き受けいたしましょう。もともと――」

半兵衛は言いかけて言葉を切った。櫂蔵は半兵衛の顔をのぞきこむようにして訊いた。

「もともとの次は何だ」

半兵衛は真面目な顔になって言った。

「われら新田開発方の四人が伊吹様のために働く気になったのは、村娘を女衒に奪われたことを嘆かれるのを見て、この方ならばと思ったからでござる。ここでさとをお見捨てになられる伊吹様ならば、つき従おうとは思いませぬ」

「ふん、言いたいことを言う奴だ」

櫂蔵は、からりと笑った。

櫂蔵たちが博多から戻ってひと月ほどたった。

信弥と半兵衛は、まだ博多から戻っていない。清左衛門は、信弥と半兵衛を新たな物産を調べるため博多へ残したと報告すると、さほど興味を示さずに許可した。

すでに秋の気配が濃くなり、山々は色づいていた。

櫂蔵が夕刻下城して、屋敷の居室でお芳に介添えされながら着替えていると、咲庵が縁側から、

「お話がございますが、よろしゅうございますか」

と声をかけた。櫂蔵は、入られよ、と咲庵に声をかけて座った。

「長崎へ参った倅に調べ事を頼んでおりましたが、ようやく手紙が届きました」

櫂蔵の前に座った咲庵は懐から書状を差し出した。櫂蔵が訝しげに開いてみると、

――お尋ねの商人は播磨屋庄左衛門と判明致し候
と書かれていた。さらにその後にも、細々（こまごま）としたことが書き連ねてあるようだ。櫂蔵は顔を上げた。

「咲庵殿、これはどういうことです」

「倅は長崎の薬種問屋に雇われましたゆえ、唐明礬を扱っている商人が誰なのかを調べてもらったのでございます」

「なるほど、唐明礬を仕入れている商人ですか」

擢蔵は、あらためて手紙の播磨屋庄左衛門の名を見つめた。

「長崎に唐明礬が入れば、まずは地元の商人が手に入れます。しかし、倅の調べたところ、それらの商人すべてに播磨屋の息がかかっており、実際には播磨屋が唐明礬を一手に引き受けているのと同じなのだそうでございます」

「そうだったのですか」

擢蔵は小柄な庄左衛門の顔を思い出した。

木彫りの面のように無表情だった庄左衛門が擢蔵に会ったのは、このことに気づかれているかどうかを確かめたかったのだろう。だからこそ、傲岸不遜に振る舞い、擢蔵を怒らせ、摑んでいる情報をしゃべらせようとしたのだ。

「しかも、播磨屋は唐明礬が入ると長崎の倉庫に貯めておき、値が高くなったころを見計らって売っているようです。わが国で作る明礬は値崩れを起こしますが、唐明礬を扱う播磨屋は大儲けいたしておったのです」

「播磨屋め、さようなまねをしておったのですか」

擢蔵がうめくと、咲庵は膝を乗り出した。

「こうなってくると、弟様の一件は別な見方ができるのかもしれません」

咲庵は声をひそめた。

「播磨屋にとって、唐明礬をわが国に入れないように幕閣に働きかけようとしていた新五郎は、とんだ邪魔者だったということになりますな」

「さようでございます。もし、弟様が何をされようとしているのか播磨屋の耳に入ったとしたら、何としてもつぶそうとしたことでしょう」

咲庵の話に櫂蔵は何度もうなずいた。

新五郎が小倉屋からの借銀を江戸に送られた責めを負って自害したのは、播磨屋が仕掛けた罠に落とされたからだったのではないか、と櫂蔵は考えた。

「そう考えれば辻褄が合います」

いかに新五郎が責めを負って腹を切ろうが、天領である日田の掛屋からの借銀を踏み倒すのは容易なことではない。場合によっては西国郡代から老中に訴え出られて、御家取りつぶしにもなりかねない。

江戸で金がいるからといって、これはあまりにも危うい橋を渡ることだった。だからこそ、江戸に送ったはずの五千両は播磨屋の蔵に隠し、小倉屋に返済しなければならなくなった場合に備えたのではないか。

播磨屋の狙いは、新五郎が画策している唐明礬を国内に入れないようにする動きを封じることだったのだ。

「そのために新五郎を追い詰め、切腹せざるを得ないように仕向けたのか」

櫂蔵は歯噛みした。

(新五郎、お前は死ななくともよかったのだ)

切腹する前に会いに来た新五郎の顔を思い浮かべる櫂蔵の耳に、聞こえるはずのない遠い潮鳴りの音が響いてきた。

二十二

小見陣内は井形清左衛門から呼び出され、勘定方へまかり出た。

朝から冷えこみ、廊下もしんしんと冷えていた。

火鉢が入れられて、わずかばかり暖かい御用部屋でひとり文机に向かっていた清左衛門は、ちらりと陣内の顔を見て、

「伊吹が博多の播磨屋へ押しかけ、庄左衛門殿に面談を強要したということだが、聞いておるか」

とひややかに言った。筆を置き、脇の火鉢に手をかざして、血のめぐりを良くする

ためにゆっくりともんだ。

　唐突な清左衛門の言葉に、陣内はぎょっとした。

「納谷村から女衒に買われた女の一件で博多へ参ったとは聞いておりましたが。まさか播磨屋殿に会おうとするなど、思いも寄らぬことでした」

　清左衛門は陣内に蔑むような目を向けた。

「播磨屋殿は一応、伊吹に会われたそうだが、あまりに礼儀をわきまえぬと怒っておられるそうだ。それに伊吹めは、日田の掛屋から借り出した五千両の行方を追っていると申したそうな」

「なんですと。あの五千両は江戸送りになったということで落着させたはず。それを疑うておるのでございましょうか」

　陣内は目を剝いた。櫂蔵が掛屋からの借財の、その後の動きを追っているとは思いがけないことだった。

「おそらくそうであろう。考えてみれば、伊吹を新田開発方の奉行並といたしたのはまずかった。新田開発方におる者たちは、もともと江戸の勘定方であった。五千両が江戸に送られてはいないと察しておったかもしれぬ」

「それでは、伊吹様は五千両が播磨屋殿の蔵にあることに気づいたのでしょうか」

額に汗を浮かべて陣内は訊いた。もし櫂蔵がそんな動きをしているということになれば、監視を命じられている自分の落ち度になると焦る気持が湧いていた。

「薄々、勘づいておるのではないかな。だからこそ、播磨屋殿に鎌をかけに博多まで出向いたのであろう」

「これは困ったことになりました」

顔をしかめる陣内を、清左衛門はひややかな顔つきで見た。

「なに、困るほどのことではない。一度は物乞い同然にまで落ちぶれた男だ。弟が死んで再び出仕がかのうたゆえ、舞い上がって動きまわっておるに過ぎぬ。所詮、なにもできぬだろう」

「ま、まことさようでございましょうな」

不安げな顔をしながらも陣内はうなずいた。そうであってほしいという気持になっていた。

「とは言うても、伊吹めが嗅ぎまわって唐明礬の一件などに気づき、騒ぎ出すとうるさい。藩内にはいまも伊吹新五郎のことを哀れに思う者もいるのでな」

「伊吹新五郎様が小倉屋との一件だけでなく、播磨屋殿の唐明礬を守るために死なねばならなくなったなどと露見すれば、ただではすみますまい」

陣内がなにげなく言うと、清左衛門は鋭い目で見据えた。

「そのことは忘れよと申しつけたはずだぞ。伊吹新五郎は掛屋から無理な借銀をいたした末に、その管理を怠った責めを負って腹を切ったのだ。余計なことを口にいたしておると、そなたも腹を切らねばならなくなるぞ」

厳しく叱責されて陣内は震えあがり、両手をつかえて、

「申し訳ございません」

と平身低頭した。清左衛門は黙したまま睨み据えていたが、やがて口を開いた。

「今後は気をつけることだ。それよりも、伊吹の動きを封じるよい手立てはないか」

ほっとした表情になった陣内は、うかがうように清左衛門の顔を見た。

「かねがね、そのことは思案いたして参りました。伊吹様が新田開発方の奉行並になられたおり、親睦のためと称して小料理屋に連れ出し、酒を飲ませて失態を演じさせようと目論みましたが、想像以上に用心深くなっておりまして、酒を飲もうとはせず、狙いがはずれました」

清左衛門は、うむ、と黙ってうなずき、文机の上に置いた決裁ずみの文書にちらりと目を遣った。

櫂蔵がいずれ酒で失敗して咎めを受けるであろうということは、清左衛門はじめ藩

の重役たちが当初から予想していたことだった。

日田の掛屋からの借財を踏み倒すために弟の新五郎に責めを負わせたことがしだいに家中で噂になり始めたため、いったん兄の櫂蔵に温情を見せることにはした。しかし、一度酒に溺れた櫂蔵のこと、すぐに酒で失敗するはずで、その責任をとらせる形でお役御免にすればよいと考えていた。ところが、櫂蔵はいっこうに酒を口にしようとはせず、思惑とは違った。

「それにしても伊吹め、思いがけず手強(てごわ)いな」

ひややかな口調で清左衛門が言うと、陣内は首を大きく縦に振った。

「それがしは小料理屋からの帰途、伊吹様たちに礫を打ち、怒らせようとしましたが、これにものって参りませんでした」

「さような子供だましにのるはずもなかろう」

清左衛門は嘲るように嗤った。

「そのことで一策が……。お聞きくださいますか」

「申してみよ」

清左衛門に即座に返された陣内は、唇を舌で湿らせた。

二十三

櫂蔵のもとへ日田の小倉屋義右衛門から書状が届いた。

このほど、赴任した西国郡代の田代宗彰が、諸藩の人材と広く交流したいという意向で、近く句会や茶会を開こうとしている。ぜひこれに合わせ、顔つなぎのために日田に来てはどうか。その際、羽根藩の者が唐明礬の輸入停止を望んでいることをひそかに耳に入れておけば、櫂蔵がこの先動きやすくなるのではないか、と書かれていた。

それを読んで、櫂蔵は躍り上がって喜んだ。

「これだ。風穴が空いたぞ」

櫂蔵は義右衛門の手紙を咲庵と四郎兵衛、権蔵に見せた。咲庵はにこりとして、

「さすがに小倉屋様は商人としての見極めが鋭うございますな。お味方すると決めたら、まだ五千両を戻さぬうちから手を打ってこられます」

と言った。四郎兵衛も膝を乗り出した。

「新しい郡代の田代様は、なかなかの切れ者と聞いております。もし面識が得られれ

ば、お力添えを頂けるやもしれませんぞ」

権蔵も首を大きく縦に振った。

「これはぜひとも参られるべきでござる。小倉屋殿の好意を受けなければ、今後、何事もうまく参らぬと存じます」

櫂蔵もうなずいて応じた。

「わたしもそう思う。しかし、先日、博多へ参ったばかりだ。また日田へ行くと言い出せば、井形様はよい顔をされまいな」

四郎兵衛が笑顔になって言った。

「いかにもさようかもしれませんが、気にしておってもいたしかたありますまい。われら新田開発方一同から願い上げてでも、伊吹様には日田へ参ってもらいますぞ」

四郎兵衛の言葉に続いて咲庵が言い添えた。

「それに、唐明礬の一件に関して播磨屋が絡(から)んでいるようだとわかったのでございます。このことを小倉屋様に打ち明けて、お知恵をお借りしてはいかがでしょうか。これは小倉屋様と播磨屋の、商人としての戦いでもあるのですから」

播磨屋が蔵に隠し持つ五千両をどうやって取り戻すかについて、義右衛門の知恵を借りよという咲庵の進言を、櫂蔵はもっともなことだと思った。

博多では半兵衛と信弥が播磨屋の動向を探っている。義右衛門の商人としての知恵を借りることで、打つ手が見えてくるかもしれないのだ。

意を決して、櫂蔵は清左衛門に日田行きを願い出た。清左衛門は日ごろになく穏やかな面持ちで櫂蔵の話を聞き終えると、

「お役目に熱心なことだな。しっかりとやってくることだ」

と案に相違してあっさり許した。肩すかしを食った櫂蔵は、つい問い返してしまった。

「よろしゅうございますか。博多へ参ったばかりにて、いささか心苦しゅう思っておりましたが」

清左衛門は苦笑した。

「そなたに似合わぬ遠慮ではないか。だが、考えてもみよ。そなたが新しき郡代様に目通りを許されるならば、御家にとっても幸いなことだ。わしとしては、そなたがしっかりやってくれることを望むばかりだ」

なにげない言い方にさほど底意はないとみた櫂蔵が、日田行きが許されたことへの礼を述べて詰所に戻ると、早速陣内がそばに寄ってきた。

「皆から聞きましたが、今度は日田へ行かれるのでござるか」

陣内は薄ら笑いを浮かべて訊いた。

気味が悪いと思いながら、櫂蔵は無愛想に答えた。

「ああ、そうだ。出立すれば、五、六日は戻れぬ。留守中のことを頼むぞ」

陣内は大仰にうなずいて見せた。

「おまかせください。伊吹様がおられぬ間は、それがしがしっかりと新田開発方を守りまするぞ」

「それはありがたいな」

櫂蔵が皮肉な笑みを浮かべると、陣内はもっともらしくうなずいた。

「なんの。それがしの務めにございますれば、伊吹様には後顧(こうこ)の憂(うれ)いなく日田へ赴かれてくださいませ」

媚びるような陣内の口調に胡散臭いものを感じながらも、櫂蔵は日田行きについてそれ以上話さなかった。

陣内は自らの文机に向かって文書を開きながら、

「さて、面白くなって参ったぞ」

と聞こえよがしに独り言をつぶやいた。四郎兵衛と権蔵は、陣内の様子を訝しげに眺めた。

ひゅう、と木枯らしが吹く音が中庭でした。

三日後――。

櫂蔵は咲庵を供にして日田へ向かった。

小倉屋を訪ねるのは、これで三度目だった。義右衛門から助力すると言われているだけに、街道を行く足取りも軽かった。途中一泊して日田へ入ると、旅籠には入らず、真っ直ぐに小倉屋へ向かった。

櫂蔵が土間に足を踏み入れると、顔を覚えていたらしい手代がすぐに、

「おいでなさいませ」

と声を上げ、奥へと案内した。茶が出されて櫂蔵と咲庵が待っていると、ほどなく義右衛門が姿を見せた。

「これは早いお越しでございました。もう少し日にちがかかるのではと思っておりましたが」

義右衛門がにこやかに言うと、櫂蔵は折り目正しく膝に両手を置いて応じた。

「善は急げと申しますから」

「急がれただけのことはございます。田代郡代様は明日、句会を御陣屋にて行われた

い由にて、掛屋一同に案内が来ております」

義右衛門の言葉に櫂蔵は膝を乗り出した。

「その句会に、それがしも加わるのでござるな」

「さようです。掛屋にはそれぞれ親しい文人墨客がおります。わたしどもへのお誘いは、いわばその方々を連れて参るようにということなのでございます。幸いなことに、俳句の宗匠として咲庵殿のお名前は日田でも知れ渡っております。句会にお連れする方として、うってつけでございます」

義右衛門は親しげな目を咲庵に向けた。咲庵はゆったりとした笑みを浮かべ、

「句会に出るのはひさしぶりでございます。これは楽しみになって参りました」

と言った。櫂蔵もうなずいたが、ふと話題を変えた。

「郡代様にお目通りがかなう目途はこれで立ち申した。されば、小倉屋殿にいささかお伝えいたしたきことがござる」

「ほう、なんでございましょうか」

興味深げに義右衛門は櫂蔵を見た。

「実は、それがしの弟、新五郎が切腹に追いやられた一件にも、播磨屋が絡んでおるやもしれぬのです」

「なんですと」

義右衛門の目が鋭くなった。櫂蔵は声を低めて話を続ける。

「長崎で唐明礬を仕入れて売りさばいておるのは播磨屋らしいのです。そのことを考え合わせると、播磨屋は新五郎が唐明礬の輸入停止を幕府に願い出ようとしていたことを知って、わが藩に小倉屋殿からの借銀を踏み倒させ、五千両を手に入れると同時に新五郎の動きを封じたのではありますまいか」

「なるほど、それは――」

しばらく考えこんだ義右衛門は、やがて苦笑いした。

「これはわたしが迂闊でございました。此度のことは、まことはわたしどもと播磨屋の、商人同士の争いだったのでございますな。そのことにわたしが早く気づいておれば、新五郎様を死なせずにすみましたものを」

無念そうに義右衛門は太息(ふといき)をついた。

「まことに播磨屋が企んだかどうかはこれから確かめることでござる。しかし、その前に、小倉屋殿にこのことをお伝えすれば、よい知恵をお貸しいただけるのではないかと咲庵が申すのです。きょうはこのことも兼ねて参ったしだいです」

義右衛門は、ちらりと咲庵を見て微笑した。

「さすがに三井越後屋の大番頭をしておられた咲庵宗匠ですな。蛇の道は蛇でございます。蛇を嚙ませるには蛇を使うのが一番でございますからな」

「いや、小倉屋殿を蛇などとは思うておりませんぞ」

　燿蔵があわてて言うと、義右衛門は笑った。

「ははっ、わたしども日田の掛屋が博多の商人に負けるわけには参りません。これは商人の意地の張り合いになると申したかっただけでございます」

「では、播磨屋に対しての手立てについて、お知恵をお貸しくださいますか」

　燿蔵が訊くと、義右衛門は口もとを引き締めて深々とうなずいた。

　同じころ、掃除、洗濯をし終えたお芳は中庭に向いた縁側に佇み、ふと空へ目を遣った。燿蔵の帰りはいつになるのだろう。

　寒気は厳しいがよく晴れた清々しい日で、青空を白雲がゆっくりと流れている。

　伊吹屋敷に来てから燿蔵とゆっくり話す時間もないが、心の通い合いはしだいに深まってきたように思う。

　廊下でふと顔を合わせたときなど、初めて会った瞬間のような胸の高鳴りを感じてしまう。かつて何度も肌を合わせたことが嘘のようで、どこか遠いひとのようにも、あるいはもっとも近しいひとだとも思えた。

　空を見上げたまま、お芳はため息をついた。と、背後から千代の声がした。

「お芳さん、ぼんやりとして、どうしたんですか」

　振り向くと、水をはった漆塗りの花器を捧げるように持った千代が立っていた。

「お芳さんは、旦那様がお留守だとぼんやりしてさびしそうです」

　千代はくすくすと笑った。お芳は千代を軽く睨んで、

「そんなことはありません」

　と言いながら笑った。耀蔵がいないとさびしい気持になる自分が嬉しかった。心の通い合う相手がいるということがこれほど満ち足りた思いにしてくれるのかと、あらためて感じていた。

　千代が捧げ持つ花器に目をとめたお芳は、

「奥様が花を活けられるのですね」

　と訊いた。そうですと言いかけた千代は、はっとしたように、

「すみません、忘れるところでした。奥様がお芳さんをお呼びです」

　と言い添えた。お芳は首をかしげた。

「何のご用事でしょう。また、お叱りを受けねばならないようなことをしてしまった

のでしょうか」

千代は頭を振って言った。

「いえ、そんなことないと思います。近頃では、奥様がお芳さんを叱ることはほとんどないじゃありませんか」

お芳は笑みを浮かべて答える。

「いいえ、先日も煮魚の味付けで、きついお叱りを受けたばかりです」

「あれは、わたしが下味をつけるのをしくじったからです」

千代はちょっとしょげたが、それでも気を取り直して言い添えた。

「近頃の奥様は、お芳さんのことを気に入ってらっしゃいます。わたしにはわかるんです」

そんなことはありませんよとお芳は微笑んで言いながら、千代をうながして染子の部屋へ向かった。

染子は傍らに水仙(すいせん)を入れた花桶(はなおけ)を置いて静かに座っていた。花器を持った千代とお芳が縁側に跪(ひざまず)くと、

「入りなさい」

と短く言った。そして花器を膝前に置かせると、お芳に千代とともに控えているよ

うに告げた。

お芳は何を言われるのだろうと訝しく思いながら、千代と敷居際に控えた。染子は水仙に手をのばしながら、

「きょうから、そなたに活け花を教えます。まず、わたくしのすることをよく見て覚えなさい」

「活け花を、お教えくださるのでございますか？」

お芳は驚いて、思わず訊き返した。染子はお芳に顔を向けた。

「そう申しましたが、何か不都合がありますか」

「いえ、さようではございません。ですが、わたしのような女中が奥様から花をお教えいただくなど、もったいのうございます」

お芳は肩をすぼめて言った。染子は表情を変えずに、

「女中ならば教えはいたしません。されど、櫂蔵殿はそなたを妻にと望み、その思いはいまも変わらぬようです。だとすると、そなたはいつか武家の妻女とならねばなりません。そのおりに、花の心得がなくては勤まらぬゆえ、教えておこうと思い立ったのです」

と穏やかな口調で告げた。

「まさか、さような――」

うろたえた様子でお芳は染子に目を向けた。伊吹屋敷で女中として働けるだけでいい、櫂蔵の妻となるのは無理だと諦めていた。

「どうして驚くのです。櫂蔵殿はこの家の当主です。当主の望むことはかなえねばなりません」

「でも、わたしは汚れた女子です。とても、お武家様の妻女になどなれるはずがありません」

「そなたのどこが汚れているというのです。わたくしはそなたがこの屋敷に来てからずっと見て参りましたが、裏表なく働き、汚れたところなどありませんでした」

「ですが、わたしは昔――」

客をとったことがあるのだと言いかけて、お芳は口ごもった。染子は諭すように言葉を継いだ。

「昔のことなど忘れなさい。女子は昔など脱ぎ捨てて生きるのです。それは武門の覚悟も同じなのですよ。昔、どのような手柄を立てようが、いまの戦場で働かねば武士とは申せません。かつてどのような失態を演じたにしろ、いまの戦でご主君をお助けする者こそ天晴（あっぱれ）な武士なのです。たったいまを懸命に生きてこそ武門です。もし、そなたの昔をとやかく言う者がおれば、笑っておやりなさい。その者たちには武門としての覚悟が足りないのですから」

染子の言葉にお芳はうつむき、千代は顔を覆い、

「お芳さん、よかったですね。奥様に認めていただいて、本当によかった」

と声を洩らして泣き出した。染子は苦笑して、

「なにも、すべてがよいと申しているわけではありませんよ。花の稽古をはじめ、これから身につけねばならないことがたくさんあります。それができて初めて、武士の妻となれるのです。できなければ諦めてもらわねばなりません」

と言った。そして思い出したように付け加えた。

「そう、先日の煮魚の味付けはいただけませんでした。あれでは台所はまかせられませぬ」

染子が言うと、千代が目を真っ赤に泣きはらした顔を上げた。

「申し訳ございません。あれはわたしが下味をしくじったのです。お芳さんはわたしをかばってくれたのです」

おや、そうでしたかとつぶやいた染子は、お芳に顔を向けて微笑んだ。

「そなたの決して嘘をつかないという生き方は、女子としてまことによいことです。

その心がけでいてくれれば、わたくしはそなたをこの家に迎えて誇りとすることができると思っています」

染子の言葉を聞いたお芳は、

「もったいのうございます」

と言って頭を下げ、大粒の涙をぽたぽたとしたたらせて嗚咽した。

昼下がりの明るい日差しが染子の居室に差しこんでいた。

二十四

翌日——。

櫂蔵は義右衛門に伴われ、咲庵とともに御陣屋に赴いた。

新郡代の田代宗彰は幕臣勘定方三十俵、田代奉正の長男として生まれ、二十歳で家督を継いだ。

勘定吟味方改役から但馬、摂津の代官を経て大坂堤奉行などを歴任した後、豊後、豊前、日向など、天領十六万石を治める西国郡代に任ぜられた。

すでに六十を越えているが、幕府官僚として辣腕を振るい、赴任地では必ず事績を残してきた。小柄で白髪の温厚そうな風貌をしており、任地に赴くと、まず地元の有力者を集めて句会などを開き、親交を深めるのが常だという。

櫂蔵たちが通された大広間には、すでに武士や僧侶、町人らが十数人集まり、早くも酒が出されているらしく、皆、杯を口に運んでは短冊に何事か書きしたためている。どうやら句作にふけっているようだ。

上座に座った宗彰らしい白髪の男が義右衛門に気づいて、

「小倉屋、こちらへ参れ」

と差し招いた。義右衛門は櫂蔵をうながして進み、咲庵もこれに続いた。宗彰の前に座った義右衛門は手をつかえ、頭を下げて挨拶した後、傍らにひかえた櫂蔵と咲庵を紹介した。

「羽根藩の新田開発奉行並の伊吹櫂蔵様と咲庵宗匠でございます」

櫂蔵と咲庵が揃って頭を下げるのを見た宗彰は、にこやかな顔をまず咲庵の方に向けた。

「咲庵宗匠の名はよく耳にいたしておるぞ。句の披露だけでなく、わしの句の添削などもしてもらいたいものじゃ」

咲庵が滅相もないことでございますと答えると、宗彰はようやく櫂蔵に目を向けた。

「小倉屋から耳にいたしたが、羽根藩には唐明礬の輸入停止をお上に願い出たいという話があるそうだが、まことか」

一転して鋭さが感じられる声音で宗彰は質した。櫂蔵はいったん深く頭を下げた後、言上した。

「いまはまだ、藩の願いではなく、それがしひとりの思い立ちにてございます」

「ほう、藩の重役にも諮らずにさようなことを言ってまわるのは、いささか不穏当ではあるまいか」

宗彰は笑みを浮かべて言い重ねた。

「確かにさようにございます。されど、それがしは、なさねばならぬことを御家のためになす所存にございます」

「なるほどのう。だとすれば、そなたはよき獲物をとって主君に忠義を尽くす鷹のごとき名臣ということになる。じゃが、ひょっとすると、主君をないがしろにいたし、自らの立身出世を企む梟のごとき梟雄かもしれぬ。そなたは自分を鷹と梟の、いずれだと思うておる」

宗彰の顔から笑みが消え、厳しい表情になっていた。櫂蔵は少し考えてから、手を

つかえ、

「それがしは、梟であろうかと存じます」

と穏やかな口調で答えた。

「おう、自らを梟雄じゃと申すのか」

宗彰は面白そうに櫂蔵を見つめた。櫂蔵はゆっくりと顔を上げた。

「さにあらず。ときに郡代様は、梟の鳴き声をご存じでございますか」

「鳴き声だと?」

眉をひそめて宗彰は訊き返した。

「俗に時鳥（ほととぎす）は、てっぺんかけたかと鳴き、鶯（うぐいす）は、ほー、法華経（ほけきょう）と鳴くと申します。

そして梟は、襤褸着て奉公と鳴くのだそうでございます」

「襤褸着て奉公――」

宗彰が首をかしげると、櫂蔵は膝を乗り出した。

「それがし、かってしくじりにより、お役御免になってございます。それからは自棄（やけ）を起こし、漁師小屋にて無頼の暮らしをなし、その身なりの惨めさ、汚さから、襤褸蔵などと仇名されて生きておりました。それがこの度また出仕いたすことになり、かつてのおのれの惨めさを忘れず、襤褸着て奉公いたしておるのでございます」

「なるほど、殊勝なる心がけではあるが、一度堕落いたせしものが這い上がりたいとあがく、浅ましさのように見えぬでもないな」

宗彰はひややかに櫂蔵を見据えた。

「いかにもさようでございます。しかし、それがしの望んでおりますことは、いささか違うつもりでおります」

「どう違うと申すのだ」

「落ちた花は二度と咲かぬと誰もが申します。されど、それがしは、ひとたび落ちた花をもう一度咲かせたいのでございます。それがしのみのことを申し上げているのではございません。それがしのほかにもいる落ちた花を、また咲かせようと念じております」

宗彰は薄く笑った。

「所詮は高望みだな」

「さようかもしれません。ただ、二度目に咲く花は、きっと美しかろうと存じます。最初の花はその美しさも知らず漫然と咲きますが、二度目の花は苦しみや悲しみを乗り越え、かくありたいと願って咲くからでございます」

櫂蔵の言葉を、義右衛門と咲庵は静かにうなずきながら聞いていた。ただ、櫂蔵を見据える宗彰の目だけが細くなり、針のように光っていた。

　櫂蔵と宗彰の間の空気が張りつめていく。


　この日の昼下がり、陣内が伊吹屋敷を訪れた。応対に出たお芳に、

「それがしは新田開発方の小見陣内と申す。伊吹様の配下の者でござる。本日はいささか内密の用があってまかり越した。そなたがこの家の女中のお芳殿であろうか」

と訊いた。

「さようでございます。ただいま奥様にお客様がお見えですとお伝えして参りますので、しばしお待ちください」

　名を言われて怪訝な顔をしたお芳だったが、染子に来客を告げるために奥へ入ろうとした。すると陣内は、

「いや、奥様には何も申し上げなくともよい。そなたに用事があって参ったのだ」

とさりげなく言った。

「わたしに、でございますか」

　お芳はうかがうように見た。陣内は重々しくうなずいた。

「これは外聞を憚(はばか)ることゆえ、他言は無用だ。奥様にも話してはならぬ」

あらかじめ念押しして、実は勘定奉行の井形清左衛門様がそなたに会って話がしたいと仰せなのだ、と告げた。

お芳はどきりとして陣内の顔を見た。

かつて井形清四郎と名乗っていたころの清左衛門とは男女の間柄だったが、それも清左衛門が江戸出府に際してお芳を捨てたことで終わった。

いまではまったくの他人であり、それ以上に、勘定奉行にまで出世した清左衛門は雲の上のひとだった。いまさら会いたいとは思わないし、話があると聞いても鬱陶しいという思いが湧いただけだった。

「わたしはこのお屋敷の女中でございます。話があるというのは何かのお間違いだと存じますが」

お芳の言葉を、陣内は女中の身であることを憚っての遠慮だと受け取った。

「なに、恐れ入らずともよい。実はそなたが井形様と昔馴染みであることを耳にしてな、井形様にお伝えしたのだ。すると、井形様がそなたと会いたいと仰せになられてな」

「ですが、奥様のお許しも得ずに他出するわけには参りません」

なおもお芳が断ろうとすると、陣内は言葉巧みになだめた。

「さようなことを申すが、もし奥様にうかごうてお許しが出なければ、せっかくの井形様のお言葉に逆らったことになり、伊吹様にとってよからぬことになる。さらに言えば、井形様のご身分もあるゆえ、そなたとのことがひとに知れ渡っては困るのだ。そなたの胸ひとつに納めてはくれぬか」

陣内に説かれて、お芳は断るのは難しいと思った。

いまさら清左衛門と会いたくはないが、相手がそう言ってきたからには、こちらの思いをはっきり伝えておいたほうがいいかもしれない。思い返したお芳がなおも迷いながら、

「では、どちらにおうかがいすればよろしいのでございましょうか」

と訊くと、陣内はにこりとして答えた。

「笄町(こうがいまち)に桔梗屋(ききょうや)という小料理屋があるな。あそこに一刻ほど後に参れ。井形様がお待ちになっておられる」

桔梗屋と聞いて、お芳は不安になった。

清左衛門が昔から馴染みにしていた小料理屋で、仲居が客の相手を務めるが、それだけでなく、男女が逢引(あいび)きの場所として使う店でもあった。

「お屋敷へうかがうというわけには参りませぬのでしょうか」

なんとか桔梗屋へ行くのは避けたいと思ってお芳が言うと、陣内は笑顔を消して厳しい顔つきになった。

「ならぬ。そなたのような女中風情が勘定奉行様のお屋敷を訪ねるなど、もってのほかだ。しかも、そなたはいま、井形様の思し召しをお受けすると申したのだぞ。場所が気に入らぬなどと申すのは増上慢が過ぎよう」

陣内に決めつけられて、お芳は何も言えずにうつむいた。陣内はお芳が承諾したものとみなして、

「わかったな。約束を違えては、伊吹様が井形様のご不興を買うことになるぞ。そうなっては申し訳ないであろう」

と念押しして帰っていった。

陣内が去った後、お芳はしばらく玄関でぼう然としていた。

どうしていいかわからなかった。櫂蔵がいればまっさきに相談するのだが、日田へ出向いて留守だけにどうしようもない。

染子に話せば、行くなと言ってくれるとわかっているが、それでは染子に迷惑をかけてしまうことになる。

昨日、染子から、やさしくありがたい言葉をかけてもらって喜びで胸が震えたばかか

りだ。染子にだけは迷惑をかけてはならないと思った。

（しかたない、これもわたしが背負った業なのかもしれない）

心を強く持っていれば、清左衛門が何を言おうがゆらぐわけではないのだから、と自分に言い聞かせた。

千代に用事ができて外出しなければならなくなったと告げ、頃合いを見て屋敷を出た。笄町まではさほど遠くない。いくつか辻を曲がって町家の通りに出ると、小料理屋や居酒屋がある一角に行きついた。

お芳はかねてから知っていた桔梗屋の玄関先に立った。出てきた仲居はすぐに察したらしく、

「小見様のお客様でございますね」

と声をひそめて訊いた。うなずいたお芳を、仲居はそそくさと奥座敷へ案内した。

仲居は廊下に膝をついて、

「お連れ様が着かれました」

と声をかけ、中から応えの声がすると襖を開けた。

仲居にうながされてお芳は座敷に入った。

清左衛門と陣内が膳を前にして酒を酌み交わしている。以前、お芳は櫂蔵が暮らし

ていた漁師小屋に泊まった翌朝、松林の中にいた清左衛門を見かけた。

遠目に見ても、江戸に出る前の若侍のときとは変わって、重役らしい貫禄を身にそなえたひとになったことがわかった。しかし、清左衛門のととのった顔立ちも、いまのお芳には酷薄な情の薄いものにしか見えない。

松林で見かけたおりはせつない気持だけでなく、もう清左衛門の前には出られないのだという侘しい思いがあった。あのとき清左衛門から以前のようなやさしい言葉をかけられていたら、心がどう動いたかわからない。しかし、いまは、見知らぬ他人を見る思いだった。

櫂蔵と出会い、心の底でふれあうものを感じたからだと思った。男女として惹かれ合うというより、もっと深い、生きていくことを支え合う絆のような気がする。いつも櫂蔵のことが気にかかり、櫂蔵が元気だと思うだけで幸せだった。

清左衛門の顔や姿を見ても何の情も湧いてこず、早く屋敷に帰りたいと願うだけだった。

お芳が敷居際で手をつかえ頭を下げると、陣内がにこやかに、

「おお、早かったな。井形様に一刻も早くお目にかかりたかったのであろう」

と清左衛門への追従を込めた口調で言った。だが、お芳は何も言わずに身を硬く

している。清左衛門が杯を口に運びながら言い添えた。

「小見、さように申してはお芳も返答に困ろう。なにせ、伊吹から妻に望まれておるそうではないか。せっかく伊吹をたらしこんで武家の妻になろうとしておるのに、昔馴染みと会っていることが世間に知られてはまずかろう」

陣内は清左衛門に向かって軽く頭を下げた。

「さよう、これはそれがしの口がすべりましたな」

にやりと笑った陣内はお芳に顔を向けて、

「昔のことなどは言わぬが花というものだな。それがしはそなたが井形様にお会いしたことを決して他言はせぬゆえ、安心してくれ。無論、伊吹様の耳に入るようなこともない。ここでのことが世間に知られることはないぞ」

と言ったうえで、さあ、井形様にお酌をいたせ、と当然のことのようにうながした。

お芳は首を横に振って答えた。

「わたしは伊吹家にお仕えする女中でございますから、お酒の席での酌はお許し願いとうございます」

きっぱりとしたお芳の言葉を聞いて、清左衛門と陣内は顔を見合わせた。そして、どちらからともなく、くっくっと笑い出した。

手酌で杯に酒を注いだ清左衛門はゆっくりと飲み干した。なおもおかしそうに顔に笑みを浮かべて言った。

「わしが江戸に行った後、そなたは客に身を売って商売をしていたらしいではないか。馴染みであったわしに恥をかかせるようなまねをしおってと、腹立たしく思ったぞ」

清左衛門の酷(むご)い言い方に、お芳は顔をこわばらせた。

「だが、それもこれも、わしの妻になりたいなどと、身の程を知らぬ夢を抱いたがゆえ身を堕としたのかもしれぬと思い遣っておったのだが、そのわしに酌ができぬとは、とんだ思い上がりだな。どうして、さように高慢になったのであろうか」

清左衛門は陣内に顔を向けて目くばせをした。陣内はうなずいてから、お芳に向かっておもむろに、

「さて、昔話をされるのに、それがしがいては邪魔になるゆえ退散いたすが、そなた、井形様のお話をよくうかがうことだ。そうすればお情けに与(あずか)り、よいことがあるやもしれぬぞ」

と言い置いて立ち上がった。清左衛門とふたりだけにされるのは困ると思ったお芳

は、

「お待ちください。わたしもこれにて帰らせていただきたいのですが」

　と声をかけたが、陣内は歯牙にもかけなかった。

「何を申す。井形様のお話はこれからだ。何もおうかがいせぬまま帰るなど、そのような非礼は許されぬぞ」

　陣内は決めつけるように言って座敷を出ていった。清左衛門とふたりだけにされたお芳は身をすくませてうつむいた。

　清左衛門はなおも手酌で酒を飲み、酔った口調で言った。

「お芳、そなた、わしを忘れたとは言わせぬぞ。伊吹の戯言に惑わされて武家の妻になれるなどと思ったのかもしれぬが、さようなことがかなうはずもあるまい。つまらぬ夢は捨てることだ」

「わたしはさような夢など見ておりません」

　お芳は清左衛門に抗う気持を込めて言った。清左衛門の言葉にはひととして思い遣る心がない。櫂蔵とともにいて感じる温かさを清左衛門は持っていないと、はっきりわかった。

　そして伊吹屋敷に入ってからの日々がどれほど自分にとって大切なものであるか

が、お芳にはあらためてわかった。その日々を、清左衛門の言葉で汚されるのは耐えられないと思った。

「はたしてそうであろうか。昔と違ってわしに随分とつめたいのは、夢を見ておるからではないのか」

「夢など見ていないと申し上げました。わたしは自分にとって大切なものを、大切にいたそうと念じておるだけでございます」

「ほう、わしは大切ではないのか」

「あなた様はわたしを捨てられたではありませんか。なにをいまさら言われるのです」

お芳は清左衛門の言葉に嫌悪を感じた。

「だからこうして会いにきて、謝っておるのだ。わしの心がわからぬそなたではあるまい。かつてはあれほど睦み合うた仲ではないか」

清左衛門は膳を横に押しやって、じわりとお芳に近づいてきた。

お芳ははっとして、逃げなければと思った。だが、蛇に睨まれた蛙のように、体が痺れたようになって動かない。

清左衛門は膝がつくほどそばに寄り、

「わしは江戸に行っても、そなたのことを忘れたことはなかったぞ」

と言いながらお芳の手をとった。お芳の背筋に冷たいものが走った。

体が激しく震える。

わたしはもう伊吹屋敷には帰れないのかもしれない。

お芳の胸に悲しい思いが湧いた。

二十五

櫂蔵はこの日、西国郡代、田代宗彰との対面を果たすと、早々(はやばや)と句会を辞そうとした。義右衛門が驚いて、

「まだ、発句もされておられませんぞ」

「いや、それがしは風流の道には不調法でござる。咲庵が残れば、座持ちには十分かと存じます」

「しかし、郡代様にまだ申し上げることがおありではござりませぬか」

「先ほどお言葉をかけていただいただけで、きょうのところは十分でござる。それよりも、さきほどから、何やら胸騒ぎがやまぬのです。宿に戻り、すぐに出立いたしと

う存じます。夜旅をすれば、明日の夕刻には屋敷に戻れましょうから」

常になく、気が急くように言う櫂蔵の様子をじっと見つめていた咲庵が、

「わたしが残ることは承知いたしました。しかしなぜ、それほど急いで羽根に戻るお考えになられたのですか」

と訝しげに訊ねると、櫂蔵は頭を振った。

「わからんのだ。ただ、胸がざわついて――」

次の言葉を続けるべきかどうか迷う様子で、櫂蔵は苦い顔になった。

「どうされたのです。何があったのですか」

うながすように咲庵は言った。櫂蔵はやむを得ないという表情になった。

「実は……さきほどから、潮鳴りのような響きが聞こえ始め、耳から離れぬのだ」

櫂蔵の言葉を聞いて、今度は咲庵の顔がこわばった。

「それは戻られた方がよいと思います。わたしも心が落ち着かず、なぜかしきりに涙が出た日がございました。後から考えてみれば、それは女房が江戸で亡くなった日だったのです。ひとは不思議なもので、強く縁を結んだものの危難を感得することがあるようでございます」

櫂蔵はうなずくと、御陣屋の玄関にあわただしく向かった。いったん宿に戻った櫂

蔵は身支度をすませると、草鞋の緒をきつく結んで出立した。

なぜ、これほどまでに心が落ち着かないのだろう。

日田の町筋を急いでいると、前方からほっそりとした体つきの若い女がやってきた。思わず、

「お芳――」

と声が洩れていた。一瞬、お芳に見えたのだ。若い女は怪訝そうに擢蔵を見つめた。しかし、よく見ると、お芳に似ているのは色が白いぐらいで、なぜこの女が一瞬でもお芳に見えたのか、擢蔵には不思議だった。

「ご無礼いたした」

あわてて頭を下げると、擢蔵はその場を去った。街道に出たころには日が暮れかかってきた。杉木立の間の道を進んでいくと、夕焼けで茜色に染まった空に、早くもひとつふたつ星が出ている。

擢蔵は空を見上げて、国許にいる者たちの無事を祈った。不意に新五郎のことが思い出された。そしてなぜこれほどの不安を覚えたのか、その理由がわかった。

新五郎を失って感じた心持がするからだ。もう二度と、あのような悲しみを味わいたくはない。

櫂蔵は街道を行く足を速めた。

翌日の夕刻――。

屋敷に戻った櫂蔵が門をくぐると、屋敷の中はしんとして静まり返っている。不吉な予感が増していく。

櫂蔵は帰ったとも告げずに玄関から式台にあがった。さらに奥へ急ごうとすると、ちょうど出てきた千代と出くわした。

千代は櫂蔵を見て、ぎょっとしたように目を丸くした。

一方、櫂蔵は千代が目を赤く泣き腫らしていることを見てとった。

「千代、どうした。いったい何があったのだ」

櫂蔵に訊かれたが、答えようとした千代の唇は震え、言葉は出なかった。と、千代は崩れるように式台に膝をついて嗚咽した。それ以上訊かず、櫂蔵は奥へ急いだ。千代の様子から、悪いことが起きていることがはっきりとわかった。

奥座敷に入った櫂蔵は、お芳が布団に横たえられているのを見た。枕もとに染子が暗い表情で座り、縁側にひかえた宗平が肩を落としてうなだれている。

櫂蔵は愕然として、瞼(まぶた)を閉じて横たわるお芳の傍らに跪いた。お芳の顔は美しかった。しかし、青ざめて凍りついたかのように見えるその美しさは、あまりに儚げであった。

「お芳、どうしたのだ」

櫂蔵は、自分の声がかすれていることに気がついた。お芳がうっすらと目を開ける。

「旦那様――」

か細い声が震える。傍らの宗平が手をつかえ、

「お詫びの言葉もございません。お芳さんは命に関わる怪我を負ったのでございます。お留守中にこんなことになりまして……」

と涙ながらに言った。

「どうしたのだ。なぜ、こんなことに――」

うめくように櫂蔵は訊いた。宗平は涙をぬぐって答えた。

「お芳さんは笄町の桔梗屋という小料理屋に呼び出され、かようなことになったのです。桔梗屋からの報せでわたしが駆けつけたときには、お芳さんはひどい傷でしたが意識はうっすらとあり、お屋敷へ連れて帰ってほしいと申されました。それゆえお医者に手当をしてもらい、傷口が開かぬよう布団を敷いた戸板でそっとお屋敷まで運ん

だのでございます。お芳さんはきっと、旦那様にひと目お会いしたくて命を永らえたのです」

「お芳は、いったい誰に呼び出されたのだ」

櫂蔵は頭の整理もつかぬまま、叫ぶように訊いた。その激しさに気圧(けお)されながらも、宗平は口を開いた。

「新田開発方の小見陣内様でございます。お芳さんは小見様に呼び出され、桔梗屋で勘定奉行の井形清左衛門様と会われたのです」

清左衛門の名を聞いて、櫂蔵の顔から血の気が引いた。

「お芳はどうして井形清左衛門などと会ったのだ。清左衛門を恨み、憎んでいたのではなかったのか」

「お芳さんを責めないでくださいまし。小見様から、井形様に会わねば旦那様に迷惑がかかると脅されたのでございます」

宗平が苦しげに言ったとき、奥座敷に入ってきた千代が畳に突っ伏した。

「わたしがお芳さんが困っていることに気づけばよかったんです。そうすれば、お芳さんはこんな目にあわずにすんだんです」

激しく泣く千代を見遣りながら、櫂蔵はうめくように言った。

「そうか、お芳は井形清左衛門を拒んだがために斬られたのだな」

「いえ、さようではございません」

宗平は涙ながらに話し始めた。


桔梗屋の一室で清左衛門はお芳の手を取って抱き寄せた。

「そなたと昔通りの仲に戻ってつかわそうというのだ。ありがたく思うことだな」

そう言いながら清左衛門がお芳の懐に手を差し入れようとしたとき、お芳は清左衛門を突き飛ばして後退りした。はねつけられた清左衛門は驚いた顔になった。

「これ、何をいたすのだ」

咎めるような清左衛門の目を、お芳はきっと見返した。

「かようなまねはされたくありません。そばに寄らないでください」

ははっ、と清左衛門は笑った。

「わしが江戸詰めになったおり、やむなくそなたと別れたことを恨んでおるのか」

「いいえ、そんなことはもう忘れました」

「忘れただと」

清左衛門は目を剝いた。ひとから丁重にされ、敬われることに慣れてきた。まして女に忘れたなどと言われたことがなかったのだ。

「お芳、増上慢は許さぬぞ」

激昂した清左衛門がつかみかかろうとしたとき、お芳は立ち上がり、床の間の刀架から清左衛門の脇差を取って抜き放った。

青ざめてこわばった表情で睨みつけるお芳に向かって、清左衛門は笑い声を上げた。

「何のまねだ。さようなことをしても、わしにかなうものか」

ひややかな清左衛門の言葉が終わらないうちに、お芳は脇差を喉もとに擬した。

「それ以上近づいたら、死にます」

清左衛門は一瞬目を見開いたが、すぐに蔑んだ目をお芳に向けた。

「ほう、漁師や百姓を相手にしてきた商売女が、まるで生娘のような振る舞いだな。そんなことをしても似合わぬぞ。もし死んでも、客を取ろうとしたおまえがそのことをわしに知られ、恥ずかしさのあまり自害いたしたと言うまでだからな」

「あなたは、わたしをひとだとは思っていないのですね」

お芳はうめき、脇差を持った手を震わせた。それでもなお、清左衛門はお芳を見据えて吐き捨てるように言った。

「商売女の分際でひとなみなことを申す。わしはそなたと昔、馴染みであったという だけで恥じておるのだぞ。商売女を屋敷に入れた伊吹にも、たんと恥じてもらわねば な。あの継母御もさぞや面目を失われることであろうよ」

お芳は清左衛門の顔をじっと見つめていたが、一度目を閉じてから何事か覚悟した ように見開いた。

「わたしは奥様から、旦那様の妻として迎え入れ、誇りとしたいと言っていただきま した。あのご立派な奥様が、わたしのような者を誇りにしたいとおっしゃってくださ ったのです。わたしは奥様の名を汚すことはいたしません」

きっぱりと言い切ったお芳は襖に駆け寄り、脇差を構えたまま片手で襖を開けた。 逃げると見た清左衛門が追いすがろうとすると、お芳は大声を上げた。

「助けてくださいませ。井形清左衛門様がわたしを斬ろうとなさいます。助けて ――」

――ひと殺し

と叫んで、お芳は脇差を逆手に持って自分の胸に深々と突き刺した。

「な、何をする」

清左衛門が駆け寄り脇差の柄を握って引き抜くと、お芳は襖に倒れかかり、そのまま襖ごと廊下に横倒しになった。まわりの部屋から出てきた客や女中が悲鳴を上げた。

「ひと殺しだ」

「お武家が女を斬ったぞ」

客たちが騒然となるのを、血に染まった脇差を手にした清左衛門はひややかに見据えた。

「無礼があったゆえ、手討ちにしたまでだ。騒ぐでない」

清左衛門はふてぶてしく言いながら、廊下に倒れたお芳に目を向けた。お芳によってとんでもない罠にはめられたと思っていた。

店の中の騒ぎはさらに大きくなり、お芳は廊下に打ち萎(しお)れた花のように苦悶の表情を浮かべて倒れている。

そのお芳の胸から流れた血潮が廊下に流れ、花弁が開いたかのごとくだった。

「手当をお医者にしていただく間に、お芳さんは切れ切れながら何があったのかを話してくれました」

「井形清左衛門はどうしたのだ」

「無礼討ちにした、それのなにが悪いのだと言って押し切ったそうです。わたしが店へ参ったときにはすでに引き揚げていました」

「町役人はそれを黙って見過ごしたのか。町奉行所も放ってはおけぬ話ではないか」

燿蔵が怒りで弾けそうに言うと、宗平も憤激した表情になった。

「それが、役人たちは井形様の権勢を恐れて、できるだけ何事もなかったことにいたしたいようなのです。女中ひとりが命に関わる怪我をしたくらいで、気鋭の勘定奉行である井形様に逆らってもいいことはないと思っているのかもしれません」

宗平の言葉を聞いた燿蔵は、染子に向き直って手をつかえた。

「継母上もお芳を看てくださったのですか。ありがたく存じます」

燿蔵が頭を下げると、染子はそっぽを向いた。

「わたくしはお芳を案じているだけです。あなたに礼を言われる筋合いはありません。それにしてもかようなことになるとは――」

染子は口惜しげに唇を噛んだ。そのとき、お芳がうっすらと微笑みながら口を開いた。燿蔵が口もとに耳を近づけて、

「なんだ。何が言いたいのだ」

と声をかけた。お芳はわずかに残る生命の火を燃やすかのように、か細く震える声

で言った。

「わ、わたしが井形様から辱めを受けたら、旦那様だけではなく、奥様にも、は、恥をかかせることになると、思いました」

「それゆえ井形様の脇差を自分の胸に突き刺したというのか」

櫂蔵は目に涙をためた。

「わたしは、奥様から、誇りにするとおっしゃっていただいたことが、本当に嬉しかったんです。生きていてよかったと、思いました。だ、だから奥様に、恥をかかせるようなまねは、決してできなかったんです」

お芳は精一杯の声でそう言うと、ゆっくりと目を閉じた。櫂蔵はお芳にすがりついた。

「お芳、死ぬな。わたしを置いて死なないでくれ。生きてくれ。そなたが死んだら、わたしも生きてはおれぬ――」

必死に櫂蔵が呼びかけると、再び薄く目を開いたお芳の口から言葉が洩れた。

「い、生きてください、旦那様。そして、見せてください」

「何をだ。何を見せろと言うのだ」

「か、櫂蔵様の花を。落ちた花が、もう一度、咲くところを……」

直後、ひとつ深呼吸をしたかに見えたお芳は、そのまま息を引き取った。

「お芳——」

櫂蔵はお芳をきつく抱きしめて号泣した。傍らの染子の閉じた目から涙が滴り落ちた。宗平と千代の、悲しげにすすり泣く声が続いた。

お芳を抱きしめていた櫂蔵は、お芳を布団に横たえ、おのれの涙に濡れたお芳の顔を拭き、その頰を優しく撫(な)でた。

その手が止まったとき、櫂蔵は傍らに置いた刀を取ると、ゆっくりと立ち上がった。宗平に向かって、

「お芳の通夜と葬儀のこと、しっかりと頼むぞ」

と言って縁側へ出た。宗平が驚いて、

「旦那様、どこへ参られるのでございますか」

と訊いた。櫂蔵は無表情なまま答える。

「知れたことではないか。すまぬが、あとのこと、くれぐれも頼む」

言い置いて櫂蔵は玄関へ向かおうとした。そのとき染子が腰を上げて、さっと櫂蔵の前に立った。

「櫂蔵殿、行ってはなりませぬぞ」

染子はきっと櫂蔵を睨みつけた。櫂蔵は鋭い目をして口を開いた。

「お芳がかような目にあったのは、わたしのせいです。仇(あだ)を討ってやらねばなりません」

継母上、お退(ど)きください、と櫂蔵が押しのけようとしたとき、染子は手を上げたかと思うと、櫂蔵の頰をぴしゃりと力いっぱい叩いた。

「継母上――」

ぼう然とする櫂蔵に、染子は叱責する口調で言った。

「お芳が何のために自ら命を絶ったとお思いか。そなたがなそうとしていることを妨げたくなかったからではありませぬか。その心も慮らず、井形様を斬って憂さを晴らそうとは、なんと愚かなことを考えるのです。お芳という女子ひとりを守り切れなかっただけでなく、その心も生かそうとせぬとは、それでも武士ですか」

櫂蔵は目を閉じ、跪いた。

「継母上、わたしはお芳の仇を討って死にとうござった。それも許されませぬのか」

歯を食いしばって、うめくように言う櫂蔵を、染子はじっと見つめた。

「無論のことです。あなたは生き恥をさらすしかありません」

染子の声には悲しみの色が濃かった。櫂蔵は腿(もも)を拳で何度となく激しく叩いた。

「なぜだ、なぜ、わたしは好きな女の仇も討ってやれぬのだ」

血を吐くような悲痛な嘆きとともに、櫂蔵の目からとめどなく涙があふれた。

二十六

お芳
お芳
櫂蔵は何度も呼びかけた。
通夜の夜、ひとりだけになってお芳の亡骸を寝かせている部屋で柱に体をもたせかけていると、心が夢の中を彷徨った。
湊の店で酒の相手をしてくれたお芳の顔にはいつもさびしげな笑顔があった。そのせつないほどのさびしさに惹かれたのだ。
新五郎の死に衝撃を受けて海に入ろうとしたとき、お芳は必死になって止めてくれた。あのとき、お芳はなぜあんなに懸命になってくれたのだろう。男女の結びつきというのではなかった気がする。誰からも相手にされず、誰も頼りにすることができない身の上が、ふたりを結びつけていたのではないか。

そうだ、わたしにはお芳しか心を開ける相手がいなかった。ふたりして小さな店で向かい合い、酒に酔い、やがて肌を重ねた。胸をかきむしられるほどの孤独ゆえに、たがいを抱きしめないではいられなかった。

伊吹の家に帰るおりお芳を伴ったのは、落ちた花をもう一度咲かせたかったからだ。それは櫂蔵自身のことであり、お芳や咲庵のことでもあった。しかし、櫂蔵が、どうしてももう一度咲かせたかった花は、お芳ではなかったか。

どん底から這いあがり、きれいな微笑みを見せるお芳を見たかった。いや、すでに見たのだ、と櫂蔵は思い起こした。

初めて日田に赴いたあと、義右衛門にどのような覚悟を示せばよいのかと思い悩んでいた夜、櫂蔵は月を見ながらお芳と語り合った。

あのおり、お芳は、奥様は隔てのない心を見せるひとには、やさしい目を向けられるお方ですと、櫂蔵が知らない染子の一面を嬉しげに話していた。

千代の話では、染子はお芳に活け花を教えると言い出し、その際、

「そなたの決して嘘をつかないという生き方は、女子としてまことによいことです。その心がけでいてくれれば、わたくしはそなたをこの家に迎えて誇りとすることができると思っています」

と口にしたのだという。誇りとする、と染子に言われて、お芳はどれほど嬉しかっただろう。喜びで涙ぐむお芳の顔が目に浮かぶようだと、櫂蔵は思った。

染子からやさしい心遣いを示されたことで、お芳の花はまさに開こうとしていたのだ。落ちた花がもう一度、咲こうとしたのだ。

それなのに、と櫂蔵は歯嚙みする思いだった。井形清左衛門め、と憤りが熱い血潮となって体中を駆け巡る。できるものなら、いますぐに屋敷へ押しかけて素っ首を叩き落としたい。だが、それでは、お芳の心も生かせぬことになる——。

染子から留め立てされたからだけではない。お芳の顔が脳裏に浮かんでいた。お芳の声が耳の奥に響いてくる。

生きてください
生きてください
そして見せてください
櫂蔵様の花を
落ちた花がもう一度咲くところを
だから生きてください

やさしい、悲しさに満ちた、櫂蔵をいとおしく思う声だ。だが、わたしに我慢ができるのか。この憤りを抑えることが、はたしてできるのか。無理だ。お芳がいたから、落ちた花をもう一度咲かせようと思えた。

お芳がいなければ、すべては虚しい。なにもできぬ。この屋敷に来てから、お芳がどのように過ごしていたのかは、千代や宗平の嘆き方を見ればよくわかった。染子ですら堪えてはいるものの、いまにも悲しみがあふれ出しそうな表情をしている。

(お芳はよくやった)

湊で飲み屋をやっているころとは打って変わって、日々を生き生きと過ごしていた。たとえ染子に厳しく当たられようとも、それすらお芳にとっては得難い、大切なものであったようだ。お芳は何ものかと闘い、自分を変えていったように思う。そんなお芳を讃嘆する思いが湧きあがる。

それに比べて自分はどうだ。いまだ何事もなし得てはいない。しかも、いまや、なし遂げたことをともに喜び合うはずだったお芳がこの世を去ってしまった。

わたしが何かをなす意味が、はたしてあるのだろうか。櫂蔵は暗闇を彷徨う心持になっていた。

無理だ、お芳――。

わたしはお前がいなければ、海辺の漁師小屋で自堕落に暮らしていたころと同じ、ただの、

――襤褸蔵
なのだ。

櫂蔵は夢の中で泣いていた。


お芳の葬儀を終え、櫂蔵は出仕した。

女中の葬儀のためと届け出るわけにはいかず、藩には病と申し立てていた。実際、櫂蔵は顔色も悪く、覇気を失っていた。

日田から戻った咲庵は、お芳がこの世を去ったと知って愕然となった。それでも、せっかく西国郡代の田代宗彰と通じたのだから、さらにどうしていくかを話したかったのだが、櫂蔵は気が抜けたようになっている。

櫂蔵の異変には四郎兵衛と権蔵も気づいた。新田開発方の詰所の隅で咲庵に向かって、

「どうしたのだ。伊吹様は腑抜けのようになっておられるではないか」

「われらが話しかけてもろくに返事もされぬぞ」

と言い募った。櫂蔵は自らの席で目を閉じ、黙然と座っているだけで、誰とも話そうとしない。困った咲庵はお芳のことを打ち明けた。

「なに、さようなことがあったのか」

四郎兵衛は口をあんぐりと開けた。権蔵は腕を組んでつぶやいた。

「しかし、城下の小料理屋で同じ部屋にいた女が死んだのだ。町奉行所も放ってはおけぬはずだが」

「いや、町奉行の渕上将監様は井形様とは竹馬の友で、かねてからの盟友だ。いくらでもかばい立てはできよう」

「とは言うても、ひと一人死んだというのに」

「なに、あの方たちにとっては女中のひとりやふたり死んだとて、物の数に入らぬのであろうよ」

四郎兵衛が吐き捨てるように言った。その声が聞こえぬはずはないが、櫂蔵は目を閉じたままだ。

そのとき、陣内が詰所に入ってきた。さりげなく自らの机の前に座ろうとしたが、

「小見――」

櫂蔵が声をかけた。陣内は、ぎくりとした様子で櫂蔵に顔を向けた。自分が小料理屋に案内したお芳が非業の死を遂げただけに、後ろめたいものがあるのだろう。

「井形様はお元気か」

突然問われて陣内は戸惑いを隠せず、

「先ほど勘定方でご挨拶申し上げましたおりは、常と変わらずすこぶるお元気なご様子でござった」

「ほう、お顔の色などもよかったか」

さりげなく訊く櫂蔵の言葉が不気味だった。陣内は虚勢を張るように背筋を伸ばして答えた。

「無論、いつものように血色もよくお見受けいたしました」

「そうか、それは訝しいな」

「なにがでござる」

「井形様は首と胴が離れるのを心配して夜も寝られずに過ごしておられるかと思うたが、それは誤りであったか」

櫂蔵は目を見開いて薄く笑った。脅しともとれる言葉に、陣内はぎょっとした。

「なにゆえさような申されようをされるのか、とんとわかりかねますが、井形様に対して無礼な物言いではありませんか」

「無礼、とな」

燿蔵は底響きする声で言って陣内を睨んだ。燿蔵はわずかに身じろぎし、さりげなく脇差に手を添えながら、

「わたしは、まだ無礼などしておらん。もっとも、これからせぬとも限らぬがな」

と言った。陣内は何も言わず、いったん開いた机の上の帳簿を片付け始めた。

燿蔵はゆっくりと言葉を継いだ。

「わが家の女中であったお芳を桔梗屋なる小料理屋へ呼び出したのはそなただという噂があるが、まことか」

「ぞ、存じませぬ」

陣内は顔をこわばらせて詰所を出ていった。入れ違うようにして半兵衛と信弥が入ってきた。

羽織に裁着袴姿で、手に笠と荷物を持つという旅姿だった。ふたりを見て、燿蔵の顔色にやや生気が戻った。

半兵衛は信弥を引き連れるようにして燿蔵の前に座った。

「ただいま、博多から戻りました」

手をつかえて半兵衛が挨拶し、信弥は後ろでうつむいたまま頭を下げた。櫂蔵はおもむろに訊いた。

「博多を引き揚げてきたということは、播磨屋になんぞ動きがあったのか」

「さようでございます。播磨屋は正月に博多から城下へ出て参りますぞ。表向きは年賀の挨拶ということでございますが、播磨屋の主人はいままでさようなことをいたしたことはござらぬ。おそらく、蔵にある五千両に何らかの動きがあるのではないかと存じます」

「ほう、あの五千両がついに動くか……。播磨屋め、金に詰まってきたのであろうか」

「さようでございます。播磨屋が羽根に来るという報せを得て調べましたところ、大名貸しで大損をいたしたということがわかりました。もはやなりふり構ってはおられなくなったのでしょう」

半兵衛はうなずいた。櫂蔵は信弥に顔を向けて訊いた。

「笹野、さとのことは、もうよいのか」

信弥はびくりと肩を震わせた。半兵衛がため息をついて言った。

「笹野はさとのもとへ通ううち、とうとう客となったのでございます」

信弥は顔色が蒼白になっている。信弥がさとの客となったと聞いて、糴蔵は眉をひそめた。

信弥は手をつかえ、頭を下げた。

「申し訳ございません。それがしは、何とかしてさとを苦界から救い出したいとばかり願っておりました。その間に情が移り、亡き新五郎様のためと申すより、おのれの思いでさとを身請けしたいと思い詰めたのでございます。しかし、さとは身請けを断りました」

「なにゆえさとは身請けを拒んだのだ」

糴蔵は息を吞んだ。

「それがしは、さとを妻にしたいのだと申しました。しかし、さとは、自分で思い立ったことだからと言い募ったのです」

信弥はさとのことを語った。

二十七

「新五郎様の遺志を遂げるまで待っていてくれ。わたしは必ずそなたを身請けする」

大和屋の一室で、信弥は真剣な表情でさとに言った。

「もし、笹野様に身請けしていただいたとしても、わたしは幸せにはなれないと思います」

さとは悲しげに答えた。

「なぜ、そう思うのだ」

「あやめさんが、なぜ相対死をされたと思われますか。あやめさんは生きて幸せになれるものなら、男のひとと幸せになる道を選んだと思います。でも、それができないから相対死をしたんです。結句、男のひとは生き残ったので、相対死でもないことにされてしまいました」

さとは辛そうに言う。信弥はうなずくしかなかった。

「それはそうかもしれぬが」

「ですから、このまま笹野様とお会いしていたら、あの世で幸せの花を咲かせたいと思うようになると思うんです」

あの世で花を咲かせるという言葉に、信弥はどきりとした。たしかに、さとの借金は十両ではすまず、膨れあがっているようだ。それをすべて始末しようとすれば、かなりの無理をしなければならないだろう。そのあげく、死の淵へ追いやられるということがあるかもしれない。

信弥が思わず黙ると、さとはゆっくりと言った。

「諦めなければ生きてはいけないんです。わたしは遊郭という地獄から抜け出せそうにありません。だとしたら、新五郎様のことをいつまでも忘れず生きていきたいのです」

信弥は確かめるように訊いた。

「新五郎様のことを忘れたくないというのか」

「新五郎様はいまもわたしの胸の中で生きていらっしゃいます。けれど、笹野様にやさしくしていただくと、新五郎様のことを忘れるかもしれません。わたしは新五郎様のことをいつまでも覚えていたいのです、この世を生きるためにも。それに、誰かが覚えていなければ、新五郎様が生きていたことが何もなかったようになってしまいますから」

さとは静かに微笑んだ。

信弥の話を聞いた櫂蔵はうめいた。

「そうか、さとは新五郎を想って生きていくと申したのか」

信弥はうなだれた。

「さとはこれ以上わたしと会うと、いずれは相対死をするしかなくなると思ったようです。さとはわたしを死なせたくないと思ってくれたのかもしれません」

信弥の言葉を聞いて櫂蔵は腕を組み、目を閉じた。やがて目を開いた櫂蔵は信弥を見据えた。

「不甲斐（ふがい）ないのう」

櫂蔵に言われて、信弥は目に涙を浮かべた。

「まことにさようです。さとを助けるなどと申しながら、わたしは何もできなかったのですから」

「いや、おぬしのことだけではない。わたし自身も叱ったのだ」

さりげなく言って、櫂蔵はまわりで話を聞いていた四郎兵衛や権蔵、咲庵に、集まってくれと声をかけた。

五人が膝を揃えると、櫂蔵は口を開いた。

「わたしが妻にするつもりだったわが屋敷の女中のお芳が自害して果てた。かつて飲み屋の酌婦であったころ、思いを寄せた井形清左衛門に辱められようとしたゆえだ。お芳はわたしのことを思って、命を投げ出したのだと思う。そのことに報いる覚悟が、さとの話を聞いてようやく定まった」

四郎兵衛が深々とうなずいた。

「それをわれらに手伝えと仰せなのですな」

「そうだ。ただし、荒事になる。殿や藩の重役を敵にまわすことになるぞ」

五人の顔を見遣りつつ、櫂蔵は低い声で言った。

信弥は膝を乗り出して、真剣な表情で言った。

「わたしは、さとのためにも新五郎様の志をなし遂げねばなりません。どうぞ手伝わせてくださいませ」

四郎兵衛が手をつかえた。

「それはわれらも同じことでござる。もはや、何事もなさずに生きて参るのには飽き申した」

その言葉に権蔵と半兵衛が続く。

「それがしたちもお供仕(つかまつ)ろう」

すると、にこりとして咲庵が言葉を添える。

「わたしもともに参りますゆえ、人数は揃ったのではございませんか」

櫂蔵は首を縦に振った。皆の顔を見回して、決然とした様子で口を開いた。

「わたしの覚悟は言うてみれば、ただひとつの言葉に尽きる。それを覚えておいてもらおうか」

「ほう、なんでございますか」

興味深げに四郎兵衛が訊くと、櫂蔵はきっぱりと答えた。

「襤褸着て奉公——」

四郎兵衛たちは何のことかわからず顔を見合わせた。

咲庵だけが莞爾と笑った。


この日、染子は城内、二の丸の隠居所で妙見院に拝謁していた。妙見院は花鋏を手に、自ら椿を黒漆塗り花器に活けようとしていた。

「そなたが訪ねて参るとは珍しいのう。わたくしの腰元として仕えしおりから、もう二十数年にはなろうか」

白い頭巾をかぶった妙見院はにこやかに言った。染子は手をつかえ、落ち着いた口調で答えた。

「さようにございます。妙見院様が城下のお寺へ参詣され、茶会などを催された際には末席を汚してございますが、かように城中に参りましたのはひさかたぶりのことにございます」

「して、きょうは何用じゃ。用もなく訪ねて参る染子ではあるまい」

妙見院は口もとにかすかに笑みを浮かべた。

「はい、わたくしの手もとにありました花一輪、非道なる者のために散りましてございます」

染子は厳しい表情で言った。妙見院はちらりと染子に目を向けた。

「ほう、非道なる者とは誰じゃ」

「井形清左衛門様にございます」

「井形か――」

妙見院は椿の葉をぱちりと花鋏で切り落とした。しばらく黙考してから妙見院はゆっくりと口を開いた。

「井形の悪しき噂を耳にせぬでもない。いかがいたしたのじゃ」

「伊吹家の家督を継ぎ、先般、新田開発奉行並になりました伊吹櫂蔵は、わたくしとは生さぬ仲にて、永年仲悪しゅうしておりました。櫂蔵はかつて勘定方を務めたおり失態を演じ、お役御免となった後は、海辺の漁師小屋にて物乞い同然の暮らしをしておったのです」

「艦褸蔵とやらと呼ばれておったそうな」

「ご存じでございましたか。お恥ずかしゅう存じます」

染子は驚いて頭を下げた。

「海辺で暮らす武士がおると下々の間で噂になっている者が、実は染子の継子だと伝えて参った者がおる」

妙見院はくすくすと笑いながら、椿の花を少し離れて眺めた。染子も椿に目を遣りながら、

「その櫂蔵が屋敷に戻る際、湊の酌婦を妻にしたいと連れ帰って参りました。その女子は金で客をとり、一夜をともにいたしておったそうでございます」

と言った。妙見院は目を丸くした。

「なんと、そのような女子を妻にとな。よもや染子は許しはいたさなかったであろうな」

「無論のこと、手厳しく叱りつけましてございます。もしどうしても屋敷に入れたいのであれば、正室はもってのほかゆえ妾にいたせと申しました」

「さもあろう。それで、櫂蔵は何と申した」

面白そうに妙見院は訊いた。

「あくまで妻にいたすの一点張りでございましたが、お芳と申す女子の方が妾は嫌だ、女中になりたいと言い出しました。すでにお聞き及びと存じますが、わたくしの倅新五郎は日田の掛屋からの借銀の一件の責めを負い、自害いたしております。權蔵は新五郎の志を継ぐと言い立てておりまして、女子はその權蔵を助けたいと申したのでございます」

「酌婦の分際で出すぎたことを申す女子じゃな」

妙見院が呆れて言うと、染子は苦笑した。

「わたくしもさように存じましたゆえ、女中にはいたしましたが相手にいたしておりませんでした。その女子が、わたくしが病んだおりには粥を作って出すなど小賢しきことをいたしますゆえ、懲らしめようとさえいたしました」

「ほう。染子は昔も新参の腰元には厳しき躾をいたしたからな。その酌婦あがりの女子はすぐに音を上げたであろう」

「それがなかなかにしぶとうございました。そのうえ、自分は嘘をつかぬのが信条だなどと申したのでございます」

染子の言葉を聞いて妙見院はおかしげに笑った。

「昔、わたくしの腰元になった若い女子が、嘘をつかぬのが取り柄でございます、と言いおったのう。あの腰元は、もしや染子ではなかったかの」

当時、正室だった自分の前に初めてお目見えを許された、初々しい染子を思い出すかのように妙見院は言った。

「恐れ入りましてございます。若きころは何分にも世間知らずでございましたゆえ。されど、かのお芳は嘘をつかず、おのれを偽らぬことを生きる道としておったようでございます」

「そのお芳なる女子が、井形清左衛門のせいで命を縮めたのか」

妙見院は鋭い目になって、再び椿に花鋏を入れた。染子はうなずいてから口を開いた。

「井形様はお芳にとって、初めての想い人であったそうにございます。されど井形様は江戸詰めになられたおり、お芳を捨てたのでございます」

「なるほど、井形ならしそうなことじゃ」

「そのため自暴自棄になったお芳は客をとるようになったと聞きました。その井形様がお芳を呼び出し、不埒なまねをいたそうとされましたゆえ、お芳は自ら命を絶ちましてございます」

妙見院の花鋏を持つ指先に力がこもる。

「許せぬな。井形はなぜ、さようなまねをいたしたのじゃ」

染子は淡々と答えた。

「櫂蔵の話では、日田の掛屋からの借銀五千両は、ひそかに城下にある播磨屋の蔵に収められておる疑いがあるそうでございます。さればそのことを探り出そうとしておる櫂蔵が邪魔ゆえ、お芳を籠絡（ろうらく）いたして罠を仕掛けようとしたものと思われます」

「そのために女子ひとりを死なせたか。まさに非道じゃな」

妙見院の顔に憤りの色が浮かんだ。

「されば妙見院様のお力をもちまして井形様を糾（ただ）していただきたく存じ、かように罷（まか）り出たしだいにございます」

「なるほどのう。しかし、染子ほどの女子にさようにまで思わせるとはの。そのお芳なる女子に会（お）うてみたかったのう」

「必ずやお気に入っていただけたと存じます。わたくしが伊吹の家に迎え、誇りといたそうと思った女子にございますれば。お芳の花を咲かせてやれなんだこと、わたくしの生涯の悔いとなりました」

染子の目に涙が滲んだ。妙見院は染子の目を見た後、椿に顔を向けた。

「それにしても井形め、女子を道具としか見ておらぬようじゃのう」

「まこと、さようかと」

染子が応じると、妙見院は椿の花に花鋏を入れながら、

――憎や

とつぶやいた。ぱちりと花鋏の音がして、椿の花がぽとりと落ちた。

障子の外から寒風の音が聞こえる。

二十八

年が明けた。

正月早々、羽根藩はざわめいた。博多の豪商、播磨屋庄左衛門が年賀の挨拶に参上したからだ。

庄左衛門が番頭や手代五人を引き連れ城門に現れると、重役たちが出迎えるという破格の待遇だった。中でも勘定奉行の井形清左衛門は、ひときわにこやかに庄左衛門に接した。

白髪で小柄な庄左衛門は畏まった紋付き袴姿ではあるものの、城内の大広間へ案内されてもむっつりと押し黙り、重役たちに笑顔を見せなかった。渋い顔をして面倒く

さげに控える庄左衛門を、藩士たちは下にも置かぬ丁重さで遇した。

間もなく藩主、三浦兼重が出座した。兼重はこの年、二十八歳になる。江戸生まれで、顔色は青白く、無様に太っていた。

兼重はむくんだ顔を庄左衛門に向けて、口を開いた。

「播磨屋、よく来てくれた。大儀じゃ」

庄左衛門は黙って手をつかえ頭を下げたが、何も言おうとはしない。兼重はその様子を見て、

「直答を許すぞ」

と声をかけた。庄左衛門が身分を憚って物を言わないのだろうと思ったのだ。しかし、庄左衛門は顔を上げると、鋭い光を放つ目を細めてじっと兼重を見つめ、しわがれた声で、

「ありがたきことにございまする。しからば、お貸ししたものは、いつ返していただけるのでございましょうか」

と言った。広間には重役ら十数人が居並んでいたが、庄左衛門のひと言に凍りついたようになった。とっさに井形清左衛門が膝を乗り出し、

「まことにさようでござったな。なにごとも速やかにいたさねばな」

と声を高くした。兼重は不安げに清左衛門に目を向け、

「すぐに返すと言うても……」

無い袖は振れぬと言わんばかりの顔で口ごもった。それに対し、清左衛門は大仰にうなずきながら、兼重に顔を向けて言った。

「いや、ごもっともでござる。されば、城下にある播磨屋殿の蔵にお預けいたしたものを、お引き渡ししてはいかがかと存ずる」

「預けたものじゃと」

兼重はぼんやりとした顔で言った。しばらくして、ああ、あれかとつぶやいた。重役たちが何のことかと首をかしげるのを尻目に、清左衛門は、

「さようにございます」

と声を低めて言った。兼重はうかがうように清左衛門に目を向けた。

「しかし、さようにしてもよいのか。日田の掛屋のこともあろうが」

兼重の言葉に、清左衛門は顔をしかめた。

「はて、何のことでございましょうや。播磨屋殿に預けたものと日田の掛屋は、なんの関わりもございませぬが」

素知らぬ表情で清左衛門が言うと、兼重ははっとした様子で口をつぐんだ。すると

庄左衛門が他人事のように言った。

「わたしの店の蔵にあるものなら、わたしのものなのでしょうな。それなら博多へ持って帰りましても問題はござりますまい」

「さよう、それがようござる。それにてすべては丸くおさまりましょう」

清左衛門は畳み掛けるように言ってから、兼重をうかがい見た。兼重は鷹揚(おうよう)にうなずいた後、

「きょうはもうよかろう。播磨屋には明日、能などを観(み)せてつかわそう」

と口ごもるように言ってから立ち上がった。

重臣たちが平伏すると、兼重は心の内の動揺をことさらつくろうかのように、ゆっくりと去っていった。庄左衛門はわずかばかり下げていた頭を上げて、

「これで片付いた、というわけか。埒もない」

と独(ひと)り言(ご)ちた。その場にいた重役たちは、庄左衛門の声が聞こえなかったかのように無表情を装った。

清左衛門だけが、満足した笑みを浮かべていた。

この日の夜、清左衛門は播磨屋が羽根に置いた出店を訪れた。

奥座敷に料理と酒の膳を用意した庄左衛門は、昼間と変わらぬ無愛想な表情で、

「とんだ茶番だったな」

と言った。武家相手とは思えない乱暴な言葉遣いだった。清左衛門は傍らの若い女中が酌をした杯を口もとに運びながら答えた。

「さように言われまするな。昼間の挨拶があったればこそ、蔵にある五千両を博多へ運ぶことを、殿がお許しになられたのでござるぞ」

「ふん、五千両など、貸している金に比べればわずかなもの。そのためにこのような茶番を演じねばならぬとは」

「とはいえ、天領の掛屋からの金。播磨屋殿からの借財の返済に充てたということになれば、西国郡代様が黙ってはおられますまい。すべては内密に運ばねば」

「面倒くさい話だ」

庄左衛門はうるさげに言うと、飲み干した杯を女中に差し出した。あわてて女中が注ごうとすると、その手を庄左衛門はぐっとつかんだ。色白でととのった顔立ちの女中は困ったように身を硬くしたが、庄左衛門はかまわずに引き寄せる。

清左衛門はそんな庄左衛門の振る舞いを見慣れているらしく、苦笑を浮かべただけで女中が膳に置いた銚子をとり、手酌で杯に酒を注いだ。

庄左衛門は杯を膳に置いて女中を抱き寄せ、その懐に手を差し入れながら、

「新田開発奉行並は、何という名であったかな」

とさりげなく訊いた。胸に手を入れられた女中が拒むこともできずにうつむく様子を見て、にやりと笑った清左衛門は、

「伊吹櫂蔵でござる」

と答えた。庄左衛門は何かを思い出すかのようにうなずきながら、ゆっくりと女中の胸をもみしだいた。

「その伊吹は、いま何をしておる。わしが羽根に来ればなんぞ企むかと思うたが」

「一度は物乞い同然の境涯に堕ちた男です。何をするかわかりませんな」

「自分の女を殺されて恨まぬ奴はおらん」

「それは――」

お芳が死んだことを庄左衛門が知っていることに気づいて、清左衛門は無表情になった。

「よけいなことをしたものだ。窮鼠(きゅうそ)、猫を嚙むというではないか。鼠(ねずみ)を追い詰めるなら、息の根を止めるところまでやらなければ駄目だ」

庄左衛門が言ったとき、中庭から、

「支度ができましてございます」

と男の声がした。清左衛門が眉をひそめて障子を開けると、小見陣内が提灯を手にして立っている。傍らには屈強そうな六人の男がいた。

さらに筵でくるんだ大きな荷を積んだ大八車が月光に照らされている。清左衛門は目を鋭くした。

「その荷は、あれか」

清左衛門の問いかけに、陣内が得意げに答えた。

「昼間はひとの目がうるそうございますから、夜のうちに運びまする。宰領はそれがしがいたしますのでご安心を」

清左衛門は振り向いて庄左衛門に目を向けた。

「かような荷を運ぶのに、夜旅は危なくはありませんかな」

清左衛門が言うと、ふっふっと含み笑いを洩らした庄左衛門は、

「だから腕の立つ者たちを用心棒につける。心配はいらぬ」

と嘲るように言った。確かに陣内の傍らの男たちは屈強そうな浪人ややくざ者風体で、刀や長脇差を帯びている。

「さようでござるか」

清左衛門はわずかに不安に思いながらもうなずいた。

「そんなことより、伊吹とかいう新田開発奉行並をどうにかすることだ。目障りになってきた。どうするつもりだ」

庄左衛門に問われたがそれには答えず、清左衛門は陣内に、

「あいわかったゆえ、ただちに出立いたせ」

と声をかけた。陣内は頭を下げて答えた。

「承(うけたまわ)ってございます」

傍らに立つ用心棒たちもいっせいに頭を下げた。庭の隅にひかえていた播磨屋の手代と人足たちが出てきた。

手代の指図で男たちの黒い影が動くと、大八車もぎしぎしと動き出した。陣内は清左衛門と座敷の庄左衛門に向かって丁重に頭を下げてから大八車に続いた。

清左衛門は見送ってから庄左衛門の前に座った。

「さて、伊吹めのことでござるが、あの五千両が博多に届いたころを見計らって手を打つつもりでござる」

「ほう、どんな手だ」

庄左衛門は杯を口もとに運びながら、じろりと清左衛門を睨んだ。

「新田開発奉行並にあるまじき、私事の乱れを糾問いたすつもりでございます」

「私事の乱れだと」

　首をかしげて庄左衛門は杯の酒を見つめた。

「さようにござる。伊吹は客をとり、体をひさいでおった飲み屋の女を女中として屋敷に入れておりました。かような私事の乱れは勤めにも差し障りがあるのは明らかでござる。それゆえ――」

「お役御免にするというのか」

「いかにも」

　庄左衛門は、ぐいと酒をあおった。

「手ぬるいな。それに、却って厄介なことになるかもしれん」

「それはいかなるわけでござるか」

　清左衛門は鼻白んで訊いた。

「ひとつには、お役御免だけでは何をしでかすかわからん。腹を切らせたほうがいい。それから、その女中というのはそなたが死なせた女だろう。そのことが明るみに出たら、困ったことになるやもしれぬ」

　庄左衛門の目が鋭く光った。清左衛門は薄く笑った。

「あのような女のためにそれがしが咎めを受けるなど、あるまいと存ずる」

「それならよいのだが」

庄左衛門は感情の読めぬ目で清左衛門を見つめたが、不意に女中に顔を向けた。

「もう遅い。寝るぞ――」

唐突な庄左衛門の言葉にも女中は驚かず、

「すでに床はご用意いたしております」

と答えた。庄左衛門はゆっくりと立ち上がったが、足が少しよろけた。女中があわてて肩を貸す。

庄左衛門は女中の肩を抱くと、おぼつかない足取りで廊下へ出ると隣室へ向かった。

清左衛門は何事もなかったかのように、ひとり残って手酌で酒を飲んだ。清左衛門の脇差を奪い、自ら死を選んだお芳の顔が脳裏に浮かんだ。

庄左衛門には弱みを見せなかったが、あの日以来、お芳の顔を思い出さぬ日はなかった。胸にはいつも不安があった。

――お芳め
清左衛門は胸中でひそかにうめいた。江戸へ出るおりに捨てた女のことが、死んだいまになって、なぜこれほどまでに気にかかるのだろう。忘れようと思えば思うほど、小料理屋の廊下に倒れ、真っ赤な血を流したお芳の姿が浮かんでくる。

お芳の姿は哀切で美しかった。それが清左衛門を思っての姿ではないとはっきりとわかるだけに忌々（いまいま）しかった。

「馬鹿な。あのような下賤な女のことなど気にしてどうする」

清左衛門は何度も自分に強く言い聞かせた。

蠟燭（ろうそく）の炎が、じじっと鳴ってゆらいだ。

二十九

陣内が宰領する一行は、夜の闇の中を国境に向かっていた。

月は雲に隠れ、陣内と播磨屋の手代が持つ提灯だけが頼りだった。音を立てて大八車が進んでいくと、突然、用心棒のひとりの浪人が、

「小見様、前方にひとがおりまするぞ」

と低い声で告げた。

「かような夜中にひとじゃと」

陣内は闇を透かし見た。確かに大きな黒い影が前方にあった。

「何用だ。胡乱なまねを致すと許さぬぞ」

陣内が刀の鯉口に指をそえ、身構えて声をかけると、黒い人影が近づいてきた。そのときになって、前方からだけでなく、左右や後ろからも人影が近づいていることに気づいた。

（——囲まれたか）

陣内は額に汗を浮かべてあたりを見回すと、用心棒たちに向かって言った。

「油断いたすな」

用心棒たちは低い声で、おおっと答えてそれぞれ身構えた。すると前から近づいてきた男が、

「さように構えるな。われらは話をしに来ただけだ」

と静かに言った。声の主は櫂蔵だった。

「い、伊吹様、なぜかようなところにおられる。われらを待ち伏せるとは尋常ではございませんぞ」

陣内が気色ばんで言うと、傍らまで来た櫂蔵は大八車に目を遣った。

「たいしたことではない。その荷を持ち主のもとへ、われらが運んでやろうというの

だ」

「なんですと」

陣内は目を剝いた。用心棒たちがざわめきたった。それに応じるように取り囲んでいた人影が前に出た。

「貴様らまでもか」

陣内はうめいた。暗闇の中から出てきたのは長尾四郎兵衛と浜野権蔵、重森半兵衛、笹野信弥だった。四郎兵衛が刀をすらりと抜くと、ほかの三人も続いて刀を抜いた。

用心棒のひとりが刀の柄に手をかけてわめいた。

「こ奴ら、賊だぞ」

その声に応じて浪人者たちが刀を抜き、やくざ者は長脇差の柄に手をかけた。浪人者たちと四郎兵衛たちの間に緊迫した空気が流れた。

その瞬間、權蔵はすかさず陣内との間合いを詰めて刀の柄に手をかけ、鯉口を切り、じろりとまわりを見回した。

「騒ぐな。わたしは居合を使う。ほかの者が騒げば、小見陣内の素っ首を斬ってのけるはいとやすいことだぞ」

櫂蔵に詰め寄られて陣内は刀の柄に手をかけたが、息を荒くするだけで抜くことができない。櫂蔵の気迫に押されていた。それでも気力をふりしぼって、

「この荷の持ち主は播磨屋殿だ。それを承知で無体を働こうというのか」

と言い募った。

「ほう、持ち主は播磨屋か。それはおかしいのう」

笑みを浮かべて櫂蔵は答えた。陣内は櫂蔵を睨みつける。

「何がおかしい。伊吹様のされていることは夜盗の所業でござるぞ」

「さて、盗賊とはどちらのことかな」

櫂蔵は刀の柄に手をかけたまま、

——咲庵
と鋭い声で呼びかけた。闇の中からまた人影が出てくると、火打ち石の音を響かせて提灯に火を点した。咲庵の顔が提灯の明かりに浮かび上がる。咲庵は後ろを振り向いて声をかけた。

「こちらでございます」

声に応じて笠をかぶった武士と町人が出てきた。ふたりとも旅姿だ。

「何者だ」

陣内が誰何（すいか）すると、櫂蔵が答えた。

「日田の掛屋、小倉屋義右衛門殿と西国郡代、田代宗彰様配下の井上小兵衛（いのうえこへえ）殿である」

井上小兵衛と名を告げられた武士は笠を脱いで、顔を提灯の明かりにさらした。三十過ぎで目が鋭く、あごが引き締まった顔立ちだった。

「郡代様の手付（てつき）がなぜこのようなところに」

声をかすれさせて陣内が訊くと、小兵衛は謹直な表情で答えた。

「郡代様の命により参った」

小兵衛の言葉に陣内は息を呑んだ。櫂蔵が日田に行ったことは知っていたが、まさか西国郡代への手蔓をつかんでいるとは予想もしていなかった。

櫂蔵は陣内を見据えたまま、言葉を継いだ。

「この荷が播磨屋のものだとおぬしは言うたが、そうではないという証があるのだ。井上殿と小倉屋殿には、それを検分いただくためご足労願った次第だ」

陣内はもはや何も口にすることができず、困惑の表情を浮かべるばかりだった。色めき立っていた用心棒たちも西国郡代の手付と聞いて戸惑い、顔を見合わせた。そんな様子を見てとった櫂蔵は刀の柄から手を離し、背筋をのばした。

「いまからその証を見せてやろう」

　權蔵が言うと、咲庵が義右衛門とともに大八車に近づいた。厳重に巻かれた筵を取り除けると、積み重ねられた五つの千両箱が現れた。咲庵は提灯で千両箱を照らしながらのぞきこんだ。そして満足げに、

「やはりありました」

　と告げた。義右衛門はうなずいて、陣内に顔を向けた。

「あなたもご覧になられてはいかがですか」

　陣内は何のことかわからぬまま、大八車のそばに寄った。咲庵は提灯を上にかざし、片方の手で千両箱の下の隅を指した。千両箱は木で作られ、鉄枠で縁取られている。咲庵の指の先には、小さく〈天〉の字の焼き印が押されていた。

「これは――」

　陣内は驚いて播磨屋の手代を振り向いた。何事かと近づいた手代は焼き印を見て、あっと口を押さえた。

「このようなものが押されていたとは気づきませんでした」

　手代がうめくように言うと、咲庵はうなずいた。

「日田金を入れた千両箱には、天領のものであることを示す焼き印が押されるのだぞ

うです」

陣内は焼き印をじっと見つめていたが、櫂蔵に顔を向け、

「焼き印など、なんの証にもならぬ。後から押すこともできるではないか。それに、たとえ千両箱が日田の掛屋のものだとしても、中の銀子までそうだということにはならん。銀子に印はつけられまい」

と挑むように叫んだ。だが、櫂蔵はゆっくりと首を横に振った。

「なんだと、まさか――」

怯えた表情になった陣内に、咲庵が声をかけた。

「されば、確かめてみればわかることです。千両箱には錠がかかっております。開けていただきとう存じます」

「ならぬ。これは播磨屋殿より託されたものだ。みだりに開けることなどできぬ」

怒鳴り上げて陣内は拒んだ。すると、咲庵と義右衛門は意味ありげに顔を見合わせた。

「小倉屋様、しかたないようでございます」

咲庵に言われて義右衛門はうなずいた。

「そのようですな。やむを得ません」

義右衛門は懐から一本の鍵を取り出した。その鍵を千両箱にかかっていた錠の鍵穴に差しこむ。

「やめろ――」

義右衛門を止めようとした陣内の前に、櫂蔵が立ちはだかった。

錠を開けた義右衛門が手をさしのばして千両箱のふたを上げて、のぞきこんだ。

「やはり、わたしが羽根藩にご用立てした銀子だ」

義右衛門がつぶやくと、陣内が大声を出した。

「馬鹿な。金は天下の回り物だ。誰の金であるかなどわかるはずがない」

「さようですかな。この千両箱には一分銀が百枚、二十五両分を紙に包んだものを四十ずつ入れております。確かに一分銀は見分けがつきませんが、紙包みではっきりとわかるのです」

「そんな馬鹿な」

陣内は千両箱をのぞきこんだ。義右衛門の言葉通り四十個の白い紙包みが入っている。目を皿のようにして紙包みを眺めまわした陣内はやがて顔を上げ、勝ち誇ったように告げた。

「どの紙包みも同じだ。見分けなどつかんぞ」

陣内が言い終えると、義右衛門は千両箱に手をのばして紙包みをひとつ取った。

「確かに、どれも同じ紙包みに見えますな。しかし、わたしがお貸しした金だという証はあるのでございます」

義右衛門は手にした紙包みの底をゆっくりと陣内に向けた。そこには、

――小倉屋

という黒色の印判が押されていた。

陣内は息を呑んだ。

「このように印判を押しておくことを思いつかれたのは、亡くなられた先の新田開発奉行並の伊吹新五郎様でございます。新五郎様はわたしが羽根藩へ銀子を送ろうとした際、間違いがあってはならぬからと、紙包みの底に印判を押すように言われたのです。そのおりの新五郎様の慮りが、まさかかようなところで役に立つとは思いもよりませんでした」

義右衛門はしみじみと言った。陣内はうつむいていたが、不意に顔を上げ、

「これは罠だ。こ奴らは金を盗もうとしているのだ。き、斬って捨てろ」

とわめいて刀を抜こうとした。だが、その瞬間、懐に飛びこんだ櫂蔵が、刀の柄を強力で押さえて抜かせなかった。

「放せ、放さぬか」

陣内はなおも刀を抜こうとするが、陣内に押さえつけられて動けない。櫂蔵はそのまま陣内を大八車まで押しこんでいった。陣内が大八車を背にすると、櫂蔵は低い声で言った。

「この五千両ごとそこもとの首を、わが弟新五郎の墓前に供えてもよいのだぞ」

耀蔵の殺気のこもる圧し殺した声に、陣内は顔を引きつらせ、震えながら刀を持つ手を離した。

浪人者たちもその様子を見て手が出せず、立ち尽くすばかりだった。四郎兵衛たちも刀を鞘に納めた。

「か、かような狼藉を働かれて、この後いかがなされるおつもりか」

おどおどと陣内は訊いた。

「小倉屋殿のものを、小倉屋殿に返すだけのことだ」

「しかし、伊吹様は日田へ赴く届けを出されてはおられまい。このまま領外へ出れば脱藩ということになりますぞ」

陣内がうかがうように言うと、義右衛門が口を開いた。

「国境にはわたしの店の者が荷を運ぶために参っております。わたしどもが直に荷をあらためて持ち帰るわけには参りませんが、伊吹様よりお引き渡しを受けた後ならば、堂々と日田へ運べます。さらに言えば、郡代様ご配下の井上様とともに参りますゆえ、邪魔立てはなさらぬがよいと存じます」

「いかにもさようだ。小倉屋の訴えを田代郡代様はお信じなされたが、どうやら本当に当たっておったようだ」

井上小兵衛の言葉を聞いて陣内は肩を落とした。そして櫂蔵を睨みつけ、吐き捨てるように言った。

「ようも謀られましたな」

櫂蔵はうすく笑った。

「ところで小見、おぬしと手代殿は、これより日田まで同道して、間違いなく荷が届いたことを検分してくれぬか」

「さようなことをするには及びますまい」

馬鹿を言うなとばかりに陣内が返すと、櫂蔵は刀の柄に手をかけた。

ぎょっとする陣内に向かって、

「いや、行ってもらう。五千両をわれらが小倉屋殿に引き渡したことを、すぐに井形様に注進されても都合が悪いゆえな。心配いたすな、行きやすくしてやろう」

と言うや櫂蔵は居合を放った。一瞬、白い光が走ったかと思うと、陣内の髷がばさりと落ちた。

「な、何をする」

悲鳴のような声を上げる陣内に、刀を鞘に納めた櫂蔵は厳しい表情で告げた。

「髷がなければ、すぐに羽根城下に戻ることはできまい。今夜の失敗を井形様は許されぬであろう。もはや、おぬしの出世の道は断たれたぞ」

陣内は足の力が抜けたのか、地面に膝をついてうなだれた。陣内から目をそむけた櫂蔵は四郎兵衛に向かって、

「わたしと咲庵は城下に戻る。国境まで荷を運ぶ宰領を頼むぞ」

と声をかけた。四郎兵衛は深々とうなずいて答えた。

「では、伊吹様は事を仕上げに参られるのでございまするな」

櫂蔵は静かに答えた。

「五千両を取り戻しただけでは、仏作って魂入れずとなるゆえな。新五郎の志を遂げに参らねばならぬ」

櫂蔵は雲間からのぞいた月を見上げた。

たとえ五千両を小倉屋に返し播磨屋と清左衛門の非を暴いても、それだけではまだ

道半(なか)ば、新五郎の志を継ぎ、お芳の思いを果たすまではまだまだ遠い道のりがあると思った。

「伊吹様、参りましょうか」

咲庵が声をかけた。櫂蔵はうなずいて、城下へ向かって歩き始めた。

月が櫂蔵を追うように照らしている。

三十

翌日、昼過ぎに播磨屋庄左衛門は城に上がり、中庭に設(しつら)えられた能舞台の見物席に家老の国武将左衛門ら重役たちとともに居並んだ。

兼重も出座して演舞が始まるのをいまや遅しと待ち望んでいると、小姓(こしょう)があわただしく兼重の前に膝行して言上した。

「妙見院様も本日の能をご覧あそばされたいとの仰せにございます」

「なに、妙見院様が」

兼重は眉をひそめた。

きょうは正月能が演じられるとはいっても、庄左衛門への接待である。自分が商人を身近に寄せることをかねてから快く思っていない妙見院がこの場に来ることに、不安を覚えた。兼重がちらりと目を遣ると、清左衛門はやむを得ないという表情でうなずいた。

兼重は渋々、妙見院様に遠慮なくご覧になられるがよいとお伝えいたせ、と告げた。小姓が奥へ向かって間もなく、きょうのために博多から招かれていた能役者の支度がととのった。

演目は〈翁〉、さらに脇能の〈老松〉だった。能役者に演能の開始を待たせていると、妙見院が三人の侍女を従えて見物席へ出てきた。

「殿、わがままを言うたようで心苦しいのう。わらわだけではのうて、供の者たちにもせっかくの能を観せたいのじゃが、よろしいか」

妙見院は着座するなり言った。兼重は笑顔をつくろって答えた。

「いや、ご遠慮に及びませぬ。能をご一緒に観るのはひさしぶりにございますゆえ、嬉しく存じます」

妙見院は微笑してうなずいたが、一座を見回して庄左衛門に目を留め、

「ほう、きょうは町の者にも能見物を許されましたか」

とわざとらしく言った。兼重は眉をひそめて、播磨屋にはいろいろ世話になってお

りますゆえ、と小声で答えた。その様子を見た清左衛門は声を張り上げて、

「早速に能を始めさせよ」

と小姓にうながした。能舞台に小姓が駆け寄り、

「能を始められませ」

と声をかけると、翁役の能役者が静々と舞い始めた。

年の初めの祝いの能が厳か（おごそ）に舞われた。続いて〈老松〉が始まる。このころには一座の者に酒が饗（きょう）され、兼重はじめ重臣たちも杯を口に運んだ。だが、庄左衛門はさすがに身分を憚って、酒は口にしていない。木の面のような無表情な顔でつまらなそうに演舞を眺めている。

その様子を見ていた妙見院は、目に皮肉な笑みを浮かべた。

〈老松〉は菅公（かんこう）、すなわち菅原道真（すがわらのみちざね）の〈飛び梅伝説〉を題材とした能で、〈老松の精〉が松と梅のめでたさを讃（たた）え、天下泰平を寿（ことほ）いで舞う。

兼重は能役者のできを褒め、そばに呼び寄せて杯を与えた。妙見院も杯を口にして頬をわずかに染めながら、

「されど、菅公といえば、罪なくして大宰府（だざいふ）に左遷の憂き目にあったと聞きます。そう思えば、いまの能もどこか憐れなものを感じさせますのう」

と誰に言うともなくつぶやいた。兼重が黙したまま何も答えないため、清左衛門がやむなく口を開いた。

「妙見院様の仰せの通りと存じまする。さように思うてみれば、まことに趣がございました」

なめらかに言う清左衛門に、妙見院は皮肉な目を向けた。

「井形はまことにさように思うか」

「いかにも、妙見院様の思し召しと同様にございます」

清左衛門はわずかに頭を下げた。

「解せぬな」

妙見院はぽつりと言った。

清左衛門は兼重と顔を見合わせた。妙見院が何を言おうとしているのかわからず、清左衛門は怪訝な表情を浮かべて問うた。

「解せぬ、とはいかなることにございましょうか」

清左衛門がうかがうように見ると、妙見院は笑顔になった。

「なに、菅公の辛さがそなたにわかろうはずがないと思うたまでじゃ」

「こ、これはまたお戯れを」

清左衛門が苦笑を浮かべると、妙見院は目を逸らさずに言葉を続けた。

「いや、戯れではない。そなたは昨年、城下の小料理屋で罪のない女子をひとり手にかけたというではないか。さほどに酷い者に、左遷され、苦汁をなめられた菅原道真公のお気持がわかるはずがないと思うたまでじゃ」

「なんと申されるか。妙見院様のお言葉ではござりますが、いささか違いまする」

「ほう、どう違うというのじゃ」

妙見院はひややかに言った。清左衛門は妙見院に顔を向け、膝を乗り出して口を開いた。

「されば、お答えいたす。それがしが手にかけたなどと言われておるのは、新田開発奉行並の伊吹櫂蔵の屋敷に仕える女中でござる。恥を申しますが、この女中がかつて城下の小料理屋におりましたころ馴染み客となっておりました。しかし、その後まったく会うておりませなんだところ、この女子が見下げはてたることに、金にて客を取る商売女となっていたのでございます」

清左衛門は胸をそらして一座をじろりと見渡した。居並ぶ者たちは憚るように目を伏せている。

「そのような女が家中の屋敷に女中として入りこんでおるのは由々しきことだと存じ

ましたが、表沙汰にしては伊吹の名に傷がつくと思い、ひそかに呼び出して叱り置こうと存じたしだいでござる」

「ふむ、さようか」

妙見院が相槌を打つと清左衛門は勢いづいた。

「ところが、女はそれがしが厳しく叱責いたすと逆上して、それがしの脇差にておのれの胸を突いたのでござる。脇差を取られたのは拙者の不始末ゆえあらぬ疑いをかけられても、と、これまで黙っておったしだいにて」

清左衛門が言い終わると、妙見院はわずかにうなずいた。

「なるほど、聞いてみねばわからぬものじゃな。いまの話に相違ないか」

「まことのことを申し上げたのでござる。伊吹の名を慮ったのが、却って仇となりました。いらぬ親切はせぬがよいとわかり申した」

清左衛門が声を出して笑うのを、妙見院はまっすぐに見つめた。

「そうか。しかし、その女子は、まことは伊吹櫂蔵の妻になるべき者であったという訴えがあるぞ」

「何を馬鹿な。あのような女子を妻にする武士などあろうはずがございません」

清左衛門は吐き捨てるように言った。

「いや、その訴えをわらわになしたのは、伊吹櫂蔵の継母である染子じゃ」

染子の名を聞いて清左衛門は眉をひそめた。

「染子は昔、わらわに仕えておった。そのころより、虚言を弄したことがない。さらに申せば、死んだお芳なる女子も嘘を言わぬことを生きる信条といたしておったそうな」

妙見院はそう言うと、ゆっくり後ろを振り向き、背後に控えた侍女のひとりに目を遣った。

「そうであったのだな、染子――」

声をかけられた侍女は、なんと染子だった。染子は手をつかえて、

「相違ございませぬ。お芳はわが家の嫁となるべき女子でございました」

ときっぱりと言った。

一瞬驚愕の表情を浮かべた清左衛門であったが、すぐに憤りを顔に浮かべた。

「なぜさようなことを仰せになられる。お芳が屋敷に入ったおり、それを嫌い、苦にされておったことは噂になっておりましたぞ」

染子はゆっくりとうなずいた。

「まことにさようでございました。わたくしも、初めはお芳の心を測りかねておりま

した。されどわたくしが病となったおり、お芳が作る粥を食して気づいたのでございます。この粥には、真心がこもっていると」

「粥などで、何がわかると言われるのだ」

清左衛門は嘲るように言った。

「傲(おご)り高ぶり、日々の食事を当たり前のものとしておられるお方には、おわかりになられぬでありましょうな」

染子が憐れむように言うと、清左衛門は激昂した。

「何と言われる。女子には粥を作った者の心がわかるとおっしゃるのか」

「女子であれ、殿方であれ、およそひとの命のもととなる物を作る者は心を込めて作るものです。それゆえ、作った物には、おのずからその心が表れるものでございます」

染子は澄んだ声で話した。

「では、病まれたおりに食された粥には、どのような思いが込められていたと言われるのでござる」

「自らを顧(かえり)みることなく、ひとをいとおしむ心でございました」

「それはまた――」

清左衛門は口をゆがめた。

「お芳は懸想した男に捨てられ、おのれを見失いましたが、そのことで、ひとをいとおしむ心こそ何ものにも代えがたいものであると知ったのでありましょう。それは、井形様がご存じではない心でございます」

「なんですと」

清左衛門は目を剝いた。

「井形様は、まこと愚かにございますな。かつて井形様を慕うた女子を死なせてしまわれました。失うたものは戻りません。もはや井形様にまことの想いを寄せる者は、男であれ女であれ、おりますまい」

染子はひややかに言い切った。妙見院は兼重に顔を向けた。

「殿、家中の女どもは染子に虚言がないことをよう存じております。されば、染子が申す通り、お芳なる女子は伊吹の妻女となる者であったに相違ございませぬ。その女子を井形が呼び出し、何をいたそうとしたのか、厳しくご詮議を願わしゅう存じます」

妙見院の言葉に兼重は首をひねった。

「さて、さよう申されましても、女子ひとりのことにて、勘定奉行たる井形清左衛門を詮議いたすはいかがかと」

言葉を濁す兼重に、

「殿は、家中の女子をすべて敵に回しても、御家が立ちゆくとお思いか」

静かに問う妙見院の気迫に兼重は言葉を失った。妙見院はさらに続けた。

「詮議いたすは女子のことばかりではござらぬ。日田の掛屋からの借銀がいずこかへ消えたことについても詮議いたさねばなりませんぞ」

兼重は青ざめて清左衛門に目を向けた。顔色を失った清左衛門は額に汗を浮かべていたが、

「それがしと女子のことについて訴えが上がっておるのはわかり申した。されば弁明を仕らんと存ずるが、日田の掛屋からの借銀について、それがしが詮議される謂れはござらぬ。何の証があってさようなことを申されまするか」

とかすれた声で言い募った。

「証があると申す者が、それ、そこにおるではないか」

妙見院は能舞台を指差した。

一座の者たちの目が能舞台に注がれた。そこには、いつの間にか小袖から袆まで白装束に拵えた櫂蔵が控えていた。

清左衛門は目を怒らせて声を張り上げた。

「伊吹、その姿は何事だ。貴様、殿のお許しも得ずになぜ罷り出た」

「お許しは妙見院様を通じ、殿よりいただいております」

櫂蔵は平然として答えた。妙見院が笑って言い添えた。

「そうじゃ。先ほどわらわの供の者にも能を観せてもよいと、殿のお許しをいただいた。伊吹はわらわの供をいたしてこの場に参ったのじゃ」

清左衛門が苦々しげに櫂蔵に向かって言った。

「さようであろうとも、その装束は能を観る風体ではあるまい。御前をわきまえぬにもほどがあろうぞ」

「さようでございましょうか。御前なればこそ、命を懸けて言上仕りたきことこれあり、その覚悟を示さんがための装束でござる」

櫂蔵は真正面の兼重を見据えて言った。清左衛門はうんざりした表情で言葉を発した。

「ならば、その白装束は言上した後、腹を切るための死に装束というわけだな」

「いえ、違いまする」

「違うだと」

清左衛門は苛立ちを露わにした。しかし、櫂蔵はますます落ち着き払った物言いで話を続けた。

「これは死に装束に非ず。ただいま生まれ変わり、これからも生き抜く覚悟を示す産着にございます。心に一点の染みもないからこその白装束でございます」

新春の日差しが櫂蔵に降り注いでいた。

兼重が、じっと櫂蔵を睨み据えた。

「そこまで申すならば、証とやらを見せてみよ」

櫂蔵は懐から書付を取り出すと、大きく読み上げた。

――借銀ノ事　五千両　右ノ条無相違候

「何だ、それは」

青ざめた顔をして兼重が訊いた。

「これはそれがしが、日田の掛屋、小倉屋義右衛門殿に差し出したる証文の写しでござる。されば、それがし、小倉屋殿よりの借財の生き証人になると誓ったのでございます」

「き、貴様、わが藩をつぶす気か」

兼重はうめいた。

「滅相もございません。御家が掛屋からの借財を踏み倒すようなことがあれば、西国郡代様より幕閣へ訴えが出され、わが藩がお咎めを受けるは必定。あるいは、お取りつぶしになるやもしれませぬ」

「すべてはそなたの弟、新五郎の不始末じゃ。ならばこそ、新五郎は腹を切った」

兼重が言い捨てると、櫂蔵は膝を乗り出した。

「いえ、新五郎めは、わが藩の財政窮乏を救いたい、この一念で勤めておりました。そしてついに、一計を考え出したのでございます」

「一計とは何じゃ。藩を立て直す、何か手立てがあると申すのか」

櫂蔵の言葉に驚いた兼重は問うた。

「明礬でございます」

「明礬、とな」

二人のやりとりを聞いていた播磨屋庄左衛門の顔に、初めて焦りの色が浮かんだ。

それを見て櫂蔵は、

「領内で作られる明礬の値をあげればよいのでございます。そのために、唐明礬の輸入差し止めを幕府に願い出ることを思いついたのです」

「なぜ、すぐにそうせなんだのじゃ」

兼重の言葉をじっと聞き、櫂蔵は播磨屋を睨んで言った。

「播磨屋が邪魔をしたのです。長崎にて唐明礬を一手に扱っている播磨屋にとっては、決して許せないことだったのでございます。それゆえ、わが弟、新五郎は罠に……」

櫂蔵が淡々と言うと、兼重は目を瞠って庄左衛門に目を向けた。

「播磨屋、まことか」

庄左衛門は何も答えず、両手をつかえただけだった。そのとき、清左衛門が腹に力を込めて声を発した。

「殿、伊吹の申すことなど何の証にもなりませぬ。これ以上、そんな戯言に耳をお貸しになることはございませんぞ」

じろりと櫂蔵は清左衛門を見た。

「井形様は、まだご存じないようなので申し上げる。播磨屋殿のもとにあった五千両は、すでに日田の小倉屋殿にお返し申した。小倉屋殿が受け取られたことこそが、何よりの証でございましょう」

　燿蔵が声を高めて言うと、庄左衛門は目を大きく見開いて立ち上がった。

「ご、五千両を、小倉屋に引き渡しただと」

「さよう。すでに国境を越え、日田へ向かっております」

「馬鹿な。何ということをするのだ。あの五千両がなければ金繰りがつかぬ。は、播磨屋が……」

　庄左衛門はうめきながら、力なく見物席にくずれ落ちた。

「ただ、正義を行ったまででござる」

　燿蔵は淡々と言ってのけた。兼重と清左衛門はぼう然としてその様子を眺めていた。

「どうやら、勝負はついたようじゃな」

　妙見院がゆったりと言った。

三十一

　この年の夏――。
　燿蔵は唐明礬の輸入停止を幕閣に働きかけるため、江戸に赴くことになった。

この間に小倉屋からの借銀にかかわる一連の騒動とお芳の死についての詮議が行われ、井形清左衛門は閉門の身となった。兼重は妙見院に詫びるとともに養子縁組を行った後の隠居を約束した。さらに櫂蔵を勘定奉行に登用したのである。

櫂蔵は就任早々に日田へ赴き、義右衛門の斡旋で宗彰に再び会うと、唐明礬の輸入停止についてあらためて願い出た。

宗彰はこれを受け入れ、幕閣への働きかけを櫂蔵に勧めた。御陣屋で話した際、宗彰は、

「老中方は一筋縄ではいかぬ方々ぞろいだ。いくら金を贈っても、それは話を聞いていただく謝礼に過ぎぬ。よほどの弁舌を振るわねば、口説き落とすことはできんぞ」

と櫂蔵に教えた。

「さようでございましょうが、それがし、さほどの弁舌は持ち合わせておりませぬ。ただ赤心をもって説くだけでございます」

「そうか、そうであったな。襤褸着て奉公であったな」

と、宗彰はおかしそうに笑った。

宗彰の配慮により江戸に行けば老中たちと会える段取りがついた。櫂蔵は咲庵だけを供にして船で大坂まで向かい、東海道を旅して江戸へ行くことにした。

出立の日、いまは小倉屋義右衛門からあらためて借り受けた金で本格的な新田開発に取りかかっている四郎兵衛と権蔵、半兵衛も、染子と宗平、千代とともに湊まで見送った。信弥は再びさとのような悲劇を生まぬために村々を廻っている。よく晴れた日で、波濤(はとう)はきらめくように輝いていた。

四郎兵衛が感慨深げに言った。

「いよいよ出立でございますな」

権蔵が頭を下げた。

「旅のご無事を願っており申す」

半兵衛が真面目な表情になった。

「江戸でのこと、うまくいくように祈っておりますぞ」

櫂蔵はうなずいてから染子に告げた。

「江戸に行ってもすぐに唐明礬輸入停止とはならぬでしょう。されど、なんとしてでもやり遂げ、きっと新五郎の無念を晴らしますぞ」

「櫂蔵殿ならば、必ずやなし遂げましょう」

染子の言葉を胸にしまいつつ、櫂蔵は海へ目を遣った。

もし、唐明礬の一件をなし遂げたとしても、お芳や新五郎が生きて戻るわけではない。そう思うと虚しい思いが湧いた。

五千両を取り戻すまではそのことだけを考えたが、これからはお芳を失った悲しみを日々思いながら暮らしていくのだと思った。

櫂蔵のさびしげな横顔を見た染子が、ぽつりと言った。

「櫂蔵殿は、落ちた花が再び咲いたとお思いか」

櫂蔵は海に目を向けたまま答えた。

「かつて漁師小屋で暮らし、襤褸蔵などと呼ばれていたわたしが勘定奉行になったのです。家中の者たちは、そのことをもって、落ちた花が再び咲いたと思うやもしれませぬな」

「そうではないのですか」

「わたしは、わたしの花が咲いたとは思っておりません。咲いたとすれば、それはお芳の花でございましょうか」

「ほう、それはどこに咲いているのでしょうか」

染子は微笑して訊いた。

櫂蔵は染子に顔を向けると、片手で自分の胸をどんと叩いた。

「お芳の花は、わが胸の奥深くに咲いております。わたしが生きてある限りは、お芳の花は枯れずに咲き続けることでありましょう」

「そのために、生きるのですか」

染子は哀しげに櫂蔵を見つめた。

「さよう、ようやくわたしにもわかったのです。ひとはおのれの思いにのみ生きるのではなく、ひとの思いをも生きるのだと」

「わが命は、自分をいとおしんでくれたひとのものでもあるのですね」

染子は、今度は櫂蔵の顔をまぶしげに見つめた。そこには通い合う情愛の温かさがあった。

「それゆえ、落ちた花はおのれをいとおしんでくれたひとの胸の中に咲くのだと存じます」

櫂蔵が言い切ると、染子はにこりと笑った。

「お芳は幸せですね。櫂蔵殿の胸の内で、これからもずっと美しいまま咲いていられるのですから」

染子に言われて、櫂蔵は胸が熱くなった。

お芳が生きた証が櫂蔵だけでなく、染子の胸中にもあるのだ。いや、染子だけでなく、咲庵や宗平、千代の胸の中にも息づいているに違いない。

そう思っていると、咲庵が笠を持った手で沖合を指した。

「伊吹様、きょうも潮鳴りが聞こえます。しかし、何やら初めて聞く心地がいたします」

「そうですか」

うなずいた櫂蔵は、不意にお芳の声を聞いた気がした。

生きてください
生きてください
そして見せてください
櫂蔵様の花を
落ちた花がもう一度咲くところを
だから生きてください

咲庵はかつて、潮鳴りが亡くなった妻の泣く声に聞こえると言った。しかしいまは違うのだろう。

潮鳴りはいとおしい者の囁きだったのかもしれぬ、と櫂蔵は思った。いまもお芳が静かに囁き、励ましてくれているのだ。

（わたしは一生、潮鳴りを聞くことになるだろう）

櫂蔵は染子に頭を下げ、

「行って参ります」

と告げた。櫂蔵が咲庵とともに船に向かって歩いていくと、潮鳴りの響きはいっそう高まるようだった。

風が吹き、白い雲がゆっくりと流れていく。

解説——再生の物語にして青春の文学

作家　朝井まかて

かつては俊英と謳われたにもかかわらず、短慮によって失脚し、何もかも失った男がいる。

冒頭で語られる主人公の境遇に、思わず心を寄せてしまう読者は少なくないだろう。

自尊心を傷つけられ、不遇をかこつ無念は、誰しも一度ならず味わったことがあるからだ。社会に漕ぎ出したキャリアが長ければ長いほど、人生という舟の舵取りがいかに難しいことか、身に沁みている。抗いようのない波に呑まれ、不本意ながら舟を乗り替えざるを得ないこともある。

本書『潮鳴り』の主人公、伊吹櫂蔵は、もはやその舟からも下りてしまった男だ。なまじ自負心が強いだけに、捨て鉢になるのも早い。櫂蔵は腹違いの弟に家督を譲り、漁村の粗末な小屋で寝起きしている。今は粗衣をまとって酒色に溺れ、博打と喧嘩に明け暮れる日々だ。

だが、その暮らしの元手がどこから出ているのかといえば、わずかばかりとはいえ実家からの送金である。「どうせならひとりで生きてみよう」と決めて身を堕としたはずであるのに、その食い扶持だけは辞退できていないのだ。二刀も手放さず、小屋の板壁に立てかけてある。

櫂蔵は、浜辺の漁師らからこんな仇名を奉られている。

――襤褸蔵
これは身形だけを揶揄したものではないだろう。己の現状を受け容れられず、かといって何もかもをすっぱりと断ち切れず、怠惰に逃げ込んでいる。その心性を「襤褸」だというのだ。

ゆえに、我々は己の中に襤褸蔵を見る。これは俺の、私の物語だと思い、ページを繰る。

著者の葉室麟さんも、あるインタビューでこう話している。

――私の作品のなかで、自分に一番オーバーラップするのが襤褸蔵なんです。

襤褸蔵が「失われた人生」を取り戻そうとする契機は、はからずも義弟の死によってもたらされる。

義弟が襤褸蔵に寄越した三両の、何と切ないことか。いかなる恥を忍んでその銀子(ぎんす)を作ったかと思いが至る時、物語が動く。

ただし襤褸蔵、もとい伊吹櫂蔵が取り戻そうとするのは、自身の人生ではない。己のためだけにできることなど、たかが知れている。落ちてしまった花は、二度と咲かぬ。

櫂蔵は、義弟が失った人生を取り戻したいと願い、立ち上がるのだ。深い悔悟(かいご)を杖(つえ)にして。

この、誰かのために生き直そうとすることこそが、自らの再生になるのではないか。ひとたび落ちた花でも、もう一度咲かせることができるのではないか。

その可能性を、物語は問いかけ続ける。

舞台は、直木賞受賞作である『蜩ノ記』と同じく、九州豊後の羽根藩である。葉室ファンには釈迦に説法となるだろうが、『蜩ノ記』は死の美学ではなく、死を意識したところから始まる生き方を描いている。いわば「生の美学」だ。

自分がこの世に生きていられる刻限を限られた時、その時間はどうにも引き延ばすことはできないけれど、豊かに充たすことはできるのだと信じさせてくれた。戸田秋谷の生きようによっていかほど救われた人の多かったことか、想像に難くない。

そして『潮鳴り』の櫂蔵は、義弟の汚名を雪がんと、藩の財政にまつわる事件の真相に立ち向かうことになる。

江戸時代、戦という最大の仕事を失った武士は、「武」ではなく「文」でもって主君に奉公するよう、一大転換を迫られた。これを〝サラリーマン化〟と言えばわかりやすいが、事はそう簡単ではない。父祖以来、最も重んじてきた戦闘能力をおいそれとは揮えないのだ。

経済力によって抬頭してきた商人と渡り合うためには、経済の知識が要る。藩が置かれた状況を詳らかにするための情報収集力に分析力、事を起こすための胆力はむろんのことで、そして何よりも「人」が要る。これは現代の我々が組織の中で何かを為そうとする場合と、同じだ。

ただ、いったん組織から脱落した者を、周囲はそうやすやすと信じてはくれない。櫂蔵は確かめられ、試され続ける。

なかでも、継母の染子の容赦のなさと言ったらどうだろう。染子の吐く言葉は、櫂蔵の耳にはじつに辛辣に響く。正しいからだ。この〝正しいことを主人公に告げる役割〟が男性ではなく女性であるところに、物語の趣、香りがある。

しかもこの香りはどこか、若々しい。

じつは、葉室さんご自身にも私は同じ匂いを感じたことがある。作風そのものの堂々たる風貌をお持ちなんだけれども、どこかしら、女性に対する含羞を残しておられるような気がするのだ。むろんそれは私に対してではなく、〝すべての女性なるものに対する含羞〟である。

たぶん葉室さんはジーパン姿の、青年の頃の自分を今もちゃんと持っておられるのではないか。

若い読者のために伝えておくが、ここは今どきの「デニム」ではなく「ジーンズ」でもなく、あくまでも「ジーパン」と呼ばねばならない。しかもリーバイスじゃなく、ボブソン。肩につくかつかないかくらいの髪の長さで、無精髭を生やし、下駄を鳴らしながら歩く。そんな大学生の姿が目に浮かぶ。

彼はやがて社会に出て、いかんともしがたい壁の前で立ちすくみ、迷い、誰かに傷つけられたり、誰かを傷つけたりする。挫折の苦汁も存分に味わう。けれど、女性観は純粋な若者のままに保たれた。これは稀有なことだと思う。

だから『潮鳴り』の女性たちは自らの言葉で言うべきことを言い、決断し、動く。

蛇足を恐れずに加えれば、江戸時代の女性は〃忍従〃のイメージで捉えられがちだが、現代の我々が想像する以上に考えを持っていたし、気骨もあった。とくに諸藩大名家の奥ともなれば、「政」の手腕に長けていなければとても運営できなかった。藩は主君を頂点としたひとつの「家」であり、その家の内政、諸家との交際を女性たちは独自の知恵や人脈で支えたのである。


話を戻そう。

葉室さんは今も青年の心のままに女性を憧憬し、尊重し続けておられるのではないかと私は思う。ゆえに彼女たちはじつに生き生きとして、魅力的なのだ。

櫂蔵とお芳の恋については、未読の読者のために伏せておく。ただ、少し不器用なほどのやりとりは瑞々しく、やはり若々しい。二人は肌を重ねた後に想い合うようになるが、これも純愛だ。本作は他者の失われた人生を取り戻す「再生の物語」であり、「青春の文学」でもある。

そして羽根藩の海沿いの風景、山々、季節の巡りの描写が、物語のリアリティを深める。そこに吹く風が見え、寄せては返す波音、人生の潮鳴りが聞こえる。

葉室作品が、藤沢周平の系譜に連なるとされる所以でもあると思う。

（この作品『潮鳴り』は平成二十五年十一月、小社から四六判で刊行されたものです）

潮鳴り

一〇〇字書評

切り取り線

購買動機（新聞、雑誌名を記入するか、あるいは○をつけてください）	
□（　　　　　　　　　　　　）	の広告を見て
□（　　　　　　　　　　　　）	の書評を見て
□ 知人のすすめで	□ タイトルに惹かれて
□ カバーが良かったから	□ 内容が面白そうだから
□ 好きな作家だから	□ 好きな分野の本だから

・最近、最も感銘を受けた作品名をお書き下さい

・あなたのお好きな作家名をお書き下さい

・その他、ご要望がありましたらお書き下さい

住所	〒				
氏名		職業		年齢	
Eメール	※携帯には配信できません	新刊情報等のメール配信を 希望する・しない			

この本の感想を、編集部までお寄せいただけたらありがたく存じます。今後の企画の参考にさせていただきます。Eメールでも結構です。

いただいた「一〇〇字書評」は、新聞・雑誌等に紹介させていただくことがあります。その場合はお礼として特製図書カードを差し上げます。

前ページの原稿用紙に書評をお書きの上、切り取り、左記までお送り下さい。宛先の住所は不要です。

なお、ご記入いただいたお名前、ご住所等は、書評紹介の事前了解、謝礼のお届けのためだけに利用し、そのほかの目的のために利用することはありません。

〒一〇一 - 八七〇一
祥伝社文庫編集長　清水寿明
電話　〇三（三二六五）二〇八〇

祥伝社ホームページの「ブックレビュー」からも、書き込めます。
www.shodensha.co.jp/bookreview

祥伝社文庫

潮鳴り（しおなり）

平成28年5月20日　初版第1刷発行
令和4年5月20日　第11刷発行

著者　葉室 麟（はむろ りん）
発行者　辻 浩明
発行所　祥伝社（しょうでんしゃ）
東京都千代田区神田神保町 3-3
〒101-8701
電話　03（3265）2081（販売部）
電話　03（3265）2080（編集部）
電話　03（3265）3622（業務部）
www.shodensha.co.jp

印刷所　萩原印刷
製本所　ナショナル製本
カバーフォーマットデザイン　中原達治

Printed in Japan ©2016, Rin Hamuro ISBN978-4-396-34209-8 C0193

祥伝社文庫の好評既刊